福田　晃
中前正志　編

唱導文学研究

第十二集

三弥井書店

目次

〔論攷編〕

〔注釈編〕

〔資料編〕

論攷編

「秀範—聖海」相承（地方拠点寺院蔵）資料の周辺

——近時過眼資料の紹介と展開——

牧野　和夫

はじめに

「秀範—聖海」相承血脈については、寥々たる断片をつなぐ作業に終始し、わずかな連環の糸を手繰り返して牧野和夫「談義所逓蔵聖教について—延慶本『平家物語』の四周・補遺—」（『実践国文学』83号　2013・3）、同「鎌倉前中期の寺院における出版」（『中世寺社の空間・テクスト・技芸』〈2014・7勉誠出版〉）の二篇に、少しく触れたことがある。同「鎌倉前中期の寺院における出版」に国学院大学（宮地直一コレクション）蔵『諸大事』「神祇潅頂　極秘」所収血脈「円海—秀範—聖海—蓮心」（大東敬明氏「神道切紙と寺社圏—國學院大學図書館所蔵『諸大事』を通路として」〈『中世寺社の空間・テクスト・技芸』〉）、神宮文庫蔵『神道切紙』などの血脈を併せ考えて「あるいは蓮心上人円塔もまた京洛と東国を往還した僧侶であったのであろうか（聖海が移動した可能性もある）。三学（奝然の蜀版大蔵経将来・新訳経典類の船載などを軸として展開する問題と緊密に結ぶ）包修を是とし宗派を融合して師を求め、法を尋ねて「道人」（『沙石集』など）に出会い、「動いて」いたのである。」と推定した。

今回採り上げる弥谷寺蔵『勧流／（梵字）　口伝　上下』二帖は「秀範—聖海—蓮心」という相承を彷彿させる貴重な一点であり、近時紙焼き写真（東京大学史料編纂所蔵）で資料閲覧することを得たので、資料紹介という形で、その持つ意味の一端を提示するものである。四国香川県の弥谷寺や覚城院などの地域中核拠点寺院が、短く見積もっても鎌倉時代から室町時代末期に至る（私的な関心で言えば、更に「いま」に至る）、極めて長い期間に亘って果たしてきた位置取りの重さと典籍逓蔵のネットワーク機能の動きには看過できないものがある証しである。

一　弥谷寺蔵『勧流／（梵字）　口伝　上下』二帖

「秀範—聖海」相承の聖教—弘長元年

秀範という遁世僧の真言・天台に亘る修学については、古く牧野和夫「『本地物』の四周—「拡がり」の方向性からの提案—」（『佛教文学』27号　2003平成15・3）に触れ、より具体的には前掲「鎌倉前中期の寺院における出版」に、「近年の各地の寺院聖教調査の著しい進展によって、南都・京都・東国を頻繁に往来した僧侶が想像を遥かに超えた数で［存］した可能性があり、その一人にいわゆる〝本地物〟という領域に緊密に結ぶ〈神道僧〉とも称すべき秀範という遁世上人がいた。」という一節を敢えて設けた。

さらに遡って牧野「中世聖徳太子伝と説話—〝律〟と太子秘事・口伝」（説話の講座3『説話の場—唱導・注釈』〈勉誠社　1993・2〉）に、家蔵（近世写）『舎利相伝他』一巻の記述「聖徳太子大事・太子御入定事」について考察し、その秘事の項目末の本奥の伝授識語「正和三年（甲／刀〈寅〉）十二月十五日於亠一山自伝受了云云／　釼云者見性房／秀範反字孔也」を検討して、「釼云」の「釼」が鎌倉の金沢称名寺明忍房釼阿であり、釼阿の指摘通り梵字「」を「秀範反〈切〉也」と推定した。この時点で、「秀範」が鎌倉の金沢称名寺

明忍房釼阿に知音の学僧であり、室生寺と緊密な関係にあったことを明らかにし、金沢文庫蔵聖教類の識語に拠り、秀範から釼阿への伝受関係などを列記し、以て鎌倉後期の重要な遁世上人であることに注意を喚起した。

この梵字「〓」即ち秀範が係わる資料で、同時に「聖海上人」が登場する聖教一点が四国香川県三豊郡弥谷山の中腹に位置する四国八十八か所第七十一番札所弥谷寺に眠っていたのである。しかも、この聖教を含む群として一括される資料には、「蓮心」が絡む資料も少なくない。国学院大学（宮地直一コレクション）蔵『諸大事』「神祇潅頂　極秘」所収血脈「円海―秀範―聖海―蓮心」の相承世界が四国八十八か所の札所寺院に「現存」していたことになる。

桝形本、押界を施し、有界で内題・初行「大勝金剛頂品第八／安然云此の品中惣構五部悉地／」。下帖奥識語を以下に記す。

「建保六年（戊／寅）自六月三日至于／同年十二月廿三日傳受了／右秘決三密根源一宗肝心是則／偏為…／／…」仏子道円／〓云初於師所三度雖請傳／受不許之其後許可之／後八ヶ年之間伝授之一年一品／二品一日秘決一両等云々於我流／以此経為至極大事云々」（丁裏白紙）」弘長元年十一月廿三日以聖海／上人御本書写了／（一行アケ）／貞和三年初冬上旬之候賜／師主上人之御本謹書写交合訖　　金剛仏子本圓」

と。

下帖末に「貞和三年初冬上旬之候賜師主上人之御本謹書写交合訖　／　金剛子本円」とあり、字体から本円自筆校合の一点であろうか、と思われる。内題を「大勝金剛頂品第八」と作る、その帖末の本円書写校合奥書の前に、本文の末に「建保六年戊刀自六月三日至于／同年十二月廿三日伝受了／……」として「佛子道円」の伝受識語が続き、改行して「〓云初於師所三度雖請傳／受不被許之其後許可之／後八十年之間伝授之一年一品／二品一日秘決一両等云々於我流／以此為至極大事云々」と「〓」の口伝が記されて終わり、その丁裏には文字なく、改丁して「弘長元年十一月廿三日以聖海／上人御本書写了」とある。その後に一行空けて、先程紹介した本円の書写校合の奥書が続くのである。

この聖教で確認できるのは、口傳を授けた「[illegible]」と「聖海上人」という二人の遁世僧の存在である。「[illegible]」については、既に牧野和夫「中世聖徳太子伝と説話―〝律〟と太子秘事・口伝・天狗説話―」(『説話の講座3　説話の場―唱導・注釈』〈勉誠社　1993・2〉)で解明できたが、見性房秀範の「秀範」の反(切)字である。

二　鶴見大学図書館蔵『光明真言口伝』一軸

「秀範―聖海」相承の聖教―弘長四年

この頃の弘長四年(1264)に書写された聖教に、この「[illegible]」の口伝が認められる極めて興味深い鶴見大学図書館蔵『光明真言口伝』一軸がある。『鶴見大学蔵貴重書展観解説図録　古典籍と古筆切』(平成6・10　鶴見大学)頁39に、書影が掲載され、「(東寺旧蔵伝授書)」と注記される一点で、頁85の解説には次のように記述される。

「5―ハ　光明真言口伝　弘長四年写(盛深筆)

巻子　一軸

本文料紙、斐楮混漉。紙高一七・八糎。東寺旧蔵。表紙を欠き正確な書名は明らかでないが、奥書から醍醐寺座主・東寺長者実賢(一一八〇―一二四九)の口受を、弘長四年(一二六四)二月八日、高野山尺迦院南房において盛深が書写したものであることがわかる。端裏書に「光明真言口伝実ー」とあるが、「光明真言口伝」「光明真言法曼荼羅」「光明真言法護摩」からなる。

光明真言の功能について『不空羂索経』は、十悪五逆の重罪を犯したものでも、光明真言で加持した土沙をその屍や墓の上にかけると、罪障を除滅し無上菩提を得るとするが、白河院・美福門院・後白河院・鳥羽院二条院妃・建春門女院の中陰にあたり、その得脱をねがい勝覚・源運・勝憲・実範・義範・勝憲によって修せられたことがわかる。（納富）

（奥書）

本云

　承久二年庚辰正月廿五日

私師云

此書ハ醍醐座主東寺一長者

前大僧正御房實賢御口受

也最秘々々努々

弘長四年甲子二月八日於高野

山尺迦院南房寫書了

　　求法沙門盛深　」

と記す。

書影を追うと、随所に「ネ云」として口伝らしきものが記述され巻末まで一貫している。奥書「私師云」以下の内容によれば、實賢の反（切）字かとも思われるが、途中に「問光明真言ノ法ニ以台蔵万タラ為本尊意如何」という問いに「ネ云答云」として「胎蔵ノ万タラニハ九界悉図ス……（略）…」と答えている。「ネ」が實賢の答えを引いて伝授している痕跡とも考えられる。弘長元年（1261）以前に「秀範（ネ）」の口伝を「聖海」が伝受・書写していた、と考えられる。この鶴見大学図書館蔵本も實賢の口伝を秀範が語った口伝（「ネ云」）という形をとった伝授書とも考えられる。秀範口であるが、その口伝は実は實賢の口伝そのものなのだ、というのが「私師云」の内容であろうか。「秀範＝私」を介在させた上で弘長四年の書写は十分納得できるものとなろう。實賢の反切字と考えるのは難しいのではないか。一案として實賢口伝（と伝えるもの、詐称とも、擬口伝）は秀範の手許にのみ秘伝としてあり、その内容は秀範の口授に拠る他ない学問的な環境（秘伝の世界）を想定させるのである。表紙欠で、図録解説に指摘されるように僚巻の存在が推定されており、今後の検討が俟たれる書である。

仮に如上の推定に加えて弘長元年以前の秀範の学問環境の一端につき憶測を逞しくすれば、實賢を頂点に頂く三宝院流の一派と親昵な師資相承の場が想定されるのであるが、既にその一派内部において師實賢の口伝をあえて謳わざるえない環境（同門内部の対立、感情的な問題などと支援する勢力との関係―政治的にならざるを得ない状況）が醸成されていたのであろうか。秘口・秘伝（恐らく仮託・疑偽なども含むか）という形で授受の関係が縦横にして且つ微妙な関係で結ばれた「難しい」場が想像できそうである。「實賢―如実」系相伝と「實賢―山本僧正覚済」系相伝との相承の経緯などをめぐる複雑な問題が垣間見える。この一件については、無住を絡めた前引「延慶書写時の延慶本『平家物語』へ至る一過程：實賢・實融―一血脈をめぐって」の「結び」で触れたので、省く。

弥谷寺蔵の「三宝院流聖教」群の際立った特徴を指摘するならば、これらの聖教資料が鎌倉時代より継続して順次弥谷寺へ収蔵されたものではなさそうである、ということである。この点については既に「補遺三題―孔子論図・弥谷寺蔵三宝院流聖教類・宋刊写刻体経典―」（『実践国文学』94号　２０１８・10）で要約を記した。弥谷寺へ収まるに至る経緯については今後の課題であるが、天文・永禄頃に活躍の顕著な「照海」という学僧がいて、聖教群の随所に痕跡を残しており留意する必要がある。とくに「大日如来」に始まり、「真言院上人聖守

同院聖然　行乗上人良裔　善法寺性心　同寺本圓　観智院賢寶　同権僧正宗海　同院宗寶　同院権僧正宗杲　善法寺慈雄　観智院真海」を経由して「善法寺照海―乗海」で了る「傳法灌頂阿闍梨職位」の「血脈」があり、「善法寺性心　同寺本圓　観智院賢寶」と次第して以降、八幡善法寺と東寺観智院の両寺院を跨ぎ伝授相承されてきたことが確実な血脈である。注意すべきは「善法寺性心　同寺本圓」の相承である。田中博美氏の解説に拠れば、弥谷寺所蔵の聖教は大きく二つ、一は小野三宝院流、一は新安祥寺流に分けられ、とくに三宝院流のなかで質量ともに中心になるのは本圓が暦応から貞治ごろまでの三十年間に書写したものである、と指摘していることである。さらに、その師性心やさらにその師良裔の筆になるものも含まれている、との指摘もある。弥谷寺蔵の「三宝院流聖教」群は、八幡善法寺の本圓から東寺観智院賢寶へ相承されて以降、八幡善法寺・東寺観智院の両寺院に跨って室町末期まで伝授されてきたものであることがほぼ確実となった。弘安八年円海書写の『五智五蔵等秘密抄道範作』やここに採り上げた『勧流／（梵字）　口伝　上下』二帖などは、八幡善法寺において展開した鎌倉時代後期の教学の周辺に蝟集・蓄積された聖教類として理解されなければならない、と考える。

「秀範―聖海」の口伝授受のなかで成立したものか、と推測される『勧流／（梵字）　口伝　上下』二帖も、13世紀半ばの八幡善法寺の動向が色濃く反映したものであり、東大寺円照上人の戒壇院律との微妙な「問題」は、今後の課題として残るが、少なくとも「菩提心論汀印信（幷円照上人／口決）　一巻」が、本圓作成の目録には著録されるのである。

結び

今回採り上げた弥谷寺が所蔵する『血脈見聞　仁和　西酉』にも触れておく。「良含―遍融」相承血脈については、牧野和夫「新出東寺蔵『〔七天狗絵詞抜書（外題「延暦園城東寺三箇寺由来」）〕』」（『実践国文学』69号2006・3）に詳細を記したが、別に美術史の視点より既に土屋貴裕氏「『天狗草紙』の復元的考察」（『美術史研究』159冊　2005・10）があり、「良含―遍融」の血脈に沿った重要な指摘も多い。既に東寺蔵古写の善本二点を書誌的な視点から比較、本文移動など詳細な報告（「延慶書写時の延慶本『平家物語』へ至る一過程：實賢・實融―一血脈をめぐって」〈『アジア遊学』211号　2017・6〉）を行ったが、鎌倉末・南北朝期の古写の善本のなかで弥谷寺蔵『血脈見聞　仁和　西酉』に「良含―遍融寂仙上人」の師資相承の血脈が存在している。

この『血脈見聞　仁和　西酉』の伝本類には、管見に入るを得た限りでは、すべて「此書者岩蔵寺大圓上人良胤受／金剛王院僧正實賢傳記之云々」（弥谷寺本）と同内容の識語が付されており、鶴見大学図書館蔵弘長四年写『光明真言口伝』一軸の巻末本識語に認められる「私師云／此書ハ醍醐座主東寺一長者／前大僧正御房實賢御口受／也最秘々々努々」との口傳内容を改めて彷彿させるものである。『血脈見聞　仁和　西酉』の伝本類が等しく鎌倉末期の實賢門流の中でも「空観上人」などの流れを排して「實賢弟子トノミ名」乗る山本僧正覚済を「世挙テ」非「難」している、と記述するが、鎌倉末期の實賢門流の対立らしきものが背景にあるか、と考える。西院流「宏教」の仕業として最寛相伝の秘書の「盗写」を暴露し「此ノ人ノ流ハ関東ニ翫之」と記述し「風情似立河流」とする「話」にも共通するもので、敢えて良胤の「保証」を附して「實賢」の直傳として伝えた一群の口伝「話」なのである。

鎌倉末期の岩蔵寺・八幡善法寺流とその周辺に支持・容認される「場」で形成された「血脈」口伝であったか、とも想定される。寂仙上人「遍融」などが登場し口伝話として伝承される世界は、鎌倉期において、こうした対抗勢力（例えば覚済の門流、宏教流を「翫」ぶ「関東」の人々）の圏外に押しやられ自ずと彼らの勢力圏内においては廃棄・消滅の運命を辿らざるをえない聖教類であったが、遁蔵を重ね伏流して南北朝・室町初期頃の岩蔵寺・善法寺ゆかりの典籍類（無住の書写・著作群、『塵添埃嚢鈔』など）に僅かに痕跡を残すことになったようである。弘長頃の秀範・聖海の微かな事績が知られたのも、地方中核拠点寺院の収蔵典籍を介して遡った鎌倉・南北朝期の東寺・善法寺資料群においてである。心空などは、この系譜を襲った学僧である（既に、古く「釈家を中心とした注釈（学問）と文学の交渉の一端」〈『中世の説話と学問』〉などにおいて指摘済）。近年に至る、およそ八百年の間、ほぼ忘却の彼方に追いやられていた遁世僧達、と云って過言ではない（遁世の身として活動した「兼好」も、このような視点からの追求は必須であろう。令和元年九月十四日開催の仏教文学会大会で口頭発表を終えた）。

同時に、鶴見大学図書館蔵『光明真言口伝』一軸には「（東寺旧蔵伝授書）」との注記があり、弥谷寺蔵『勧流／（梵字）　口伝　上下』二帖・同寺蔵『血脈見聞　仁和　西酉』が東寺観智院賢寶の手許を経て更に八幡善法寺照海・乗海を経由したことが確実な点と併せて、鎌倉末期・南北朝期の東寺に集積した伝授・口伝類の、ひとつの重要な動向（同時期頃から頻出する弘仁官符や東寺「最頂の論理」の展開に連関する。切絵伝授における形態としての小巻子）がうかがわれるのである。

更に、称名寺所蔵『三代別記』には元瑜（宏教の弟子）の法脈が関東に広まった事を示す奥書が存しており、「元瑜が未だ成遍と称した建長七年四月に西院流の伝法の職位を許されたが、後に彼は佐々目の禅洞にあって延慶元年十一月二十二日八十の老齢で現上人秀範に授与し、秀範は更にこれを正和元年四月千葉堀内禅室にあって良上人聖海に印可し、聖海は元亨二年八月更に同所で元空上人恵剱に授け、恵剱も更にこれを同堀内光明院で暦応元年十月大福寺長老証寂に秘印を授けた。」（櫛田良洪氏『真言密教成立過程の研究』山喜房仏書林１９６４）という。延慶から元亨に至る鎌倉・千葉の地において「秀範―聖海―恵剱」という聖教伝授の展開が認められることで、拓けてくる新たな地平については稿を改めたい（一部は、伝承文学会例会〈令和元年（2019）5・11、於東京文化会館〉で発表）。牧野和夫「「秀範—聖海」の相承血脈をめぐって—十三世紀中期頃の「動き」を探る—」（『実践国文学』96号近刊所収）は、その折の発表内容に若干加筆したものである。

比叡山内論義と大衆

佐藤　愛弓

はじめに

寺院の大衆といえば、まず貴族日記などにたびたび記された強訴の記事や、軍記物語に記された大衆僉義の場面や、絵巻『天狗草紙』や『法然聖人絵伝』に描かれた裹頭、兵仗の姿が思い浮かぶだろう。そのひしめくような集団の姿は、彼らが、それを受けとめる社会にとって脅威であったことを想像させる。また文学研究の立場からは、『平家物語』や『源平盛衰記』に登場する悪僧の活躍も無視することはできない。衆徒を名乗る彼らはまさに、武力を持った僧として描かれるのである。

現実の大衆たちは、門流間の争いが激しくなってきた十世紀頃から、乱暴狼藉、寺社の破却といった行為によって、社会にその存在感をあらわしてくる。そして院政期には、有名な白河院の言葉（天下三不如意）に代表されるように、院権力をもってしても意のままに制御できない力として認識されるようになる。その存在は中世の蠢きを鮮烈に物語るものとして適任であり、それゆえか大衆に関する研究は、暴力や統率力を中心に展開してきた。先行研究は、暴力がどこからもたらされたか、どの身分の者がそれを担ったかという視点(1)、あるいは衆会の作法に、中世の一揆の原理をみる視覚などから進められている(2)。

歴史家たちが、強訴や、「発向」、一揆など、社会運動的な側面に注目して研究を進めるのは当然であり、得られる成果も多くあった。だが、そのような研究が重ねられた結果として、大衆のイメージそのものが、強訴、「発向」、一揆といった非日常の場面からのみ捉えられてしまうのは問題となろう。貴族日記が強訴や「発向」の記事を記すのは、それが彼らの耳目を驚かす非日常であったからである。では、そのような非日常ではなく、彼らの日常の中心にあったのはなんであろうか。当然にすぎるが、大衆の中心には宗教があり、教義があり、その精神を具体化したものとして法会があったと考えられる。当たり前だが、宗教がなければ、さまざまな身分の僧たちは、三千大衆として集まらなかったし、山上に社会は生まれなかったのである。また彼らが、門流や院家に分かれて生活するようになっても、なお天台という一つの世界の一員であることを認識させる場として、霜月会や六月会は機能していたはずである。本稿では、非日常ではなく、毎年行われる論義法会、そのなかでも公的な広学竪義ではなく、より日常的な練習段階に当たる内論義や、番論義に焦点を当て、そこから平時の大衆の姿を描くこととしたい。論義という窓から、平安時代の大衆をみることによって、従来のやや偏った大衆像とは異なる側面を提示することを目的とする。

一　大衆についての研究史

前述したように大衆の研究は、乱暴狼藉や、強訴、悪僧といった側面に偏って行われてきたという経緯がある。それは、大衆こそ中世武士とともに「いわば社会史が生み出した双生児」(3)であるというように、武士、あるいは一揆につながる存在として位置づけられたことによるだろう。それゆえその構成員についても、その暴力性をどのような人々が担ったのか、という点から研究が進められていった。

まず辻善之助氏は、「僧兵」出現の要因を、地方の政治の混乱によって、百姓が困窮し出家に至ったのだとする[4]。その上で「僧兵出現の一起因は、得度の制度の紊乱にある」と述べる。つまり、本来僧となるべきではない人が、生活苦から僧籍に入り、僧兵となっていったと説明するのである。その一方で辻氏は、門閥政治によって出世の望みの無くなった貴族にとっての、唯一の栄達の道として出家があったことを指摘し、そのような准貴族としての僧達が、寺内に一種の門閥を作るようになり、「諸大寺の僧徒が、皆その閥を以て其の特権を争ひ」遂に暴力に訴えるようになったと述べる。辻氏の論の特徴は、「僧兵」の出現要因を、生活苦にあえぐ百姓と栄達の望みの絶たれた貴族という、いずれも本来出家すべきではない、いわば寺外の存在の流入に求めた点であろう。

一方、平田俊春氏は、寺内の身分として学侶と堂衆を区別することを提案し、衆徒を僧兵と考えることは非常な誤りであると述べた[5]。その上で、平安時代中期における衆徒は「全く学侶其自身であって、学問を専門としていた」とし、その一方で「平安時代に於いての寺院の武力は衆徒にあらずして、堂衆や庄園の兵士であった」として、暴力的な側面を堂衆と寺領荘民のみに帰属させる。そして平安時代前期においては、学侶による集団指導力が保たれていたが、平安時代後期になってこれが衰え、堂衆、寺領荘民に押されて武力が発達したものとして時系列の変化によって暴力の顕在化を説明する。辻氏と異なり、暴力性は寺院の内部にあることになるが、暴力の主体は、あくまで堂衆や寺領荘民にあって、学侶がそこから遠ざけられているのが特徴といえよう。

これに対して平岡定海氏は、「私は平安時代のみならず、それ以後においても、寺院を和合衆（仏教的意味においても）とよぶ学侶の集団指導性は絶えず確立しているものと考えたい」と述べ、軍事行動も含めて、僧兵集団を統率しているのは、ずっと学侶であったとした[6]。平田氏が暴力を寺院に内在するものと認めつつも、堂衆にのみ負わせて学侶からは遠ざけたのに対して、平岡氏は学侶の暴力行為への関与を認めたことになる。

このように研究史を確認していくと、大衆の学問という側面と、暴力という要素の関係をどのように説明するか、という方向で研究が進められてきたことがわかる。しかし、そもそも天台社会において最初に乱暴狼藉が認められるのが、余慶の法性寺座主就任についてであり、その闘争について、良源が請奏を献ずるに及んでいることから考えれば、学侶と暴力を引き離すのは無理な考えといえよう。

これらの説に、異なる視点を提示したのが黒田俊雄氏である。まず、黒田氏は、大衆の構成員として、第一に学侶、第二に、行人、禅衆、堂衆、承仕、坊人、神人など、第三に聖、上人を挙げる。(7) その上で「そこでは表面では天台宗少なくとも延暦寺全体という規模での権威と勢力の確立・拡張がはかられていながら、その内実では、円仁門徒と円珍門徒との対立にみられるように師弟・血脈という私的な契機が重要な要素となっていた」とする。そして「だれもが「大衆」と「門徒」という二つの顔をもちつづけており、二つの原理は矛盾をはらみながらも併立していた」と述べた。(8) すなわち寺院社会に寺家と門流、大衆と門徒という二つの構造が常に重複していたことを指摘したのである。これによれば大衆として、学問に励み法会に出仕する顔と、門徒として闘争を繰り広げる顔を、一人一人の僧侶がそれぞれに持っていたこととなり、学侶と暴力との関係は、一人の僧の中に共存する二つの立場によって説明されることとなる。

また黒田氏は大衆の活動について以下のように述べており、暴力に特化しない大衆のイメージを提示している。(9) そこにあったものは、厳しい研究と修行と讃仏の祈りの日々だけではない。荘園・田畠の管理収納をはじめ貴賤男女と接するさまざまな「世俗」的仕事もあれば、寺社内部の人事・経済の運営、文書・記録の作成、さらには営繕・新増改築のための現場雑務や人夫使役もあったし、それにかなりしばしば僧衣のまま武装して強訴や「発向」（出撃）に及ぶこともあったのである。しかしながら、そうした一面だけで「大衆」を修学心も信仰もない俗物ばかりであったかに決めつけてしまうのは、誤りであろう。もっと注目すべきことは、かれらが、宮廷貴族以外にはこの時代になかった中世的な新しい型の知識人であったことである。寺院は、中世の学芸の巨大なかつ開かれた淵叢であり、美術・音楽・芸能を豊かに育てる洗練された儀礼の場であり、教化と影響の及ぶ限りでは庶民の生活文化の開化をも導く源泉でもあったのである。

このような黒田氏の説に対して衣川仁氏は、「その妥当性ゆえに寺院勢力の特質である暴力的側面が等閑視されるとすれば、問題であろう。「僧兵」としてではなく、中世社会を広く覆った暴力の一形態として再検討する必要がある」として、ふたたび暴力に注目すべきであることを主張した[10]。そして黒田氏が述べた門徒と大衆という二つの顔の併存については「門流内部で形成された師弟関係は、師資相承の排他的な性質によって絶対的なものとはなり得ず、排除された門徒が山門全体としての結合＝「僧伽」を志向するに至った[11]」として両者の関係を関連づけて説明している。

しかし、たとえば黒田氏が例として挙げた、良源の時代の事情を考えるならば、藤原師輔に接近しその子尋禅を弟子に迎え入れるなど、門流の強化、門徒としての闘争につながる動きを起こしたのも良源、応和の宗論を企画し、学問を興隆して、天台を南都に匹敵する拠点と為すという天台全体の興隆を進めたのも良源である。智証門徒の余慶にしても、それぞれについてきた僧達にしても、門流間の闘争と比叡山全体を支える法会などへの出仕は、全く同時進行的に同じ人物において併存しているようにみえる。少なくとも平安時代の彼らについては、排除された門徒とは思われず、それゆえに大衆的結合を志向したとも考えられないのではないだろうか。やはり二つの顔は全く同時に併存していたと考えられるのである。

二　論義と衆会

『真言伝』巻五余慶伝[12]に以下のような記事がある。

天延三年ニ叡山ノ内論義ヲ始行スルニ、魔障ヲ払ン為ニ秘法ヲ修セントスルニ、満山群議シテ僧正ヲ以テ阿闍梨トス。衆議ニ依テ秘法ヲ勤修ス。論場日ニ望ニ衆口雷ヲナシテ制ヲ加ルニ弥ヨ喧シ。魔縁ノ企ナルコトヲ知テ僧正其場ニ出テ、手ニ五古ヲ取テ高声ニ唱テ云。「縦ヒ第六天ノ魔王也ト云トモ、争カ余慶カ験徳ニハキヲハンヤ。ナリタカシ〳〵」ト云事二声、衆雷音ヲ止テ論場無為也。一山ノ学徒称美セスト云事ナシ。

この記事によれば、天延三年（九七五）比叡山の内論義に際して、余慶がその道場を鎮める秘法を行ったが、「衆口雷ヲナシテ制ヲ加ルニ弥ヨ喧シ」く、論義ができない状態になったという。「衆口雷ヲナシテ制ヲ加ルニ弥ヨ喧シ」とは、「衆」たちが大きな声を上げて、論義会場を取り囲み、制することができないことを示すと考えられる。「衆」たちの騒々しい声に取り囲まれるなか、余慶はこれを魔縁の企てであると喝破し、手に五鈷杵を持ち高唱で二声「たとえ第六天の魔王であっても、わが験徳と競うことなどできない」と宣言する。それによってその声は鎮まり、比叡山の学僧はみな余慶をたたえたという。

詳しくは第三章に譲るが、内論義については、応和二年（九六二）に「東西の諸徳を招請し内論義の事を議定す」（『天台座主記』）とあり、安和元年（九六八）内論義を修したものは、翌年の広学竪義に出る権利を得ることが定められ、天禄元年（九七〇）さらに安和元年の定めを確認して、これを行うことが記されている（良源「二十六箇条起請」）。『真言伝』の記事はその五年後の天延三年（九七五）の内論義の時のことを記したものと考えられる。もちろんまだ余慶と慈覚門徒の僧たちとの対立が表面化していない時期のことである。

この説話では、まず「満山群議」して「衆議」によって、余慶に修法を依頼したとする点が注目される。この時点での叡山の衆義がどのようなものであったのか、それを知るための史料は残されていないが、余慶は衆義によって選ばれて修法を行ったのである。

しかし当日、論義の場は「衆口雷ヲナシ」た大衆に取り囲まれた。内論義そのものに反対するものであるのか、余慶がその役に当たることに異を唱えるものなのか、論義の内容に対してなのかは不明であるが、これを妨害しようとした大衆たちがいたことがわかる。さて注目すべきは、その集団的な意志表明の仕方であろう。

説話であるので、後の強訴などのイメージを反映した可能性はなくはないが、天禄元年（九七〇）の良源の「二十六箇条起請」の第十八条には「それ修正・二月の不断念仏及び内論義の堂処々講説立義《竪義》の時、もしくは参修の人、もしくは見聞の者、必らず衣装を備へ、威儀を欠くこと莫れ、蔵面・裏頭一切停止す」とあり[13]、修正会、修二会や講説竪義において、裏頭の者が出入りしていることがわかる。とすれば、この時期に、内論義の会場をとりかこむ「衆」がいても矛盾はないのではないだろうか。

この説話の一番の特徴は、余慶にとって同じ比叡山に住み、見知った者も含まれているであろう大衆の行動を、個々の意思の表れとしてではなく、全くの集団として捉える点にある。その上で、余慶は、背景に第六天の魔王の企てを想定し、これに屈しないことを宣言するが、五鈷杵を持ち、高声で宣言するのは、魔を払うための作法と考えられる。ここからわかるのは、集団で大きな声を出すという大衆の意思表示のあり方と、そのような大衆の行動に対しては、受け取る側も個々の意見とは別次元の事として捉えるという約束事のようなものではないだろうか。さらにその背景に、神仏や天狗のような人ならぬ者の意図を想定することも、共有された約束事のようなものであったと思われる。

また内論義ではなく番論義の場面であるが、論義を取り囲む大衆の作法について記したものに以下の『古事談』の記事がある。

『古事談』[14]

鳥羽法皇、御登山の時、中堂に於て十番の番論義を行はす。一、二番の論義劣るに依て、皆あられをふらして追ひ立てられ畢ぬ。其の時法皇、刑部卿忠盛朝臣を以て御使と為《し》て、大衆の中に仰せられて云く「論義劣る時の作法は已に御覧ぜられ了ぬ。又神妙に答ふる僧の時は何様ぞや」と云々。衆徒等申して云く「能く答へ候ひぬれば、なりを留めて扇を一同にはらはらとつかひ候ふなり」と云々。（中略）其の時三千の衆徒、一同に扇をつかひけり。

梗概を示すと、鳥羽院が比叡山において、十番の番論義をさせたところ、一、二番の論義は劣っていたのでその場にいたものがみな「あられをふらして」追い立てた。そこで鳥羽院が大衆に「論義が劣っている時の作法はわかったが、うまく答えた場合はどのようにするのか」と質問したところ、大衆は「うまく答えた場合は、物音を静めて一同で扇をハラハラと使うのだ」と答えた。はたして、うまく答えた僧が出たところ、三千衆徒が一同に扇をはためかせたという話である。

問題は、文中の「あられをふらす」という言葉の意味がとりにくい点であるが、この点においては『台記』の康治元年（一一四二）五月十六日条の以下のような記事が参考となろう。

『台記』[15]（私に訓読をした）

番論義あり〈余御所に候ふ〉。弁覚僧都之に番ふ。第三番は僻事に依りて追ひ入れらる。倶舎第一番寛玄〈右大将の子〉、所作大衆これに感ず。凡そ誤りある時は、大衆板敷を突きて咲ふ。是本寺の法なり。

この時『台記』の記主藤原頼長は、鳥羽院の受戒のための登山に同行しており、鳥羽院とともに論義を聴聞している。そこで番論義において、間違いのあった僧が「板敷を突きて咲ふ」ことによって追い払われることが記される。『古事談』と『台記』のいずれの記事も論義に誤りのあった僧を集団で責め立てる作法について記録しており、評価を集団的に示す方法が確立していたことがわかる。またいずれも音を立てる、あるいは逆に静音にするなど音に関わる作法であることも注目される。「あられをふらす」も、その言葉の意味から、集団で音を立てることであると予想されるのである。

このように、内論義や番論義は、論者と探題のみが粛々と執り行うわけではなかった。むしろこれを取り囲む大衆たちも評価を表明する騒々しい空間であったのではないだろうか。三千衆徒が一同に賛意を示し、扇をはためかせる姿も迫力があるが、力の足りないものがいたら「あられをふらして」追い立てるというやや乱暴な側面があることは重要であろう。鳥羽院の前であっても、彼らはその荒々しい作法を隠すわけではないのである。

　このような大衆の集団的な意思表示は、おそらく論義に限ってみられるわけではない。衆会、衆義の具体的な内容を示す当該の時代の史料がないのが残念があるが、おそらくは衆会、衆義においても同様の場面はあったと考えられる。

『源平盛衰記』(16)

　山門ノ僉義ト申事ハ異ナル様ニ侍。歌詠ズル音《こゑ》ニモアラズ、経論ヲ説音《とくこゑ》ニモ非、又指向《さしむかひ》言談スル体ヲモハナレタリ。先王ノ舞ヲ舞ナルニハ、面摸ノ下ニテ鼻ヲニガムル事ニ侍也。三塔ノ僉義ト申事ハ、大講堂ノ庭ニ三千人ノ聚徒会合シテ、破タル袈裟ニテ頭ヲ裹《つゝ》ミ、入堂杖トテ三尺許ナル杖ヲ面々ニ突、道芝ノ露打払、少石一ヅ、持、其石ニ尻懸居並《かけゐならべ》ルニ、弟子ニモ同宿ニモ聞キシラヌ様ニモテナシ、鼻ヲ押ヘ声ヲ替テ、

後白河法皇の問いに答える形で僧豪運が大衆僉義の作法について説明するというよく知られた場面である(17)。ここで豪運は、大衆僉義においては、裹頭をして、たとえ弟子でも同宿の僧でも互いに見知られないようにすること、また「鼻ヲニガムル」（鼻を押さえる）ことによって、通常とは異なる声を発することなどを説明しているのである。

　以上、本章では『真言伝』の「衆口雷ヲナシ」、『古事談』の「あられをふらす」、『台記』の「板敷を突きて咲ふ」、『源平盛衰記』の「鼻をにがむる」などについて述べてきたが、このように声や音が印象的に描写されるのも、彼らが裹頭をした集団であり、一種の匿名性をおびていたからだと考えられる。とはいえ、この匿名性を、定説通り顔を隠しているから誰かわからないという意味で捉えてよいのかは、検討が必要であろう。袈裟を顔に巻きつけて裹頭をする僧の姿は『天狗草紙』や『法然聖人絵伝』などで確認することができるが、いずれも目の

周りはみえる状態になっている。文字通り三千大衆が集ったとしても、僧衣をとおして体格もうかがえるだろうし、開かれた目の周りからはある程度の顔つきも推測できるだろう。彼らの匿名性は、匿名であるという前提であり、その姿の者のなすことは、特定の個人とは別の次元のものと解釈するという約束事であったと考える方が妥当であると思われる。つまり、匿名性そのものも、独特の声や、一斉に扇を使うというような行動様式と同じく、集団にコードとして共有されるものであったのではないだろうか。重要なのは、大衆には、大衆に共有される装束や、意志表示のルールがあったということである。

そしてそれは論義と衆会に共通のものであった。またおそらくは強訴などにみられる大衆の集団性にも通じるものであるといえよう。

三　比叡山内論義と大衆

いうまでもなく比叡山の大衆にとって最も重要な法会は、霜月会と六月会であったが、そのいずれもに論義が付属していた。また、若手の登竜門として最も重要なものに広学竪義があったが、広学竪義に出るための資格の一つとして内論義があった。そしてさらに日々の研鑽とともに行われる多くの番論義があったと考えられる。

このうち内論義は、前章の余慶説話の舞台ともなっていたが、大衆たちがうちうちで行う実質的な学問の場として機能していたと考えられる。

（1）比叡山内論義の性格

まずは、前提として比叡山内論義という行事の概要について述べたい。良源が、天禄元年（九七〇）に公布した「二十六箇条起請」には、以下のような条がある。[18]

良原「二十六箇条起請」天禄元年　　（私に訓読する）

一　十一月会講師の調鉢煎茶威儀供を停止する事

右、停止の旨、もっぱら前条に同じ。但し勧学の為に殊に道心を発し、内論義を修するは、この制の限りに非ず。即ちこの事を修さば、彼の殊功を賞さんがため、明年の立義に超え預かる事、安和元年（九六八）以来の定、立てて永例とす。又講経、釈疑、善巧を得ば、後業を遂げしむ。将に前階を越すべし。もし早く立身せんと欲さば、宜しくその用意に励むべし。

まず、内論義を修した者は、これを賞するために翌年の立義に出る権利を得る、このことはすでに安和元年（九六八）に示されていたが、あらためてこれを知らせる、とある。ここでいう立義とは、広学竪義のことであり、安和元年（九六九）に、良源が創設した学僧の一種の試験である。広学竪義は、六月会、後には霜月会にも行われ、受験者である竪者が、探題の出題する質問に答えることでその学識を問うものである。その広学竪義に出るための資格として良源は、さらに内論義を設定したのである。波線部によれば、竪義の次第業に内論義を位置づけ、講経・釈経を得意とする僧を優先することとしたことがわかる。この条文は、早く立身したいと思うならば、その準備に励むべきであるとの文言でしめられており、学問を推奨する内容となっている。

叡山を振興させるためには、南都に匹敵する学僧を多く輩出する必要があった。そしてそのためには、寺内で学問を推奨する必要があり、良源はそのために内論義を設定したのである。

その内論義に、僧たちがどのように向き合ったのか、以下の記事から具体的にうかがうことができる。

『元亨釈書』(19)　慧解二の三　園城寺の慶祚（私に訓読する）

横川の寛印、三井の定基は、叡山内論義の匹たり。印は源信法師の徒なり。信、印に語りて曰く、「内論は家事といへども、新学の発軫なり。なんじ、意あらんや」。印曰はく、「入学のはじめよりこの事あるを知る。豈にはじめて愕くべけんや」。信曰はく、「なんじの言は壮なり。しかれどもかしこには慶祚あり。恐らくは基を潤色せむ。なんじ緩むべからざるなり」。

この話は、源信の弟子寛印が、三井寺の定基と内論義で当たることになった時、源信が「先方には慶祚（定基の師で余慶の弟子）がいるから油断するな」と弟子に語ったとするもので、もともとの逸話の主役は、寛印あるいは師の源信であろうが、『元亨釈書』では、慶祚伝に収められている。論義に優れていた源信が、慶祚をおそれて弟子に忠告していることから、慶祚の優秀さを物語る逸話とされたのだろう。ここで源信は、波線部のように「内論義は寺内法会ではあるが、初学者にとっては要である」と述べ、それに対して寛印は「入学のはじめから知っていた」と答えている。源信の語った「家事」という言葉からは、内論義の位置づけがあくまでもうちうちの寺内法会であることがわかる。しかしそれは、公的な法会とは異なる厳しさを持って実質的に学問の習熟度を競うものであったのではないだろうか。また寛印の言葉からは、初学者の誰もが意識する登竜門であったことがわかる。師の源信からみても「言は壮なり」と言われるほどに聡明な寛印は、入学当初からこれを意識して研鑽に励んできたのであろう。

さてこの記事で最も重視したいのが、この時の内論義において、横川の寛印と園城寺の定基が番えられているという点である。源信の師は良源であるから寛印は良源の孫弟子にあたり、慶祚の師は余慶であるから定基は余慶の孫弟子にあたる。周知のように良源を中心とした慈覚門徒と、余慶を中心とする智証門徒は、天延四年（九八一）の余慶の法性寺座主就任をめぐる衝突をきっかけとして対立を繰り返していた。寛印は生没年や登山の時期などの記録が無いが、定基は『寺門高僧記』によれば、貞元二年（九七七）の誕生であることがわかる。[20]とすれば、天延四年（九八一）の余慶の法性寺座主就任をめぐる衝突が起きた時には、定基はまだ五歳、正暦四年（九九三）に慶祚が比叡山を下り、岩倉大雲寺に居を移した時点でもまだ十七歳である。当然ながら、この記事は、慈覚門徒と智証門徒の対立が明確になった後のことと考えねばならない。すなわち両者の間には、すでに矢を射かけたり、房舎を焼き払うといった暴力行為を重ねられていた。そのような状況にありながら、なお、論義は両者の共同により行われているのだ。

大衆の結合はこのような形で、具体的な場を共有しつつ維持されていたと考えられる。闘争を重ねる状況にあっても源信と慶祚は、論義を得意とする僧同士、互いの力量を認めあっていたと考えられるのである。門徒として武力対立を頻発させつつ、大衆として論義法会をともに運営する。黒田俊雄氏が「二つの顔」という言葉で論じた彼らの重層性を、(21)ここにも具体的にみることができる。

（2）比叡山内論義の概要

さて良源によってはじめられた内論義は、衝突と分裂の時代にどのように続けられたのだろうか。

以下に、内論義に関する記事の主なものを表として示す。

年号	西暦	資料名	記事
応和二年	９６２	『天台座主記』	十一月十一日、四王院において、東塔、西塔の諸徳を招請し内論義の事を議定す。
			同十九日夜之を行ふ。〈断絶の後、六十年を経る。その後相ひ続きて絶へず〉
安和元年	９６８	『良源起請』	（内論義を修したものは、翌年の広学竪義に出る権利を得ることを定める）
天禄元年	９７０	『良源起請』	（安和の定めを再度示す）
天延三年	９７５	『真言伝』	《余慶説話》
天元三年	９８０	『天台座主記』	大師供・内論義等を行ふ。
治安二年	１０２２	『天台座主記』	十一月廿二日、入道大相国（道長）登山す。内論義行はる。
天仁二年	１１０９	『寺門高僧記』	天仁二年十一月、内論義を行ふ。
大治元年	１１２６	『天台座主記』	十一月廿日、内論義を行ふ。

大治六年	1131	『天台座主記』	十一月廿一日、内論義を行ふ。
天承二年	1132	『天台座主記』	十一月廿一日、内論義を行ふ。
保延四年	1138	『天台座主記』	（九月二十八日、鳥羽院登山） 同廿八日、中堂御所において番論義七番あり。院宣に依りて内論義を加ふ。今夜大衆の延年舞を拝見す。
仁安二年	1167	『天台座主記』	十一月廿日、内論義を行ふ。
承安四年	1174	『天台座主記』	十一月廿二日、内論義を行ふ。
建久元年	1190	『天台座主記』	十一月廿二日、内論義行はる。〈去承安四年以後断絶十七ヶ年〉
建久二年	1191	『天台座主記』	十一月廿二日、内論義行はる。
建久三年	1192	『天台座主記』	同三年〈壬子〉十一月十四日寅時、座主顕真円融房において入滅す〈年六十二〉。内論義を修せられんが為日来住山す。去九日寂光廟にして番論義を修し、十三日の夜浄土院にして番論義を修するの間、腫物更に発し遂に以て入滅す。満山の大衆悲嘆す。
正治二年	1200	『天台座主記』	十一月内論義を行はる。〈宗義七十番、唯識五十番、倶舎八十番、詮（イ証）真法眼一番東塔教賀阿闍梨〉

これによれば内論義は、基本的に十一月十九日から二十三日までの間、つまり霜月会にあわせて開催されている。その内容は『天台座主記』の正治二年（一二〇〇）の記事に、宗義七十番、唯識五十番、倶舎八十番とあることから、南都の論義内容を含むものであることが推量できる。宮中や御願寺での論義では、天台僧と南都僧が対問しており、南都教学に精通している必要があったのだ。

また『天台座主記』の建久三年（一一九二）の記事は、座主顕真が内論義の前に行われる九日の番論義と、十三日の番論義を経たところで、腫れ物が悪化して入滅したとするもので、座主が亡くなり「満山の大衆」が悲嘆したことが主眼の記事であるが、内論義の前に何日もかけて番論義が行われていたことが判明する。[22] 後に触れる鳥羽院の訪問の時にも、番論義の後に内論義が行われており、このような順序で論義が進められるのが通常であったことがわかる。

なお『天台座主記』にはじめて内論義のことが記されるのは、応和二年（九六二）であり、この時、まず東塔、西塔の高僧たちを集めて内論義についての群議が行われ、そして十一月十九日に内論義が実行されたとある。「断絶の後、六十年を経る」つまり六十年間途絶えていたのを、復活させたという記述があるが、現在のところその六十年前の記録をみつけることはできない。もしもあったとしても、やはり、この時期、良源を中心とする論義興隆の機運の中で復活されたことに意義があると考えてよいだろう。この翌年にはいわゆる「応和の宗論」が行われ、天台僧に南都僧とならぶ論義の力があることを広く知らしめることとなった。先にも述べたように、良源による広学竪義の創設、「応和の宗論」の企画、内論義の設立（あるいは中興）は、一連の学問興隆の動きのなかにあると考えられる。そしてそのようにして設立された内論義は、たびたび断絶しながらも、少なくとも十三世紀初頭までは続けられていったのだ。

（3）貴顕の訪問

第一節で確認したとおり内論義は、私的な寺内法会であった。しかしそのような実質的な研鑽の場であればこそ、しだいに貴顕の関心を引くことになっていったと考えられる。『天台座主記』の治安二年（一〇二二）の記事からは、藤原道長がこれを見学していることが知られる。またその時の出来事とは明記されないが、『栄花物語』には内論義に接した道長の様子が以下のように記されている。

『栄花物語』巻十五　うたがひ[23]

十一月、山の霜月会の内論義にあはせ給ひては、法師ばらの論義の劣り勝りの程を定めさせ給ひて、勝るには物をかづけ、御衣をぬがせ給、劣るには、「今度参りてせんとす。よく学問をすべし」といひ励まさせ給ふ程も、佛の御方便に似させ給へり。

これによれば、道長は、法師たちの論義の優劣を定めて、すぐれた者には衣をかづけ、劣る者には「次に来た時にかづけものをしよう。勉強しなさい」と言って励ましたとされる。『栄花物語』におけるこの記事の役割は、道長が仏教に造詣が深く、僧たちの論義の内容をも理解したことを述べることにあるのだろう。

しかしここで重要であるのは、俗人である道長が、優劣を判断し褒美を授けたとされることからうかがえることの法会の性格である。正式な論義法会では、探題あるいは証義のみが粛々と優劣を判断するのであり、探題、証義以外、さらに俗人がその評価を示す隙などなかったと考えられる。つまりここからは、内論義という場が、うちうちの勉強会であるからこそ、聴聞者までもがその議論を共有し、優劣を語ることが許されるという開かれた場であったことが判明するのである。第二章でみた『古事談』の記事とあわせて考える時、論義の空間というものが、その優劣についての判断を聴衆も表明できる、一種の熱を帯びた場であったといえるのではないだろうか。

さらに保延三年（一一三八）には、鳥羽院の院宣を蒙って時期はずれの九月に催されていることがわかる。『天台座主記』によれば、鳥羽院が逗留していた中堂御所において、まず番論義が七番あって、それから院宣によって内論義を行い、そして大衆の延年舞があったことが知られる。延年の舞は、法会の後に僧たちによって行われる舞であり、この時の鳥羽院の訪問がやや遊興的な見学を伴うものであったことがわかる。おそらくは先の道長の場合も、遊興性をともなう聴聞であったと考えられ、内論義が実質的な討議の場であるからこそ、貴顕の関心を引くようになっていったことが確認できる。

これらの記事からは、内論義が、藤原道長や鳥羽院にも知られ、積極的に聴聞を望まれるまでに発展していったことが判明する。論義の場は決して閉じられたものではなく、慈覚門徒、智証門徒がともに担い、また俗人の関心にもこたえる開かれた学問の場であったのである。うちうちの勉強会であるからこそ、厳しい議論が交わされ、優劣が問われ、そして多くの人がその評価を表明する、熱気に満ちた場であったのだ。

四　大衆を去る者

第二章で確認したように、大衆とは、いくつもの行動規範を共有して、集団的な意志表示を行い、団結する一つの社会であり、一つの世間であったと考えられる。だからこそ、それを去る者もいた。その象徴が以下の説話にあらわされる増賀であるが、増賀がその意思を表明したのもまた内論義の場であったとされる。『発心集』(24)

ある時、内論義といふことありけり。定まれることにて、論義すべきほどの終りぬれば、饗を庭に投げすつれば、諸々の乞食方々に集まりて、争ひ取つて食ふ習ひなるを、この宰相禅師、にはかに大衆の中より走り出でて、これを取つて食ふ。見る人、「この禅師は、物に狂ふか」と、ののしり騒ぐを聞きて、「我は物に狂はず。かく言はるる大衆達こそ物に狂はるめれ」といひて、さらに驚かず。「あさまし」といひあふほどに、これをついでとして、籠居しにけり。

この話は、増賀上人の奇行譚の一つとしてよく知られているもので、『古事談』『百因縁集』『増賀上人行業記』に同話が、『今昔物語集』に同趣旨の類話がある。増賀が、内論義の後の投餐（残肴を庭上に投げ与える）を、乞食に混じって食べたとするもので、増賀の奇行を強調するものである。増賀は良源の弟子であり、辞退したものの「応和の宗論」にも選ばれた優秀な学僧であった。しかし名誉を好まず、あえて奇行をなすことで、貴顕や大衆の自分への評判をおとしめて、遁世したとされる。

先に挙げた『発心集』の記事では、増賀は、「我は物に狂はず。かく言はるる大衆達こそ物に狂はるめれ」と述べて、胸の内をあかすが、この「大衆たちこそ狂っているのでしょう」という言葉からは、当時の比叡山のあり方、ひいては世俗との癒着や、寺内の門閥化を進めた師良源への批判を読み取ることができる。

ちなみに同じく『発心集』に載せられている他の説話では、さらに師良源への批判が明確に描かれている。良源の僧位昇進の行列に、増賀が、干鮭を太刀のように腰に差し、痩せた牝牛に乗るという異様な姿で現れ、前駆を務めたという逸話である。諸書に引かれる有名な話であるが、『発心集』では、彼の奇行から批判をくみ取った師良源が「これも利生のためなり」と語る場面が描かれており、良源を代表とする世俗化した比叡山社会と、それを批判し離れようとする増賀を対立的に描いたものといえる。

なお、当該説話は、従来の注釈では、いずれも宮中での内論義の説話として解釈しているが[25]、この話は、『発心集』でも『古事談』でも、比叡山根本中堂で千夜祈る話の次に布置されており、比叡山を舞台にした話が続いていること、また大衆の中から増賀が出てきて、大衆と問答しているという点からも、比叡山の内論義のこととして読む方がふさわしいのではないだろうか。さらに『今昔物語集』がこの話を、比叡山上のこととしていることからも、この話の舞台が延暦寺であるとの共通認識があったことがうかがえる。内論義という、大衆たちの共有する社会、世間を象徴する場であったからこそ、増賀はそこで物狂いの姿をみせつけ、大衆を去るのである。

さらにこの説話だけでなく、増賀説話の多くが比叡山を舞台としており、大衆たちがその目撃者となるという構造を持っていることにはもっと注意すべきだろう。かつて益田勝実氏は、増賀の奇行説話と他の遁世説話を連ねて分析し、それらが中央寺院の世俗化を批判し、遁世を勧める強烈な思想を持っていることから、遁世の先である別所にこれらの説話を醸成する土壌があったのではないかと述べた[26]。遁世者たちが別所において、仏道を実践しお互いに励まし合うために語られた説話であったとする説である。

しかしこれらの説話は、むしろ比叡山社会で、出世か、遁世かという選択肢が視野に入り、そこに迷う僧たち、あるいは内心同じように、栄達を求めて生きることに疑問を抱いた貴族達にこそ、興味深い説話であったのではないだろうか。とくに貴顕に寄り添って出世しその力で叡山の中興を遂げた良源と、奇行までなしてそこから遁れ、おのれの仏道に励む増賀の生き方を番えて、仏道者の生き方の理想はどこにあるかという議論へと導く叙述の背景には、論理的命題に慣れた学僧や貴族の視点が感じられるのである。仏教者の生き方に対する葛藤や批判が説話化されるのは、両方の立場を内包する社会があってこそであったと考えられる。

とはいえ、現実において増賀が叡山を離れ移った多武峰は叡山の影響下にあり、全く無縁の場所などではなく、その地で増賀が進めた学究も天台止観に関するものであって、叡山の学問の範疇からはずれるものではない。彼は、叡山を離れた後に弟子相如を師良源のもとにおくっているし、天元三年（九八〇）の良源による比叡山根本中堂の改修の完成供養にも参列している。(27)増賀が去ったのは、比叡山大衆の社会、世間であって、天台社会そのものではなかったのである。

なお説話のなかで多様な僧の生き方が示されているのは、遁世についてだけではない。たとえば『古事談』や『元亨釈書』は、源信が清義に、妹安養尼の蘇生を依頼した話を載せるが、行法によって安養尼の蘇生に成功した清義は、かつて番論義で源信に負けたことによって都を去り、大峯に入って修業し験力を身につけたと記されている。ここには、論義、学究であれば源信が優越するが、その源信も妹の蘇生となると大峯で験力を身につけた清義を頼らざるを得ないということが示されているといえる。このような話からは、大衆の生き方として、学究に生きるか、行法を習得して験力を追求するかという選択肢があったことがうかがわれる。

そしてそれぞれの異なる生き方を選んだ僧たちは、決して交渉を絶つわけではなく、ゆるやかにつながっている。(28)最も明確に対立するはずの慈覚門徒と智証門徒の交流説話も多数存在する。このような説話が記され伝わった背景としては、やはりそれぞれの僧侶たちを内包する大衆という社会があったということが考えられる。通常、思想の異なる集団があっても、それを包括する基盤がなければ、両者が登場する説話は伝えられない。慈覚門徒も智証門徒も、出世を目指す者も遁世を志す者も、学究に生きる僧も験力を身につける僧も、すべてを内包する大衆という社会があった。そのような社会を前提にしてこそ、説話の登場人物はそれぞれの属性を象徴する存在として描かれ、その対立や交渉は、読み手に僧の生き方について考えさせる構造となっているのである。

おわりに

比叡山内論義は、論義を推奨し、比叡山を南都に引けをとらない宗教拠点となすという良源の施策のなかではじめられた。学侶たちは、数々の番論義において研鑽を積み、内論義を経て、広学竪義へと進むこととなり、結果として多くの著名な学僧を天台から輩出するに至った。世俗との密着やそれによる門閥化が進んだとされるこの時期に、出自、門流に関わりなく力を発揮できる内論義がはじめられていることは注目されよう。さらに内論義が、相次ぐ衝突のなかでも慈覚門徒、智証門徒の双方によって維持されている点も重要である。当時の人々が、大衆の結合を具体的に感じるのはこのような場であったと考えられる。そしてそれは次第に、世俗の世界にも知られるものとなり、藤原道長や鳥羽院も聴聞するものとなっていった。内論義は、寺内法会という実質的な位置づけながら、決して閉じられたものではなく、社会的にも認知される行事として続けられたのである。

だが論義の場が、大衆の結合を確認する場としてのみ機能したとは思われない。第二章で確認したごとく、匿名という前提のもと、論義の場では、集団的な意志表示のルールが共有されており、優秀でない僧に対しては容赦ない批判が表明された。その集団的な意思表示の方法は、衆会にも共通したであろうし、そこで醸成された集団性は強訴などにおいても機能したと考えられる。その意味では、論義の場のもたらす力は、大衆の結合にも、強訴、闘争にも向かいうるものであったと思われる。本稿で最も強調したいのは、内論義の場での大衆の意志表明のあり方が、強訴を決する大衆の衆会と共通するものであり、大衆が参加する法会の場と集会（僉議）とは同一の社会的基盤に立脚しているということである。

本稿では、論義の場を中心として、大衆の姿を描こうと試みたが、その結果、内論義に関する記事だけでも、良源、余慶、源信、増賀といった著名な僧が関わっていることがわかった。彼らが象徴するように、大衆には、慈覚門徒も智証門徒も、出世を目指す者も遁世を志す者も、学究に生きる僧も験力を身につける僧も含まれていたと考えられる。大衆とは、門流も活動も異なる彼ら、あるいは彼らに類する僧たちの総称であったと考えられる。そして彼らの活動の中心には、なにより宗教があり、法会があり、学問があり、論義があった。軍記などに登場する大衆、衆徒が舌鋒鋭く道理を語って多くの僧たちを巻き込んだり、集団的な行動を指揮することができるのも、このようなもともとの大衆の性格に起因するものと考えられるのである。論義という場を抜きにして大衆は語れない。強訴における暴力性など、寺院社会の非日常的な側面のみを強調する大衆研究―寺院集団論―は、根本的な見直しが求められているのである。

注

（1）詳細は第一章に述べる。
（2）勝俣鎮夫『一揆』（岩波書店、一九八二年）、三枝暁子「中世における山門衆会の特質とその変遷」（『人のつながり」の中世』（山川出版社、二〇〇八年）、呉座勇一『一揆の原理』（ちくま学芸文庫、二〇一五年）
（3）黒田俊雄「寺社勢力の興隆」（『寺社勢力』岩波書店、一九八〇年）
（4）辻善之助「僧兵の原由」（『日本仏教史』第一巻、岩波書店、一九四四年）
（5）平田俊春「僧兵論」（『平安時代の研究』山一書房、一九四三年、初出一九三七年）
（6）平岡定海「東大寺の寺院構造について」（『日本寺院史の研究』吉川弘文館、一九八一年、初出一九六七年）

（7）黒田俊雄「中世寺院勢力論」（『黒田俊雄著作集』第三巻、法蔵館、一九九五年、初出一九七五年）
（8）黒田俊雄「寺院生活の諸相」（『寺社勢力』岩波書店、一九八〇年）
（9）黒田俊雄「中世「顕密」仏教論」（『黒田俊雄著作集』第二巻、法蔵館、一九九四年、初出一九八七年）
（10）衣川仁「序章」（『中世寺院勢力論』吉川弘文館、二〇〇七年）
（11）衣川仁「終章」（『中世寺院勢力論』吉川弘文館、二〇〇七年）
（12）『対校　真言伝』（勉誠社、一九八八年）より、寛文版本をもとに、観智院本を参照し、適宜校訂した。
（13）良源「二十六箇条起請」（『平安遺文』第二巻、三〇三、東京堂出版）
（14）『新注　古事談』（笠間書院、二〇一〇年）
（15）『台記』（増補史料大成、臨川書店）
（16）『源平盛衰記』巻四「頼政歌」（三弥井書店、一九九一年）
（17）たとえば、清田義英『中世寺院法史の研究』（敬文堂、一九九五年）では、第二章第二節「叡山の大衆僉義」において、『源平盛衰記』のこの場面を引用する。
（18）注13に同じ。
（19）『訓読　元亨釈書』（禅文化研究所、二〇一一年）
（20）『寺門高僧記』巻三（『続群書類従』第二八輯上釈家部）
（21）注8に同じ。
（22）『校訂増補　天台座主記』（渋谷慈鎧編、第一書房、一九七三年）
（23）『栄花物語』（『日本古典文学大系』岩波書店、一九六五年）
（24）『発心集』（角川ソフィア文庫、二〇一四年）
（25）『方丈記　発心集』（日本古典文学集成、新潮社、一九七六年）、『発心集』（角川ソフィア文庫、角川書店、二〇一四年）など。
（26）益田勝実「偽悪の伝統」（『文学』三二巻一号、一九六四年）

（27）『堂供養記』（東京大学史料編纂所謄写本、二〇一四―一一七、原蔵者碓井小三郎）。なおこの時の根本中堂供養には、智証門徒として座主就任を阻まれ、叡山をのがれた余慶ももちろん参列している。

（28）佐藤「験者の肖像―余慶とその弟子たち―」（『山辺道』第五八号、二〇一八年）

『今昔物語集』と法相宗修験

原田　信之

はじめに

史実かどうかは別として、現在でも、修験道は役行者（六三四？～七〇一以後。役君小角、役優婆塞とも。本稿では呼称の統一はしない）によって開かれたと説明されることが多い。『今昔物語集』（以下、『今昔』と略す）は平安時代末期に成立したと推定されているが、本朝仏法伝来史の話群の中に役優婆塞説話が掲載されている。本朝仏法伝来史の巻一一第1話が聖徳太子、第2話が行基菩薩、第3話が役優婆塞という配置から考えて、『今昔』編者が役優婆塞を重視していたことがうかがえる。なぜ『今昔』編者は役優婆塞を重視していたのであろうか。このことを明らかにするためには、『今昔』成立期の院政期における役優婆塞や修験の意味について検討する必要がある。

『今昔』が成立したと推定されている院政期の主要宗派は、南都六宗（倶舎宗、成実宗、律宗、法相宗、三論宗、華厳宗）と平安二宗（天台宗、真言宗）の八宗である。筆者は、これらのすべてについて、『今昔』全巻との関連性を調査研究してみた結果、「内部徴証」から『今昔』は「南都法相系成立」で興福寺学問僧が編纂した可能性が極めて高いと推定するに至った(1)。

興味深いことに、南都には法相宗修験とも称すべき修験の流れがあり、修験の成立に大きな影響を与えたようである。つまり、『今昔』が「南都法相系成立」であるなら、『今昔』において修験がどう扱われているかを詳細に検討すると、院政期に活躍した法相宗学侶の一人（『今昔』編者）が修験についてどう認識していたかを知る手がかりを得ることができることになる。

本稿では、『今昔』南都法相系成立の論拠を補強するものとして、法相宗修験をめぐる問題を手がかりとしながら、『今昔』本朝部における修験の意味について考究することを目的とする。

一　修験道成立の問題

修験道については、宗教学、歴史学、文学、民俗学など各分野にわたり多数の研究の蓄積がある。(2) これまでの研究史のなかで、「修験道」はいつ頃成立したと考えられてきたのであろうか。五来重氏が「入峯修行の方式は平安中期に修験道を確立した大峯方式が、全国に伝播したものと私は推定している」（『修験道入門』(3)）と述べ、宮家準氏が「修験道は日本古来の山岳信仰が、シャーマニズム・仏教・道教・神道などの影響のもとに平安時代後期に一つの宗教形態をとるに至ったものである」（『修験道組織の研究』(4)）と記していたように、近年まで、修験道は平安時代中期から後期頃に成立したとされてきた。しかし、研究が進んだ結果、最近では、修験道の成立時期は平安時代より後の時代であったと考えられるようになってきている。

かつては「平安時代後期に一つの宗教形態をとるに至った」（『修験道組織の研究』）と述べていた宮家準氏は、「修験道は古来の山岳信仰にシャマニズム、神道、道教、仏教が習合して中世初期に芽生え、後期に確立したもので、山伏・修験者の霊山などでの修行による験の獲得と、それにもとづく常民の不安解消をはかる事を眼目とする宗教である。それ故日本仏教の諸宗のように開祖、その教説などは見られない。（中略）近世には天台宗の聖護院門跡を本寺とする本山派と当山正大先達を包摂した真言宗醍醐三宝院を本寺とする当山派の両宗が公認された。ただ両派は天台・真言の寓宗ともいえる存在だった。」（『日本仏教と修験道』(5)）と、「中世初期に芽生え、後期に確立した」と記すようになってきている。また、鈴木正崇氏も「原型は奈良時代の聖《ひじり》や禅師《ぜんじ》などの山岳行者で、平安初期に山岳仏教の天台宗や真言宗など密教の影響を受け、平安時代後期に吉野や熊野で発展した。鎌倉時代には役小角《えんのおづぬ》が開祖に祀り上げられ、「修験」から「修験道」へと体系化された。室町時代後期には教義・修行・思想・組織が整えられて教団化した。（中略）江戸時代には京都の聖護院《しょうごいん》中心の本山派《ほんざん》（天台宗）と醍醐《だいご》三宝院《さんぼういん》中心の当山派《とうざん》（真言系）に組織化され、大峯山と羽黒山と英彦山が三大修行場となった」（『山岳信仰』(6)）と述べている。

これらの記述から、現在の研究では、「修験道」の成立時期は、平安時代中期から後期頃という説から、「中世初期に芽生え、後期に確立した」と修正されてきていることがうかがえる。この学説をふまえるなら、『今昔』が編纂された平安時代末期は、「修験道」が体系化される前の「修験」の時代であったということになろう。では、『今昔』の時代に至るまでの「修験」とはどのようなものだったのであろうか。

和歌森太郎氏は「修験」という語について、『日本三代実録』貞観十年（八六八）七月九日の条や、『小右記』天元五年（九八二）三月二十五日の条に記されているのが古例で、『日本霊異記』の役小角伝の題に「修㆓持孔雀王咒法㆒得㆓異験力㆒」（傍点ママ）とある点などから、その意味内容は、「修㆓持咒法㆒得㆓験力㆒」（咒法を修持して験力を得る）こと、「咒験を得る術、つまり咒術であるといえる。しかもそれは、（中略）単なる吉凶判断とも違い真言口誦とも違うのであり、おそらくは、密教咒法の中でも特に身体的行為を以て、ある人為を加えることによって発揮する宗教学上のいわゆる咒術だと認められる」(7)と述べている。

和歌森氏が指摘した『日本三代実録』貞観十年七月九日の条には、大和国吉野郡の深山に若い頃より入山している道珠という沙門に修験が有る（「有修験」）と清和天皇がお聞きになって召したと記されているわけであるが(8)、ここの「修験」は、「呪法を修持して得た験力」という意味とみてよいであろう。

二　『今昔』修験関係説話

『今昔』には「修験」という語が巻一七第16話と巻二〇第2話の二ヵ所出てくる。一ヵ所目は、巻一七第18話「備中国僧阿清、依地蔵助得活語」で、備中国の阿清という僧は生まれつき「修験」を好んで諸山を回り海を渡って難行苦行の生活をしていた（「天性トシテ修験ヲ好テ、諸ノ山ヲ廻リ海ヲ渡テ、難行苦行ス」）が、二十四、五歳になった時病気になって死に、地蔵の助けによって生き返ったという話である。ここの「修験」は、「諸ノ山ヲ廻リ海ヲ渡テ、難行苦行」することという意味で使われている（修験道の意味ではない(9)）。この話では、地蔵が冥界の役人に、この僧は「如法ノ行者」（作法通り修行する者）で、その理由は、生きている時、「白山立山」という霊場に詣で骨身を削って修行すること数度におよび、この外に諸山を回り海を渡って仏道修行することの数も多いので放免するべきだと述べてくれたおかげで生き返ったと記されている点が注目される（地蔵菩薩が「修験」を行う僧を「如法ノ行者」として評価し、冥界の役人も同様に評価して蘇生させている）。なお、この話の出典は未詳であるが散逸『地蔵菩薩霊験記』かと推定されている(10)。

なお、和歌森氏は、「山臥」（山伏）、「修験者」について、「「山人《びと》」たるの性質を媒介にして、一面には山林抖《と》擻《そう》家的性格をもって、他面には呪術師的性格をもって、発生活躍した呪術・宗教家が「山臥」であった、この語が本来山中に起臥して修行するという第一の性格を意味することは容易に察せられるが、この人物がまた往々「修験者」とよばれた」と述べ、「抖擻」と「頭陀」について、両者は「語原を同じくするところから、ほぼ同義に用いられている。しかし本研究では（中略）頭陀を行脚《あんぎゃ》というほどの意味にとり、抖擻には、さらにその上に苦行性を含ませて用いることとした」と自著での抖擻と頭陀の使い分けについて述べている。(11) 和歌森氏が指摘するように、各種文献に出てくる「修験」という語には「苦行性」が含まれて用いられている場合が多いように見受けられる。『今昔』一七18に出てくる「修験」の語も「天性トシテ修験ヲ好テ、諸ノ山ヲ廻リ海ヲ渡テ、難行苦行ス」という文脈の中にあるので、「苦行性」が含まれていることがわかる。

『今昔』巻一七第1～32話には地蔵菩薩霊験譚が配されているわけであるが、特に巻一七第14～18話には地蔵信仰を持つ行者たちが「修験」の霊場で往生したり利益を得たりする話が続いていることから、「修験」関係説話群が配置されたとみられる。巻一七第14～18話の表題を示すと以下のようになる。

依地蔵示、従鎮西移愛宕護僧語第十四
依地蔵示、従愛宕護移伯耆大山僧語第十五
伊豆国大島郡、建地蔵寺語第十六
東大寺蔵満、依地蔵助得活語第十七
備中国僧阿清、依地蔵助得活語第十八

一七14は「背振ノ山」の持経者が地蔵の示しによって「愛宕護ノ山」に行って西方に端坐して入滅する話、一七15は「愛宕護ノ山」の僧が地蔵の示しによって「伯耆ノ大山」に行って修行して利益を得た話、一七16は「江ノ優婆塞」が流された時に時々飛んで来て修行した「伊豆国大島郡」の島で地蔵菩薩像を安置して修行した僧が西方に端坐して入滅した話、一七17は東大寺を捨てて「笠置ノ窟」で地蔵を念じて修行した僧が西方に端坐して入滅した話、一七18は「修験」を好み「白山」や「立山」などの霊場を回ったという「如法ノ行者」の話となっている。

これらの説話に記されている、「背振ノ山」（福岡・佐賀県）、「愛宕護ノ山」（京都府）、「伯耆ノ大山」（鳥取県)、「江ノ優婆塞」が修行した伊豆国大島郡の島（東京都）、「笠置ノ窟」（京都府）、「白山」（石川・岐阜県）、「立山」（富山県）などはどれも著名な「修験」の霊場であることから、『今昔』編者が意図的に巻一七第14〜18話に「修験」関係説話群を配置したらしいことがわかる。なお、「修験」の徒は地蔵信仰や法華経信仰を持つものが多いとされる。[12]

「修験」の語が出てくる二ヵ所目は、巻二〇第2話「震旦天狗智羅永寿、渡此朝語」で、智羅永寿という震旦の天狗が日本に渡ってきて、日本には「修験ノ僧」（修行を積み験力を得た僧）がいると聞いたので験くらべをしようと、余慶律師、深禅権僧正、慈恵大僧正らを襲おうとしたが、近付くことさえできず、お付きの童子らに腰を踏みつけられて震旦に帰ったという話。余慶（九一九〜九九一）は第二十代天台座主、深禅（尋禅。九四三〜九九〇）は第十九代天台座主、慈恵（良源。九一二〜九八五）は第十八代天台座主である。ここの「修験」は、修行を積み験力を得るという意味で使われているわけであるが、この話の「修験ノ僧」の対象がこれら三人の学僧たちであることからも、修験道の「修験」とは無関係であることは明らかである。この話の出典は未詳で、『真言伝』五の二五に同文的同話がある。

『今昔』巻二〇第1話は天竺の天狗、巻二〇第2話は震旦の天狗というように、巻二〇は第1話から第12話まで天狗の話群となっている。『今昔』本朝仏法部の巻二〇に天狗の話群が存在しているのは、『今昔』編者による意図的な配置とみられる。筆者は、『今昔』全巻は法相宗の教理により編纂されていると推定しているが、『今昔』仏法部・世俗部という構成は法相宗の二諦説によるもので、『今昔』本朝仏法部巻一九（話群配列……俗人出家、仏物盗用、孝養、報恩、三宝加護）と巻二〇（話群配列……天狗、野猪・野干、冥界、異類転生、現報、憍慢、天道感応）は法相宗四重二諦の前三勝義〈亦俗亦真〉（真諦でもあり俗諦でもある）に該当しているとみられる。[13]

巻二〇の天狗話群最終話となる第12話に「伊吹山三修禅師、得天宮迎語」という話がある。これは、法文を学ばず「弥陀ノ念仏」を唱えることしか知らない三修禅師が天宮（天狗）にだまされて狂気のなかに死んだ話である。結語に「如此ノ魔縁ト三宝ノ境界トハ更ニ不似ザリケル事ヲ、智リ無キガ故ニ不知ズシテ、被謀ル也」と記してあることから、『今昔』編者が法文を学ばず念仏を唱えることしか知らなかったため天狗にだまされた三修に対して否定的な評価を下していることがうかがえる。この結語部分は類話の『宇治拾遺物語』一六九話にも記されていないので、『今昔』編者が付加したものとみてよいであろう。

『日本三代実録』元慶二年（八七八）二月十三日の条に伊吹山護国寺が定額寺に列せられた記事があり、そこに三修は少年の時に出家し、名山を回り、仁寿年中に七高山の一つである伊吹山に登ったと記されている。[14] 伊吹山は七高山（近畿地方にある七つの霊山――比叡山・比良山・伊吹山・愛宕山・神峰山・金峰山・葛城山または高野山――）の一つで、山岳仏教の霊山として知られている。実際の三修は「修験」（諸山を回り難行苦行する意）の行者でもあったようである。『真言伝』の類話によると、三修禅師は十三歳で出家して伊吹山に入り三十余年苦修練行したという。三修禅師が天狗にだまされたことについて、『真言伝』は、「私云、魔障誠ニ恐ルヘシ。タトヒ志シアツテ瑜伽ニ住セリト云ヘトモ、出離得脱浄土往生等ノ心ナヲサリナラスハ、定テ本尊ノ加護ニ侍ラン」[15]（句読点筆者）と記している。『本朝高僧伝』巻七の三修伝によると、三修（八二九～九〇〇）は元興寺明詮僧都より唯識や因明を学ぶとともに密教にも通じた学僧で、仁寿年中（八五一～八五四）に伊吹山に登り、庵を結んで禅坐し、千手陀羅尼を誦して二十余年山から出なかったという。貞観十八年（八七六）兜率天からの迎えとだまされた魔騒動が起こったが、その後回復し、寛平六年（八九四）には維摩会講師を務めたとされる。[16]『三会定一記』寛平六年の項に講師三修は「東大寺法相宗」「兼真言宗。宗叡僧正弟子。東寺入寺」[17] とあり、『僧綱補任』第二の寛平六年の項に「講師三修―【割注】法相宗。東大寺」、昌泰三年（九〇〇）の項に権律師三修が七十二歳で入滅したと記されていることから、[18]三修は元興寺明詮から唯識や因明を学んだのではなく、東大寺で法相宗を学び東寺で宗叡から真言宗を兼学した学僧であった可能性が高い（詳細は不明）。

『今昔』や『宇治拾遺物語』では無学な三修は天狗にだまされて死んだことになっているが、実際の三修は権律師まで務めた学僧だったようである。ただ、魔障にあった騒動らしきものはあったようで、『本朝高僧伝』では騒動の後に回復して出世したことになっている（魔障騒動が事実であったかは不明。三修の魔障譚は何らかの意図のもとに作成されたものか。三修は天狗と結びつけられて伝承されてきたようである）。

『真言伝』に「瑜伽ニ住セリト云ヘトモ、出離得脱浄土往生等ノ心ナヲサリナラスハ、定テ本尊ノ加護ニ侍ラン」とあることから、『真言伝』が、元興寺明詮僧都より唯識や因明を学んだ三修禅師が法相宗の禅定（瑜伽）を行い兜率浄土への往生を願っていた僧であったと考えていたらしいことがうかがえる。『今昔』や『宇治拾遺物語』では、三修は弥陀念仏のみを唱えたとあることから、『今昔』は、『真言伝』系の説話ではなく『宇治拾遺物語』系の説話を典拠としたらしいことがわかる。

『今昔』編者は、巻二〇の天狗話群最終話となる第12話に三修禅師が天狗にだまされた話を配することで、法文を学ばず「弥陀ノ念仏」を唱えることしか知らないと「魔縁」に落ちることを示そうとしたかと推定される。

巻一七第18話の「修験」は諸山を回り難行苦行するという意味、巻二〇第2話の「修験」は修行を積み験力を得るという意味で使われていた。巻一七第18話の「修験」という語と、巻一七第14～18話の「修験」関係説話群は、「修験道」が体系化される前の「修験」の時代の状況を示す事例として注目される。

三　役行者と法相宗道照

そもそも役行者とはどのような人物だったのであろうか。『続日本紀』文武天皇三年（六九九）五月二十四日の条に次のような記述がある。

役君小角、伊豆嶋に流さる。初め小角、葛木山に住みて、呪術を以て称めらる。外従五位下韓国連広足が師なりき。後にその能を害ひて、讒づるに妖惑を以てせり。故、遠き処に配さる。世相伝へて云はく、「小角能く鬼神を役使して、水を汲み薪を採らしむ。若し命を用ゐずは、即ち呪を以て縛る」といふ。(19)

この記述によると、はじめ役君小角は葛木山に住んで呪術を使うので有名で、韓国連広足の師であったが、後にその能力が人々を惑わすと讒言されて伊豆嶋に遠流された。世間では「小角はよく鬼神を役使して水を汲んだり薪を採らせたりするが、もし従わないと呪術で縛る」と伝えられているという。役行者についての確実な史料はこの『続日本紀』の記述のみであるため、詳細は良くわからないが、実在の人物であったことは確かなようである。

後代、修験の祖としての役行者像を決定付ける役割を果たしたのが、『日本霊異記』上巻に所収されている「孔雀王の呪法を修持ちて異しき験力を得て現に仙と作り天に飛ぶ縁第二十八」と題された役行者説話である。弘仁年間(八一〇~八二四)に成立したと推定されている『日本霊異記』は南都法相宗薬師寺の景戒が編纂した日本で最初の説話集である。『日本霊異記』が成立したのは、文武天皇三年(六九九)に役小角が伊豆嶋に流されたという『続日本紀』に記載された事件から約百年後のことであるが、『日本霊異記』が成立するまでのこの約百年間に役行者について記された文献は残っていない。

そして、『日本霊異記』成立以降、『日本霊異記』に記載された役行者説話は、『三宝絵』『本朝神仙伝』『今昔物語集』『扶桑略記』『水鏡』『大峯縁起』『源平盛衰記』『古今著聞集』『私聚百因縁集』『沙石集』『元亨釈書』『三国伝記』『役行者本記』『役君形生記』等々、古代から近世まで時代を越えて次々と引用・改変・増補されてゆき、後代の役行者伝承の展開に大きな影響を与えることとなったようである。(20)

文武天皇三年の役小角遠流事件から『日本霊異記』成立にいたるまでの約百年の間に記された役小角関連文献は残っていないわけであるが、その間にも役行者伝承は改変・増補されていったようで、『日本霊異記』の役行者説話は『続日本紀』にみえる記述よりかなり情報量が多くなっている。

『続日本紀』の記述と『日本霊異記』の記述の間で特に注目する必要がある改変点および追加点は二つある。一つ目は役行者の呼称が「役君小角」から「役優婆塞」へと変わっている点で、二つ目は役行者が神通力で新羅に飛んで道照（道昭とも。六二九〜七〇〇。六五三入唐・六六一頃帰国）の講義を聴いた逸話が新たに追加されている点である。

まず一つ目の役行者の呼称が「役君小角」から「役優婆塞」へと変わっている点であるが、「役君小角」では役行者が仏教信者であったかどうかは不明だが、「役優婆塞」とあると役行者が明らかに仏教信者ということになる（「優婆塞」は在家の仏教信者という意味）。和歌森太郎氏は「役小角自身には、仏教信仰との関係はない。古来の日本人の山岳信仰にこたえて、山中の霊界を操り、抑える呪術師だったのである。（中略）奈良時代の仏教界に、民間宗教的には重きをなしてきた山間修法の僧侶が地方に著しかったところから、小角もまた、そうした仏教的山間修法の者であったとされることになった[21]」と記し、役行者は仏教信者ではなかったという立場をとっている。

宮家準氏は、典薬寮の呪禁師には山居して方術を行う道教に淵源を持つ道呪《どうじゅ》を中心とする者と仏教の仏呪の二種のものがあり、後に典薬頭となった韓国連広足が道呪を行っていたから師の小角も道呪を行っていたと推測し、「広足も道呪や道士の法を行ったが、仏教者ではない彼の場合は、小角のように罰を受けることはなかったと考えられる[22]」と記している。この記述から、宮家氏は、同じ道呪を行った師弟二人のうち、師の小角は仏教者であったから罰を受けたが、弟子の広足は仏教者でなかったから罰を受けなかったとみているらしいことがわかる。

役行者が仏教信者であったのか、仏教信者でなかったのかはよくわからないが、和歌森氏が主張するように仏教信者でなかったとした場合、『続日本紀』に記された事件の時代から『日本霊異記』成立期にいたるまでの約百年の間に、「役行者は仏教信者であった」という改変が行われたことになる。筆者は、もしそのような改変が行われた場合、それを行ったのは南都法相宗に属した者たちではなかったかと推測している（景戒も南都法相宗薬師寺に属していた）。

二つ目の、役行者が神通力で新羅に飛んで道照の講義を聴いた話（以下、道照新羅講義譚と略称する）が追加されている点であるが、なぜこのような話が『日本霊異記』に新たに追加されたのかについて検討しておく必要がある。次に『日本霊異記』、永観二年（九八四）成立『三宝絵』、『今昔』の該当部分を引用してみる（傍線・波線を付した[23]）。

◆『日本霊異記』上巻第28

吾が聖朝の人道照法師、勅を奉り法を求めて大唐に往く。法師五百の虎の請を受け新羅に至る。其の山の中に有りて法花経を講く。時に虎衆の中に人有りて倭語を以ちて問を挙ぐ。法師「誰れぞ」と問へば「役優婆塞なり」と答ふ。法師我が国の聖人なりと思ひて、高座より下りて求むれども無し。

◆『三宝絵』中2

我朝ノ道照法師勅ヲ承テ、法ヲモトメムガタメニモロコシニワタリシ時、新羅ニ五百虎ノ請ヲ受テ新羅ニイタレリ。山内ニシテ法華経ヲ講ズル庭ニ人アリテ、我国ノ詞ニテウタガヒヲアゲタリ。道照和尚、タレソ。ト、ヘバ、答云、我ハモト日本国ニアリシ役優婆塞也。彼国ノ人、神ノ心モ枉リ、人ノ心モアシカリシカバ、サリニシ也。今モ時々ハカヨヒユク。トイフ。我国ノ聖也トシリテ、ソノカヒニ高座ヨリヲリテヲガミモトムルニ、忽ニミヘズナリヌ。

◆『今昔』一一―4「道照和尚、亘唐、伝法相還来語」の五段

亦、道照、震旦ニ在マス間、新羅国ノ五百ノ道士ノ請ヲ得テ彼ノ国ニ至テ、山ノ上ニシテ法華経ヲ講ズル庭ニ、隔ノ内ニ我ガ国ノ人ノ語ニシテ物ヲ乞フ音有リ。道照高座ノ上ニシテ法ヲ暫ク説キ止テ、此ヲ、「誰ソ」ト問フ。其音答テ云ク、「我レハ日本ノ朝ニ有シ役ノ優婆塞也。日本ハ神ノ心モ物狂ハシク、人ノ心モ悪カリシカバ、去ニシ也。然レドモ、于今時々ハ通フ也」ト。道照、「我ガ国ニ有ケル人也」ト聞テ、「必ズ面リ見ム」ト思テ、高座ヨリ下テ尋ヌルニ、無シ。口惜キ事無限シテ震旦ニ返リニケリ。

本文を検討すると、これらの関係は、『日本霊異記』上巻第28を『三宝絵』中2が引用し、『三宝絵』中2を『今昔』一一―4が引用したことがわかる。『今昔』は、役優婆塞が主人公となる巻一一―3「役優婆塞、誦持呪、駆鬼神語」では道照新羅講義譚は引用せず、道照が主人公となる巻一一―4「道照和尚、亘唐、伝法相還来語」の五段目部分に道照新羅講義譚を『三宝絵』から引用している。『今昔』巻一一―3「役優婆塞、誦持呪、駆鬼神語」では、末尾が欠落しているが、これは出典の『三宝絵』にある道照新羅講義譚を道照が主人公となる巻一一―4で使ったため、『三宝絵』に本来あった部分に欠落が生じたためだと推定される。『今昔』は編纂が途中で中断されたと推定されているわけであるが、おそらくこの部分の中途半端な本文の中断も、後に欠落部分の本文を整えて「トナム語リ伝ヘタルトヤ」という語で結ぶ予定であったと思われる。

役優婆塞を主人公とする話の中に道照新羅講義譚が組み込まれている『日本霊異記』や『三宝絵』の本文の場合、主人公役優婆塞が新羅まで飛ぶことができる神通力の持ち主であったことを示すことになり、道照新羅講義譚は役優婆塞の偉大さを示す役割を果たしていることがわかる。ところが、道照を主人公とする話の中に道照新羅講義譚が組み込まれている『今昔』の本文の場合、新羅に滞在している主人公道照の元へ役優婆塞が学びに行ったことになり、道照新羅講義譚は道照の偉大さを示す役割を果たすように組み替えられたことがわかる。

『今昔』が、本来は役優婆塞が主人公となる巻一一3にあったはずの道照新羅講義譚部分を、道照が主人公となる巻一一4に移動させたのは、『今昔』が法相宗重視の編纂姿勢を有していることが背景にあるためと推定してよいであろう。つまり、『今昔』は役優婆塞より法相宗の道照を重視しようとしたとみられる。

『今昔』が道照新羅講義譚部分で行った改変について検討することにしたい。まず『今昔』一一4の傍線部分であるが、『今昔』は「新羅国ノ五百ノ道士ノ請ヲ得テ彼ノ国ニ至テ」と記しているが、『日本霊異記』は「法師五百の虎の請を受け新羅に至る」とし、『三宝絵』は「新羅ニ五百虎ノ請ヲ受テ新羅ニイタレリ」としている。『今昔』は『三宝絵』を引用しているが、『日本霊異記』も参照しているので、『日本霊異記』と『三宝絵』が五百の虎から招請を受けて新羅へ行ったと記しているのを知りながら「五百ノ道士」と改変したらしいことがわかる（岩波新大系脚注は「道士」について「ここでは仏教修行者の意か」とする）。「虎」を「道士」へと改変した理由は不明であるが、法相宗道照をたたえるために荒唐無稽な記述を排除しようとして改変した可能性と、「道士」と記された別資料を参照した可能性の二点を想定しておきたい。

次に、『今昔』が一一4の波線部分で行った改変について検討することにする。道照が役優婆塞の声を聞いた後の場面で、『日本霊異記』は「我が国の聖人なりと思ひて」、『三宝絵』は「我国ノ聖也トシリテ」と記しているのに対して、『今昔』一一4は「「我ガ国ニ有ケル人也」ト聞テ」と記している。つまり、役優婆塞に対して『日本霊異記』は「聖人」、『三宝絵』は「聖」とたたえた表記になっているのに、『今昔』は「人」と改変していることがわかる。『今昔』が巻一一において、一見すると各宗の祖師たちに対して平等に敬称表現を用いているように見受けられるが、詳しく検討すると、2話と7話の「行基菩薩」が「文殊ノ化身」、4話の「道照」とその師「玄奘」が「権者」、13話の「興福寺ノ隆尊律師」が「化人」、38話の「義淵僧正」が「化生ノ人」など、「法相宗の学問僧」だけに「権者」「化人」という特別の敬称表現をしている点はかつて指摘した。(24)このこともあわせて考えると、『今昔』は役優婆塞のことを道照が認識する部分を、出典にある「聖」ではなく「人」と意図的に改変して記したらしいことがわかる。この点について、筆者は、役優婆塞が法相宗側の人物ではないことに加え、「修験」の行者であったことが影響しているのではないかと考えている。本朝仏法伝来史の巻一一第1話に聖徳太子、第2話に行基菩薩、第3話に役優婆塞と配置しているように、『今昔』編者は役優婆塞を重視していたことがうかがえるが、役優婆塞に対して特別の敬意は持っていなかったらしい。

四　法相宗道照と「禅定」

道照新羅講義譚は『日本霊異記』上巻第28の役優婆塞説話が初出であるが、なぜ役優婆塞と道照が結びつけられることになったのであろうか。筆者は、『日本霊異記』の道照新羅講義譚は南都法相宗に属する者が作成したのではないかと推定している。『日本霊異記』上巻第28で役優婆塞は、道照の「法花経」講義を聴いたことになっている。『法華経』は、三論宗、法相宗、華厳宗、天台宗等、それぞれの宗派がそれぞれの立場で研究を進めていた。(25) 法相宗においては、法相宗初祖の基（慈恩大師、窺基）が五姓各別説に立って『法華経』の説く「一乗」を密意一乗とし、不定種姓に対する方便説と論じている。法相宗の僧侶たちは『法華経』を受容し、往生・成仏について説き、多くの『法華経』関係の注釈書を執筆し、法会で『法華経』の講義を行った。(26) 役優婆塞が法相宗道照の『法華経』講義を聴講したということは、法相宗の立場で説かれた『法華経』講義を聴くために新羅まで神通力で飛んで行ったということになる。このことも、『日本霊異記』の道照新羅講義譚は南都法相宗に属する者が作成したと考えられることの根拠となろう。

もう一点、役優婆塞と法相宗道照が結びつけられることになった原因として考えられるのが「禅定」の問題である。『日本霊異記』上巻第22「勤めて仏の教を学びむことを求め法を弘め物を利けて命終る時に臨み異しき表を示す縁」は、道照が主人公の説話で、道照は渡唐して玄奘に学び、帰朝後「禅院」を造って弟子を育て、西方に端坐して光に包まれて亡くなったという内容になっている。この説話は、『今昔』一一4「道照和尚、亘唐、伝法相還来語」の六段の出典となっている。『今昔』一一4は、話末に、出典にはない「彼ノ禅院ト云ハ元興寺ノ東南ニ有リ。道照和尚ハ権者也ケリ」という結語部分を付加している。道照と「禅定」については、『続日本紀』巻第一文武天皇四年（七〇〇）三月十日の条に道照の略伝があり、そこに、白雉四年に入唐した道照は玄奘に師事し、玄奘から、禅を学んで東土に流伝させるように言われ、「禅定」を習って帰朝し、元興寺の東南の隅に「禅院」を建てて住んだことが記されている。(27)

道照が学んだ禅について、富貴原章信氏は「元興寺禅院に於て、天下行業の徒が（道昭）和尚に従つて禅を学び、或は三日にして一たび起ち、或は七日にして一たび起つともいひ、之に由つて道昭は修禅観心の実践を行つたことが知られる。但しこゝに禅といふには、固より瑜伽行としての観心で、決して謂ゆる禅宗の禅ではない。／凡そ元興寺禅院は、東大寺具書には法相禅院とあるやうに、法相宗の実践道場でなければならない。そして若し法相宗の眼目は唯識無境を悟るにあり、唯識無境は唯識観によつて初めて悟りうるとすれば、恐らくはこの禅院に於てもまた唯識観の実践が行はれたに相違ない。(28)」と述べている。また、深浦正文氏は「一説に、道昭は如上玄奘の勧奨によって禅宗を修習して伝え、わが国禅宗の先駆をなした、よってその禅宗の伝来を本領とすべき以上、唯識の伝来の如きは、措いて言及されぬのであるというものあれど、これまたそうではない。いわゆる玄奘の勧奨せる修禅とは、かの四禅九定の実習にあって、宗旨としての禅法にあらず、畢竟教義の論攷が、ややもすれば空理・空論に陥らんとするを戒め、あくまで実践・実行の修習を念とすべきを勧めしものといわねばならぬのである。玄奘が、如何に修禅の実習を重んじたかてうことは、その高宗に奏上せる表文によっても知られる。(29)」と述べている。

道照が建てた元興寺禅院は、『東大寺具書』に「法相禅院」[30]とあることからわかるように、法相宗の修禅観心の実践道場であったようである。つまり、道照が日本に伝えたのは禅宗の禅ではなく、瑜伽行としての観心、四禅九定の実習であったとみられる。修禅の実習を重んじた玄奘は、日本から来た道照が教義の学習に偏りすぎて空理・空論に陥ることのないように、修禅観心の実践を勧めたのであろう。

法相宗では修禅の実習を重んじた。道照が入唐して四年目の顕慶二年（六五七）九月二十日、翻訳作業中の玄奘は高宗に少林寺に入って翻訳したいと願い出たが、許されなかった。玄奘はその時の上表文中に、煩悩を断伏するには、経論を研味する慧学と林で宴坐する定学のどちらも欠けてはいけないことを指摘し、今の自分には定学が足らないので少林寺に入って禅観を修したいと述べている。[31]入唐した道照に対して玄奘が修禅を勧めたのは、自身の経験に基づく重要な助言であったことがわかる。そして玄奘の教えのとおり、道照は慧学と定学をともに学んで帰国し、「法相禅院」を建てて後進の指導にあたった。玄奘から学んだ道照以降も、法相宗では禅観を修することを重んじた。法相宗の玄賓（七三四〜八一八）が備中国湯川寺に隠遁したのも、[32]貞慶（一一五五〜一二一三）が笠置山に隠遁したのも、修禅と関係があるとみてよいであろう。

本朝仏法伝来史の話群が配されている『今昔』巻一一では、3話の役優婆塞説話、4話の道照説話に続いて、5話に「道慈、亘唐、伝三論帰来、神叡、在朝試語」が配されている。巻一一5話は入唐して三論宗を学んで帰国した道慈（?〜七四四）と法相宗の神叡（?〜七三七）が論義して神叡が勝ったという話である。詳細に検討したところ、『今昔』巻一一5話は、法相宗神叡が二十年間現光寺にこもって独学したことを欠落させ、学びが浅かった神叡が虚空蔵菩薩に祈って法相宗第二伝智通が創建した観世音寺の塔の心柱から「宗ノ規模ノ書」である法相宗開祖基著『大乗法苑義林章』七巻を入手して学んだ結果、論義百条で三論宗留学僧道慈に勝ったという劇的な展開となるように改変したことがわかってきた。[33]一一5では、神叡は大和国吉野郡現光寺（比蘇寺、吉野寺）で虚空蔵菩薩に祈願して智恵を得たことになっているわけであるが、この現光寺は神叡以降、大安寺道璿（七〇二〜七六〇）、元興寺法相宗勝虞（七三二〜八一一）、元興寺法相宗護命（七五〇〜八三四）など南都の学僧たちが入寺したことで知られる。『僧綱補任抄出　上』大同元年（八〇六）の項の、少僧都護命の部分に「月之上半入二深山一。修二虚空蔵法一。研二精宗旨一。」（『大日本仏教全書一一一』）と記されていることから、護命が深山にこもって虚空蔵法（虚空蔵求聞持法）を行っていたことがわかる。『今昔』一一-3の役優婆塞説話に「金峰山ノ蔵王菩薩ハ、此ノ優婆塞ノ行出シ奉リ給ヘル也」とあるように、吉野は古くから山林修行の山として著名であった。

結　語

以上で、『今昔』と法相宗修験をめぐる諸問題についての筆者なりの考察を終えることとする。

最後に検討しておく必要があるのが、法相宗の禅定と山林修行の関係である。道照が日本に法相宗の禅定（瑜伽行としての観心）をもたらして以降、多くの法相宗の僧たちが山林修行を行った。宮家準氏は平安期の興福寺僧の山林修行について「平安前期から中期の興福寺僧は維摩会を勤めると共に、春日山などの霊山で修行した。その主なものをあげると、一四代興福寺別当空晴（八七八〜九五七）は喜多院を開基し、菩提山上綱を勤めた。その弟子の興福寺松室院の開基仲算（八九九〜九六九）は、近江で浄蔵に見え、箕面や那智の滝で修行した。一九代興福寺別当となった真喜（九三二〜一〇〇〇）は、『金剛山内外両院代々古今記録』には、葛城山で修行したと記されている。彼の弟子で仲算にも師事した二一代別当林懐（九五一〜一〇二五）は熊野などで修行している。その門下からは小田原に隠棲し、後に高野山に移って浄土院谷に東別所を開いて高野聖の祖となった教懐（一〇〇一〜一〇三九）や、金峰山で他界遍歴をした道賢（九〇五〜九八五）が現れている（後略）[34]」と述べている。

これら多数の興福寺の僧たちも、山林で法相宗の禅定（瑜伽行としての観心）を行ったものと推定される。そして、このような法相宗の「禅定」や「山林修行」の伝統のなかから「修験道」が生まれたようである。

田中久夫氏は、興福寺法相宗、西大寺法相宗、薬師寺法相宗、元興寺法相宗の僧たちが山林修行や禅定を行ったことを各種史料を引用しながら述べ、「修験は、本来、法相宗の山林禅定、そして抖擻の中から生まれてきたものであった。しかし、修験は法相宗や真言密教の学僧たちの中からは、下に述べるような「修験」は生まれがたいのである。もう少しいうならば、「修験の徒」は高僧、学侶に仕える人たちから出てきたのではないかということである。ことに「禅定」する学僧には食事など身の回りを世話をする人々がいたであろうことは論をまたない。」「山林で修行する高僧・学侶などの下で雑役に従事した従者とも云うべき人々が、平安時代の宗教的混乱のなかにあって、阿弥陀聖が高野聖ともなって高野山で活躍してきたの（ママ）ように、新に創始した宗教が修験道であったということになる。片や念仏の易行であり、片や山々を駆け巡ることであった[35]」と記している。修験は法相宗の山林禅定のなかから生まれ、「修験の徒」は高僧、学侶に仕える人たちから出てきたという田中氏の説は説得力があり、納得できる。本稿での検討内容も、田中氏の説と合致する。

慶長以前の成立とされる「大峰当山本寺興福寺東金堂先達記録」のなかに、「一　先達血脈。役行者―璟海―守印―寛朝―興仙―祐秀―覚義―継乗―専栄―顕深―弘永―実専―聖宝―誓空当堂一臈―顕範―実賢―頼尋―弘円―経印―光専―道現―守貫―千心―学弘―胤憲―観尊―仙意―智縁―俊叡―春宥―戒深―宥怡―相誉―信盛―堯心―慶源―慶増―堯心―瀧芸―堯賢―清澄―祐念―巻仙―信乗―修弘―英微―行宗―永専―実乗―禅実」と、「役行者」を祖とする興福寺修験血脈が記されている[36]。南都法相宗興福寺と修験の関係の深さがよくわかり、注目される。『今昔』編者が巻一一で役優婆塞を重視していたのは、「山岳修行の創始者」としての役優婆塞の重要性に加え、南都法相宗興福寺と修験の関係の深さが背景にあるように思われる。やがて、道照がもたらした法相宗の

「禅定（瑜伽行としての観心）」は、修験の行者たちが使ってゆく間に、「霊山の頂上」という意味や、富士禅定、立山禅定など、「高い山に登って、信者が修行すること」「白衣装束して登山すること」という意味へと変化して行った[37]。

本稿で検討したように、南都法相宗薬師寺景戒編『日本霊異記』の成立以降、『日本霊異記』に記載された役優婆塞説話は時代を越えて引用・改変・増補され、後代の役優婆塞伝承の展開に大きな影響を与えた。役優婆塞と道照を結びつけたのは、法相宗に属する者であったと考えられる。また、役優婆塞と法相宗の道照が結びつけられることになった原因の一つに、法相宗の「禅定」の問題があったと推定される。

『今昔』は、本朝仏法伝来史の巻一一1話に聖徳太子、2話に行基、3話に役優婆塞を配置していることから、役優婆塞を重視していることは推察されるが、役優婆塞を「人」（出典は「聖」）と記すなど、特別の敬意は持っていなかったらしいことがうかがえた。また、二〇12で、法文を学ばず念仏を唱えることしか知らない三修禅師が天狗にだまされて「魔縁」に落ちて死んだ話に対して、結語で否定的な評価を下していた。役優婆塞を重視するが特別の敬意は持たず、法文を学ばず天狗にだまされた三修に否定的な評価を下す『今昔』のこのような姿勢は、『今昔』編者が南都法相宗興福寺の学問僧であったためと考えると納得できる。「修験」をめぐる諸問題から検討しても、やはり『今昔』編者は南都法相宗興福寺の学問僧であった可能性が極めて高いといえよう。残された諸問題についての検討は、今後の課題としたい。

注

〔引用は、すべて日本古典文学大系・新日本古典文学大系『今昔物語集』（岩波書店）による。また、『今昔』の巻数は漢数字で、話数は算用数字で表記した（例えば巻一の第二話は、一2と記した）。なお、本稿の諸資料よりの引用文中、旧漢字・異体字は原則として通行の字体に改めた。〕

（1） 原田信之『今昔物語集南都成立と唯識学』（勉誠出版・二〇〇五）、原田信之「『今昔物語集』と新出『三国伝灯記』中巻」（『中世の文学と思想』龍谷大学仏教文化研究叢書二四・新典社・二〇〇八、所収）、原田信之「『今昔物語集』と南都釈迦信仰」（『唱導文学研究　第七集』三弥井書店・二〇〇九、所収）、原田信之「『今昔物語集』本朝部における法相宗の伝来―南寺伝道照と北寺伝玄昉―」（『唱導文学研究　第九集』三弥井書店・二〇一三、所収）、原田信之「『今昔物語集』世俗部と『俊頼髄脳』」（『唱導文学研究　第十集』三弥井書店・二〇一五、所収）、原田信之「『今昔物語集』と『大乗法苑義林章』―道慈・神叡論義説話の意味―」（『唱導文学研究　第十一集』三弥井書店・二〇一七、所収）ほか。

（2） 和歌森太郎氏『修験道史研究』（平凡社東洋文庫版・一九七二）、村上俊雄氏『増訂　修験道の発達』（名著出版・増訂版一九七八）、『黒田俊雄著作集二・三』（法蔵館・一九九四〜一九九五）、宮家準氏『修験道組織の研究』（春秋社・一九九九）、宮家準氏『修験道思想の研究　増補決定版』（春秋社・一九九九）、宮家準氏『修験道儀礼の研究　増補決定版』（春秋社・一九九九）、鈴木昭英氏『修験道歴史民俗論集一　修験教団の形成と展開』（法蔵館・二〇〇三）、『五来重著作集五・六』（法蔵館・二〇〇八）、鈴木正崇氏『山岳信仰』（中公新書・二〇一五）、時枝務・長谷川賢二・林淳氏編『修験道史入門』（岩田書院・二〇一五）、福田晃氏編『甲賀忍者軍団と真田幸村の原像』（三弥井書店・二〇一六）、宮家準氏『日本仏教と修験道』（春秋社・二〇一九）、他多数。

（3） 五来重氏『修験道入門』（角川書店・一九八〇）、一七九頁。

（4） 宮家準氏『修験道組織の研究』（春秋社・一九九九）、五頁。

（5） 宮家準氏『日本仏教と修験道』（春秋社・二〇一九）、「はじめに」。

（6） 注2の鈴木正崇氏『山岳信仰』、二〇〜二一頁。

（7）注2の和歌森太郎氏『修験道史研究』、一二〜一三頁。

（8）原文は「大和国吉野郡深山有二沙門一。名二道珠一。少年入レ山未レ出。天皇聞レ有二修験一。遣二左近衛将監正六位上丹波直嗣茂一。徴二道珠一。随二嗣茂一来謁。留数日。優礼放還。施二布米一有レ数焉。」（新訂増補国史大系『日本三代実録　前篇』吉川弘文館・一九八三、二三四頁）。

（9）新日本古典文学大系『今昔物語集四』（岩波書店）、巻一七第18話、「修験」の脚注三九は「修験道」とするが、『今昔』の時代には修験道はまだ成立していないのでここの「修験」は「修験道」の意味ではない。

（10）注9の『今昔物語集四』、巻一七第18話の脚注など参照。

（11）注2の和歌森太郎氏『修験道史研究』、一一〜一二頁。

（12）田中久夫氏「山岳修験宗への道―平安末期の禅定と山林抖擻とのかかわりのなかで―」（『御影史学論集二四』一九九九・10、所収）に「ことに平安時代末期の末法の中に信仰を集めてきた地蔵菩薩を伝えた人々の中に修験道の人々があった。彼らは等しく山々を抖擻し、地蔵の世界にしていった」「先達の命に従う文盲の修行者が山伏である。法華経と阿弥陀経さへ読めればよい行者である」とある。

（13）注1の原田信之『今昔物語集南都成立と唯識学』、第三編第二章「『今昔物語集』の「仏法」と「世俗」」、「〔付表1〕今昔物語集全巻構成表」、参照。

（14）原文は「沙門三修申牒称。少年之時。落髪入道。脚歴二名山一。（中略）仁寿年中。登二到此山一。即是七高山之其一也」（新訂増補国史大系『日本三代実録　後篇』）。

（15）説話研究会『真言伝』（勉誠社・一九八八）、五一〇〜五一一頁。

（16）（17）（18）大日本仏教全書本によった。

（19）新日本古典文学大系『続日本紀一』（岩波書店・一九八九）、一七頁。

（20）銭谷武平氏『役行者伝記集成』（東方出版・一九九四・新装版二〇一六）、宮家準氏『役行者と修験道の歴史』（吉川弘文館・二〇〇〇）、ほか。

（21）和歌森太郎氏「山岳信仰の起源と歴史的展開」（同氏編著『山岳宗教の成立と展開』名著出版・一九七五）、三一頁。

(22) 注20の宮家準氏『役行者と修験道の歴史』、二一三頁。
(23)『日本霊異記』『三宝絵』『今昔』の本文はすべて岩波新日本古典文学大系本によった。
(24) 注1の原田信之『今昔物語集南都成立と唯識学』、第三編第三章「『今昔物語集』巻一一の日本仏法伝来史群の意味」のⅢ節「巻一一の敬称表現の意味」参照。
(25) 高木豊氏『平安時代法華仏教史研究』(平楽寺書店・一九七三)、ほか。
(26) 注1の原田信之『今昔物語集南都成立と唯識学』、第四編第四章「『今昔物語集』における法華経霊験譚群の意味」参照。
(27) 注19の新日本古典文学大系『続日本紀二』、二一三〜二一七頁。
(28) 富貴原章信氏『日本唯識思想史』(大雅堂・一九四四)、一九七〜一九八頁。
(29) 深浦正文氏『唯識学研究上巻(教史論)』(永田文昌堂・一九五四)、三六〇頁。
(30)『東大寺具書』に「孝徳天皇御宇九年癸丑。道昭和尚渡大唐。値同三蔵伝同宗。帰朝之後。於本元興寺辺建法相禅院弘之。」とある(『続群書類従　第二十七輯下　釈家部』続群書類従完成会・訂正三版一九八四、七六頁)。
(31) 原文は「但断伏煩悩。必定慧相資。如車二輪。闕一不可至。如研味経論慧学也。依林宴坐定学也。玄奘少来頗得専精教義。唯於四禅九定。未暇安心。今願託慮禅門澄心定水。(中略)実可依帰以修禅観。」。『大唐大慈恩寺三蔵法師伝』巻第九所収(『大正新脩大蔵経　五〇』、二七三頁c〜二七四頁a)。
(32) 原田信之『隠徳のひじり玄賓僧都の伝説』(法蔵館・二〇一八)参照。
(33) 注1の原田信之「『今昔物語集』と『大乗法苑義林章』—道慈・神叡論義説話の意味—」参照。
(34) 注2の宮家準氏『日本仏教と修験道』、三三一頁。
(35) 注12の田中久夫氏「山岳修験宗への道—平安末期の禅定と山林抖擻とのかかわりのなかで—」参照。
(36)『増補改訂　日本大蔵経　九六』(鈴木学術財団・一九七七)。引用に際し、便宜的に僧名の間に「—」を付した。
(37)『日本国語大辞典』(小学館)、「禅定」の項。中村元氏『広説仏教語大辞典』(東京書籍)「禅定」の項に「霊山《れいざん》における入山籠居の修行。(中略)白衣装束して登山することも禅定といったらしい。また、駿河の富士山・越中の立山・加賀の白山の山頂などを禅定と称した」とある。

堅牢地神説の展開
――降魔成道譚をめぐって――

児島　啓祐

はじめに

本稿では古典作品にあらわれた仏典由来の地震の表現を分析する。

第一章では、元来仏典に記された地震の表現「六種震動」「大地震動」が古典作品においていかに享受されたか、その具体相を考察する。

第二章では、仏教における大地神、六種震動を引き起こす堅牢地神の分析をおこなう。堅牢地神が、表現の場やその担い手にとって、なぜ、その姿形で語られなければならなかったのか。その変容の意味に迫る。

本稿で、仏教の地震表現、とりわけ堅牢地神という神格に注目することの意義は次の二点である。

第一に、これまでの地震伝承の研究(1)や、災害観の研究(2)において、堅牢地神や仏教の地震表現は重視されておらず、本稿を通じて新たな視角を切り拓くことができる点である。

第二に、堅牢地神自体に関する研究は、これまで竈払いの際に地神経を読誦する地神盲僧との関わりで論じるものが中心(3)であり、それ以前の堅牢地神信仰のありように光を当てることができる点である。

従来の伝承、民俗研究の進展によって、地神盲僧が護持する地神経やそれに連なる祭文における地神の在り方は明らかにされてきたが、当然、堅牢地神は地神盲僧のみの信仰ではない。本稿で、事相書、僧伝、説話集、陰陽道書といった堅牢地神が登場する多彩な作品を参照することは、地神盲僧以前の堅牢地神信仰の在り方を明らかにすることにつながるだろう。

本稿では新たに、密教修法に従事する天台僧、真言僧における堅牢地神や、その儀礼の知を吸収し新たな神格へと展開させた陰陽道書における堅牢地神の姿を明らかにしていきたい。

一　堅牢地神説の基層　――仏典に見える地震説の展開――

仏典の解釈によって災害の表現が創出される営為があった。

仏典と災害の表現の関わりについて夙に指摘したのが民衆仏教史研究の今堀太逸氏である(4)。親鸞『現世利益和讃』や日蓮『立正安国論』に見られる鎌倉仏教の災害認識は、護国経典がその思想的基盤にあることを論じた。

中世地域史研究の加増啓二氏も、これも護国経典のひとつである『大般若波羅蜜多経』の攘災機能に注目し、中世の軍記や説話、縁起のなかでいかに展開したかについて言及している(5)。

仏典における災害観のなかでも、とくに地震表現の特殊性は注目される。邢東風氏は、『増一阿含経』『摩訶般若波羅蜜多経』『大智度論』などの分析を通して、仏教的地震観には次の三点の特徴があることを論じた(6)。「地震に対する分析が非常に細かいということ。」「地震を仏や菩薩、そして天神や道を得た高僧たちの持つ法力・神通・感応力によって起きるとすること。」「吉祥の地震が存在すること。」である。

右の研究を受けて、本章が目指すのは、仏典における地震説が本朝の古典作品において、いかに受容され、新たな表現を創り出しているか、その具体相を明らかにすることである。従来は注目されなかった例を挙げながら、地震の表現史の素描を試みたい。

（一）四大種と六種震動

最初に挙げるのは、経典における「四大種」の物質観である。あらゆる存在は、地・水・火・風の元素で構成されており、それぞれに堅・湿・煖・動の性質があるとされる。(7)経典の「四大種」説を地震の解釈に用いたのが鴨長明であった。『方丈記』には元暦二年の大地震の克明な描写がある。その末尾に至って「四大種の中に、水・火・風は常に害をなせど、大地にいたりては、ことなる変をなさず」（新編日本古典文学全集）と述べ、現実に地震が起こったことを引き合いに出し、経典の知識の矛盾を批判している。

続いて、「六種震動」の例を挙げる。

「六種震動」の意味は、仏典によって諸説ある。釈尊が三千世界の衆生を解脱させるために起こす六種類の揺動であるとも、(8)釈尊が誕生・成道・説法・入滅する際に起きる震動であるとも云われる。(9)『法華経』巻五第十二「提婆達多品」の「變成男子」「龍女成佛」の場面で「無垢世界」に「六反震動」が起こっている。(10)瑞祥としての「六種震動」は、『栄花物語』に現われる。(11)万寿元年三月二十余日に、法成寺に新たな薬師堂が造営されたために、丈六の薬師如来と日光月光菩薩をそれに納める遷仏の儀が執り行われた。関白頼通をはじめとする公卿たちは、仏縁を感じて涙を流したのである。地震が発生したわけではないが、「普仏世界六種震動」（『法華経』序品）などの仏教の奇瑞の表現が、物語の法会の場を荘厳する例である。

『今昔物語集』天竺部巻一は、釈尊の出世、成道を物語る説話を集成している。これに登場する「地神」は、釈尊の悟りを証明し、かつ、他化自在天を退けるべく大地を揺らす、降魔の力を持つ神として崇められた。(12)その魔を追い払う地震が、「六種震動」なのである。同じ巻一において堅牢地神は、釈尊生誕の際に、その足元に蓮華を咲かせて祝福する説話がある。[13]
狐がこの堅牢地神の前生譚として語られている説話もある。[14]菩提心を起した狐に感応して大地が「六種震動」し、帝釈天と文殊菩薩に導かれて、八万四千もの眷属を従える堅牢地神に生まれ変わり、豊饒の女神である弁才天と習合したと語られるのである。
『法華経』巻第一序品第一に、釈尊が法華の教えを説いたときに「六種震動」したという記述[15]があり、これが今様という新たな形式を得て展開している。[16]『梁塵秘抄』巻二は釈教歌の集成であり、この歌も『法華経』序品五首にふくまれている。直接に仏典を参照することは出来ずとも、歌謡を通じてその知識を獲得することは可能であったろう。
『狭衣物語』においても、狭衣大将が即位するや否や「大地六反震動」したという風に、場面を荘厳する文飾として摂り入れられていたようである。「めでたき、才、才覚すぐれたる人、世にあれど、大地六反震動することやはあるべき。」と、こうした『狭衣物語』の非現実的な表現を「さらでもありぬべきこと」の最たる例として痛烈に批判したのが『無名草子』であった。[17]この「六反」の表現からも、『法華経』の享受例の一つと見られるだろう。

（二）大地震動

次に「大地震動」という表現に着目する。

もともとは、釈尊が経行しながら歩を運ぶと「大地震動」し、それには災禍を払う力があると云われたのである。[18]

これを随筆に用いたのが清少納言であった。『枕草子』一〇四段「正弘はいみじう」（新編日本古典文学全集）では、「正弘はいみじう人に笑はるる者かな。」の具体例として、源正弘が堅苦しい言葉を使いたがる例話を示す。その皮肉として、正弘が敷物を引っ張って灯台を倒してしまった様を、「襪《したうづ》に打敷つきて行くに、まことに**大地震動**したりしか。」と大仰に表現したのである。物語の世界では、地震を表わす言葉として、「なゐ」が主流であるから、[19]和語には感じられない仏教語の堅い語感を楽しんでいる。

「大地震動」を、「六種震動」と鋭く使い分けて表現している例が『今昔物語集』に見える。

其《ノ》時《ニ》、佛、眉間《ノ》白毫相《ノ》光《ヲ》放《テ》、満財《ガ》家《ヲ》照《シ》給《フ》。東西南北・四維上下、**六種**《ニ》**震動**《ス》。天《ヨリ》曼陁羅花・摩訶曼陁羅花等《ノ》四種《ノ》花雨《リ》、栴檀・沈水《ノ》香、法界《ニ》充満《シ》、希有《ノ》瑞相《ヲ》現《ズ》。其《ノ》時《ニ》、三摩耶外道、出来《テ》満財《ニ》云《ク》、「汝《ガ》家《ニ》忽《ニ》悪人来《レリ》、汝及《ビ》家《ノ》内《ノ》千万《ノ》人《ヲ》煞《ムトス》、未《ダ》不知《カ》」《ト》云《フ》。時《ニ》満財、「未《ダ》不知《ズ》」《ト》荅《フ》。外道《ノ》云《ク》、「**大地震動**《シ》、東西南北不安《ズ》。天《ヨリ》悪事《ノ》物降《リ》、様々《ノ》悪相《ヲ》現《ズ》。今《マデ》不知《ザル》、希有《ノ》事也」《ト》。（巻第一　満財長者家佛行給事　第十三　日本古典文学大系）

発心した満財を佛が祝福する場面である。ところが、仏教の瑞祥である「六種震動」を「三摩耶外道」なる婆羅門教徒が「悪相」と見なし、凶兆としての「大地震動」を満財に報告するのである。宗教が異なれば、地震は「不安」な「大地震動」に成り下がる。

続いて軍記物語の用例を調べてみると、『枕草子』や『今昔物語集』とは異なる意味合いで、「大地震動」の原典からの意味の逸脱、すなわち軍記作品の特徴が浮き彫りになる。先の『枕草子』では、王朝文化には似つかわしくない大仰な語とされた「大地震動」でも、『保元物語』にあっては、物語の臨場感を高める表現として機能するのである。たとえば巻中「白河殿攻め落す事」では、「凡そ、門々の鏑の遠声、矢叫びの声、暇もなく、馬の馳せ違ふ事、大地震動の如くなり。」（新編日本古典文学全集）とあり、合戦場面の喧噪と緊張感漂う雰囲気を、漢語の硬質な響きによって効果的に表現している。

同様に、「六種震動」もまた、軍記物語においてその意味の変質が看取されるようになる。それらから奇瑞の意味合いはまったく失われているのである。

『義経記』では馬の足音の比喩表現として現れる。[20]『曽我物語』では、兄弟が工藤祐経を討ち取って巻き起こった混乱のたとえで用いられる。[21]ここまでくると、釈尊や堅牢地神の意味は見る影もなく、叫喚たる音声空間を演出する表現として使われているといえよう。

（三）地震表現の場としての法会と夢想

前節において列挙した作品の担い手たちは、いかに仏典の地震の知識を仕入れたのだろうか。推定可能な入手先として先に今様については指摘したが、次に法会の場、夢想という場に着目して考察する。

最初に法会を地震表現が運用される場として捉えてみたい。

『吾妻鏡』建久六年三月十二日（国史大系）の記事を読むと、東大寺大仏殿落慶供養の際に地震が起こったが、目撃者たちは瑞祥であると喜んだという。法会が、仏教の地震説の伝承の場として機能していたことは推定出来よう。

もう一つ、法会の例を挙げる。東寺三宝の学僧杲宝の『東宝記』（『東宝記』法宝・上）によれば、徳治三年正月に後宇多院が東寺の灌頂院に入檀した際、地震が起こったという。その地震の意味を後宇多院は問いかけた。唯一、明快な勘奏が出来たのは杲宝の師・栄海のみであった。栄海は、不空三蔵が天宝年中に灌頂を受けた際にも地震が起こった先例を挙げ、「為法成就嘉瑞」と奏上したのである。当の栄海が編纂した『真言伝』巻一・不空伝にも「金剛界五部灌頂ヲ授ク。時ニ道場ノ地大ニ動ク。汝達誠ノ致処也ト。」（巻一不空伝『大日本仏教全書』）と見

え、説話集の知識が、法会の場で語られていたことがわかる。(22)

このように、仏典に見える瑞祥としての地震という知識は、法会のみならず夢想の場でも機能していた。建長五年三月の「明恵上人遺跡地注進状」(鎌倉遺文七五三六『紀伊施無畏寺文書』)によれば、紀州石垣庄筏立に小庵を結び修練行業の場として明恵上人を招聘したという。十月八日、唯心観行の修行を終えた夜、上人の夢中に「十方世界極大震動、東涌西没、南湧北没等、震動之響、起大雷聲、遍滿世界、其響中有言語、」と地震が起こった。これに対し明恵は、「讃嘆上人云、善哉々々、於世間中最為過上云々」と、この不思議を喜び、その地の霊異を認めた。この夢告の史料のなかにも、『摩訶般若波羅蜜多経』あるいは『大智度論』の「六種震動」と類似的表現が織り込まれている。

以上、古代から中世の古典作品の例を中心に仏教の地震説の表現を読んできた。仏典の知が新たな展開を見せ、作品独自の表現が創られる営為があった。

ところで、仏典に見える大地神は、堅牢地神である。これは、本章でも扱った「六種震動」を引き起こす神である。その地震によって魔を退け、成道(悟り)を証するのである。この堅牢地神説すなわち降魔成道譚は、いかなる場に伝承され、説話の担い手にとってどのような意義を持っていたのだろうか。

二　堅牢地神説の展開　——降魔成道譚をめぐって——

本章では、先に「六種震動」の表現の背景に見え隠れしていた堅牢地神に光を当てて分析する。

堅牢地神とは、仏典における大地神であり、時に大地を揺らすと記された神格である。古くは護国三経の一つ『金光明最勝王経』、さらに『地蔵本願経』に登場し、(23) 仏教説話集にも現れる。密教修法が記された院政期の事相書では、地天法という儀礼に勧請される神格として記される。

具体的に、本稿において、堅牢地神説と呼ぶのは、降魔成道譚という説話である。

降魔成道譚とは、釈尊の触地によって堅牢地神が六種震動を引き起こし、他化自在天を退け、釈尊の成道を証明したという説話である。十二世紀前半の『今昔物語集』に採録され[24]、類話は、『過去現在因果経』巻第三、『法苑玉林』巻第十一、『経律異相』巻第四等がある。さかのぼれば、『大日經疏』巻第四に出典がある。

仏典に始まり、仏教説話集へと展開した堅牢地神の地震表現は、中世の宗教者たちの手を経て密教儀礼へと生まれ変わり、それはやがて陰陽道書のなかで独自の解釈を与えられるのである。

（一）密教の堅牢地神 Ⅰ ——勧修寺雅寶の場合——

本節では、東密の修法である「地天法」の堅牢地神を考察する。『覚禅鈔』における「地天法」の先跡や次第に注目し、真言の儀礼世界における降魔成道譚の意義を明らかにする。

『覚禅鈔』とは、真言密教の「修法別百科事典ともいうべき聖教」であり、著者は勧修寺興然の弟子・真言小野流の僧・覚禅（一一四三—一二一三年以降）である[25]。密教修法に関わる膨大な口伝の類聚であり、口承から書記優位の転換点となる院政期を象徴する事相書とされる[26]。鳥羽上皇の近臣僧であり小野勧修寺流の祖・寛信や、後白河院の近臣僧である醍醐寺座主勝賢の口伝が数多く残されており、興然ばかりでなく、その周辺の諸師から口伝や秘書が伝授されたと推測されている[27]。

本節で扱うのは、勧修寺の雅寶が弟子の大法房寶任に対して執り行った地天法の都状である。雅寶は、平安末期において勧修寺長吏（仁平三年）や東大寺別当（文治二年）を務め、寛信から灌頂を受けた勧修寺の真言僧である。

『覚禅鈔』「転法輪法」においても、安徳天皇誕生を祈願した雅寶の口伝を記録し、「以此等ノ正説等一巻ニ復是ヲ」と覚禅は書いている。

雅寶によって地天法を修する際に唱えられた都状は、雅寶の師である勧修寺寛信の経由によるか、あるいは「記云醍醐於二三寶院一」とその典拠から推して醍醐寺座主勝賢から都状の書写を覚禅は許可されたのだろう。

次に『覚禅鈔』「地天法」に見える該当箇所を引用する。

勤供先跡事（中略）

記云醍醐於二三寶院一。爲二天下太平五穀富饒一。被レ始二此天供ヲ一。聊　勅諚也。供僧等次第可二參勤一。云々保元之比。勧修寺法印雅寶以二大法房一寶任被レ修二堅牢地天供ヲ一。瘧病之間。眼ノ所勞更ニ発ス。是レ土公ノ祟也。仍行レ之。

都状曰取意

伏惟レハ弟子有二宿善餘慶一。自二少年ノ昔一至二テ長大ノ今ニ一住二三密霊地ニ一。懋成二レリ一寺ノ官長ト一○近日ノ遇二ヌ瘧鬼之厄ニ一。発二ス兩眼之疾一。日中迷二黒闇之影ニ一。夜臺失二フ満月之光ヲ一。訪二フ陰陽宅一。云二土公ノ祟リナリト一。依レ之鎊二リ秘密壇場ヲ一。以二香花等ノ禮奠ヲ一。奉レ供二堅牢地天ヲ一。香花燈明ニ開二地天ノ慧眼ヲ一。精米抄飯増二土公ノ色力ヲ一。念二スレハ一字真言ヲ一。天忽ニ悟二リ四種法身一ヲ。誦二レハ一巻ノ般若ヲ一。五帝竜王諸眷属。捨二三熱毒ノ身ヲ一。随喜悦與之砌リ。退二ケテ悪鬼土公之害ヲ一。保二チ百年寿算ヲ一。法楽荘厳之庭ニハ。誇二無病自在之果ニ一。得二三明之通ヲ一○**抑堅牢地天ハ大日ノ化身。諸仏ノ導師也。昔釈尊驚二発シ地神ヲ一。降二伏ス天魔ヲ一**。今末弟依二テ真言教門ニ一。儲二雲海供養ヲ一。盍レ去二天地之□ヲ一。仰二五智教王ヲ一。養二三密衆僧ヲ一。更ニ不レ好犯土ヲ一。然者退二土神之厄ヲ一。削二リ天魔之跡ヲ一。寺内安穏。五穀豊饒。偏ニ可レ仰二地天ヲ一也。設ヒ雖二宿病ト一。早ク除二愈ス之ヲ一。設雖二鬼業ト一。速ニ摧二滅ス之ヲ一。

薬叉羅刹吐レ毒ヲ。此天之掌中天魔波旬成レ害ヲ。神○之歟眼前也。是ヲ以テ須臾モ歸レハレ之ニ。七難天外ニ去リ。刹那モ敬ハレ之ヲ。七福地上ニ涌ク矣。願ハ周遍法界堅牢地神。山海大地各々眷属。更ニ以ニ般若ヲ一舫リレ頂ヲ。莫レ忘ル二醍醐之味ヲ一。兼以ニ山海ヲ一為レ心ト。勿レ恡ムニヿ涓塵◯《之》志ヲ一。尚饗。（『覚禅鈔』地天法　大日本仏教全書）

「地天法」の「勤供先跡事」として善無畏『堅牢地天儀軌』に見える「須達優婆塞」「檀畢哩優婆塞」の先例を紹介し、続いて雅寶の地天法の由来とその都状が記される。

まず、地天供の由来が述べられる。地天供は、醍醐寺三宝院にて天下泰平・五穀豊穣祈願のために始められたと醍醐寺の「記」にあるという。

保元年間（一一五六―一一五九）に、勧修寺法印であった雅寶が、大法房であった寶任に堅牢地天供を修した。おこり病、特に眼病に掛かったためだという。これは土公の祟りとされた。よって地天供を修したのだった。以下、雅寶が作成した都状の内容が記されている。

都状の内容は、雅寶が寶任の眼病を除くために、堅牢地天の力を呼び覚まし、悪鬼土公を退けるための祈願である。

この都状に見える降魔成道譚の考察に入る前に、二点、この都状の特性を指摘しておきたい。一点目が、表現と技法、二点目が、視点の交叉である。

第一の特徴は、雅寶が仏典の語彙のみならず、「涓塵」「夜臺」等の漢詩文的な言葉も用いて都状の内容を文飾している点である。加えて、「少年／長大」「日中／夜臺」「念スレハ／誦レハ」「昔／今」「設ヒ雖ニ宿病ト一／設雖ニ鬼業ト一」「須臾モ歸レハレ之ニ……七難／刹那モ敬ハレ之ヲ…七福」の例のように、対句を多用している。

この都状から想定出来る地天法の場には、三種類乃至四種類の立場が現れている点、これが第二の特徴である。雅寶自身「末弟」と、両目を病んだ寶任「弟子」、さらに堅牢地神・諸眷属と、修法における聴聞衆―雅寶や寶任もふくめて―である。「伏惟レハ」「願ハ―莫・勿」「尚饗」のように、儀礼固有の言葉は堅牢地神や諸眷属に向けられている一方で、その地天供を聴聞する僧たちに対し「削二リ天魔之跡ヲ一。……偏ニ可レ仰二地天ヲ一也。」のように唱導の言葉が発せられている。

こうした漢詩の知識・技能が用いられた都状は、表白や講式の表現にも通じ、修法の場を荘厳する意志が働いた公的な性質を有している(28)。

こうした法会の場に、降魔成道譚が唱えられたことを見逃すことは出来ない。ここで一つ指摘出来るのは、降魔成道譚は、地天法の修法の場を介して、密教僧に伝承されたということである。それでは、密教僧にとってこの説話はどのような意味を持っていたのか。

都状の性質を押さえた上で、雅寶の地天法の場で唱えられた降魔成道譚に注目したい。「抑堅牢地天ハ大日ノ化身。諸仏ノ導師也。昔釈尊驚二発シ地神ヲ一。降二伏ス天魔ヲ一」という一節である。「今末弟依二テ真言教門二一。儲二雲海供養ヲ一。」とあるように、「昔―釈尊」「今―末弟（雅寶）」の構図が見て取れる。つまり雅寶は、「今」、弟子の眼病を直し土公という「悪鬼」を退けるために、釈迦が「昔」、「天魔」を退けた降魔成道譚の再現を試みているのである。ここに対句の構成が見事に活かされている。降魔成道譚の伝承は、地天法の場において、始原を呼び起こそうとする密教僧の説話として機能していたのである。

降魔成道譚は、都状ばかりではなく、次に挙げる「驚發地神偈」や「地神勧請頌」にも認められる。次の用例は、『覚禅鈔』に紹介された天台宗貞観寺の地天供作法である。これは「土公供作法」とも記されており、「貞観寺僧正御傳」に拠る。

○地天供作法　貞観寺

○先供物加持　作二小三鈷印ヲ一

○眞言　枳里々々廿一返

○次以㆓同印ヲ㆒誦㆓□字ヲ㆒加持。廿一返

○次地天印眞言

○次驚發地神偈　取㆓三古㆒抽擲

○次地神勸請頌　金剛合掌可㆑有㆓此偈頌㆒也…中略…

勸請地神偈

汝天親護者　於諸佛導師　修行殊勝行

淨地波羅蜜　如破魔軍衆　釋師子救世

我亦降伏魔　我畫曼荼羅

已上土公供作法。貞観寺僧正御傳。

私云。成就院口傳有㆑之。大内記等多用㆑之。仁和寺流也。

まず注目したいのが、「地神勸請頌」である。「地神勸請頌」には明確に「如破魔軍衆　釋師子救世」とその説話が記されている。「我亦降伏魔」の「亦」は、かつて釈尊が降魔をなしたことを受けて、地天法の実践者「我」が「亦」、「魔」を「降伏」するという意味だろう。

続いて注意したいのは、「驚發地神偈」である。これは、三鈷杵を投げ打って、堅牢地神を驚覚する儀礼次第である。

釈尊は、大地に触れることで堅牢地神を驚覚したが、ここでは三古を投げる儀礼として展開している。

土公供法（中略）

○次加持物吉里々々

天鼓地動四方鼓各三。驚覺

○勧請…後略…

同じく『覚禅鈔』の「土公供法」では、「驚發」の作法が、「天鼓地動四方鼓」を三回叩くと記されている。こうした驚覚の方法も、釈尊の触地の再現であろう。ここで、堅牢地神を祀る修法が「土公供法」と名付けられていることの意義については、あらためて第三節でふれる。

（二）密教の堅牢地神 Ⅱ ――谷阿闍梨皇慶の場合――

続いて、天台の皇慶の降魔成道譚や『渓嵐拾葉集』の地天法の記事を参照する。

前節では、『覚禅鈔』を中心に降魔成道譚の地天法における意義を考察してきた。主に降魔の面が重視された修法を採り上げた。

しかしながら、そもそも降魔成道譚において、釈尊は、成道すなわち悟りを証明するために、堅牢地神を勧請したのである。ここからは、成道の面が注目された表現を見ていこう。

応長元年（一三一一）から貞和四年（一三四八）まで、光宗が集成した叡山の口伝書、『渓嵐拾葉集』には、なぜ凡夫の修道でも地神を驚發するのか、その問答が記されている。

一。驚發地神爲二降魔相一事　三密　問。**就二驚發偈意一。釋尊降魔地神ヲ爲レ證。是初成佛時之事也。今是凡夫修道也。何　彼爲例驚二地神一耶**　答。義釋云。世尊昔在二菩提曼荼羅一。降二魔軍ヲ一時。汝作二證明一。**我今亦欲レ隨二佛法行一。紹二如来事一故畫二此曼荼羅一也。我雖レ未レ一切同於二如來一。然以毘盧舍那三密所二加持一。故亦能現作二佛身一。**香集二一切曼荼羅大會一。是故汝亦當現作二證明一。使二諸魔軍一不レ能煩懷一也　云云取意　（巻六十七　怖魔　私苗　大正蔵）

義釋すなわち『大日經疏』によれば、菩薩であった釈尊が悟りに至るための経緯が降魔成道譚であった。したがって、仏道に励んでいる自分は、如来に至るために、堅牢地神を勧請するのである。いまだに自分が如来の境地に至ってはいないとはいえ、三密の加持を行なえば仏身を得ることが出来る。これによって、「魔軍」がもたらす「煩懐」を封じることが出来るのである。

この『渓嵐拾葉集』は、成道に至る修行として、地天法が修せられる例である。『覚禅鈔』の除魔＝除病とは異なり、この方が原話に近い。釈尊の歩んだ悟りへの道をなぞるように、みずからの修道に降魔成道譚を組み込んだのである。

こうした成道の意味が強く現われている説話として、皇慶阿闍梨の降魔成道譚を次に挙げる。

於肥後《「前歟」》國背振山。一夏修練。延殷法橋者。顕密優長之偉器也。初蔑闍梨。名但眞言師。後感其徳。委質為弟子。相供行法。**及闍梨誦驚發地神偈。以手按地。地大震動。謂延殷曰。至於成佛。愼勿語人。**……薄暮有一童子。来曰。将為牛馬走。闍梨見之。身體肥壯。其首如髡。視□意氣。殆鬼神中之人也。問曰。自何處来哉。童子曰。多年仕播磨國書寫山性空上人。彼山蒼頭。偸上人中食之上分。不堪忿滿。以棒歐之。其人委頓。上人因茲。長以謝遣。闍梨與飯食。童子曰。被加印咒。何不受之。爰知為霊物。為遠所使。早達報命。四五日路。唯在渉剋。憑虚洗濯。不用竿棹。後養竈下。同伴暴謔之餘。次第打輔車。巡至童子。固辭曰。恐及大故。同伴強之數回。童子纔下棒。吐血曰。殆死。闍梨因是。所以放去。**童子曰。背振山。地震者。堅牢地神之出也。躬見此事。慕怪所來也。**不奉仕佛法者。毎事無使。悲哉。（大江匡房『谷阿闍梨傳』建長四年書写『続群書類従』第八輯下）

皇慶は、谷阿闍梨とも称し、平安末期の天台僧である。その谷阿闍梨に連なる台密の系譜を谷流という。皇慶の降魔成道譚は、脊振山で延殷と共に修行している時の出来事として語られる。

皇慶阿闍梨が、「驚發地神偈」を唱えて大地を撫でると、大地震が起こった。共に修行していた延殷法橋が、成仏に至ったのだ、誰にも言うな、と語った。そのあと、性空上人に仕えていたという童子が皇慶のもとを訪れた。背振山の地震は堅牢地神の出現によって発生したものであり、それによってここに来たのだと童子は語った。

ここで重要な点は、皇慶の「驚發地神偈」によって堅牢地神が勧請され地震が起こったときに、共に修行していた高僧が「成佛」と判定したことである。皇慶による降魔成道譚の再現であり、ここでは魔を退ける意味よりも、悟りの証明である点が強調されている(29)。

また、台密の事相書である『阿娑婆抄』の地天法には、『一谷記』の引用が盛んに見られるが、あるいはこの皇慶阿闍梨の降魔成道譚は、谷流の地天法のなかで伝承された可能性もあるのではないか。

密教修法の担い手にとって、堅牢地神の招聘がまさに釈尊と一体化することに他ならず、魔を退け、悟りを得る手段であった。本節の最後に、雅寶や谷阿闍梨と同じく、降魔成道譚が創り出した新たな表現の例を紹介したい。


されば、出家したるものの名を、怖魔とは申たるなり。比丘とは梵語なり。怖魔と申べき也。怖魔といふ心は、魔をおどすと云事なり。一人出家すれば、第六天の魔王の宮殿、震動するなり。このゆへに、魔をおどすとは申たるなり。人いまだ出家をせざる時は、魔王の奴婢なり。出家の跡は、仏の御弟子となりて、ながく魔王の奴婢をはなるゝなり。(『宝物集』巻第四　新日本古典文学大系)

出家したものの名を梵語では比丘というが、本来は怖魔と呼ぶべきだと主張する。あたかも他化自在天を堅牢地神の六種震動の力で退けた釈尊のように、ひとびとが出家すれば魔王の宮殿を揺らすことが出来るというのである。これも雅寶や皇慶阿闍梨と同じように、出家者を太古の釈尊に重ねた譬喩である。

以上第一節及び第二節では、密教僧の降魔成道譚を考察してきた。彼らはこの説話を、地天法という密教修法の場で唱えていた。唱えることで、釈尊が堅牢地神を勧請し、地震を起こして他化自在天を退ける説話を観想したのである。密教僧にとって、それには、除病息災がもたらされる意義があり、あるいはそれ自体が如来へと至る修行となり、成仏の証明ともなったのである。

（三）陰陽道の堅牢地神 Ⅰ ――『簠簋内傳』の場合――

地天法の世界では、密教僧が堅牢「地神」を「驚發」していた。その際に唱えられた言葉が、「驚發地神偈」であった。

ところが、「地神」が宗教者の手を離れたところで覚醒するという、堅牢地神信仰における中世があらわれてくる。密教の地天法の「驚發地神偈」が、陰陽道の側から再解釈されることで、新たな堅牢地神信仰が創出された。

たとえば、『簠簋内傳』という陰陽道書、主に方角や日時の吉凶を記したこの本では、明らかに密教修法の言葉を組み替えて、次のような驚く神を創っている。

戊己《ツチノヘツチノトハ》土神、本地大日大聖不動明王《ワウ》、中央法界體性精魂《セイコン》、脾臓《ヒノサウ》、胃腑《イノフ》、魂魄《コンハク》メ迹成ル二堅固大地ト一。故ニ此ノ日不レ耕サ二田畠ヲ一。不レ築二城郭一ヲ、不レ塗レ壁ヲ、不レ立レ柱ヲ、不レ弗《ハラハ》スレ井ヲ、不レ掘レ穴ヲ、不レ致二葬禮ヲ一、不レ療セ二諸病ヲ一、不レ視二病人ヲ一、不レ弔ラハ二死人ヲ一、不レ行二逆修ヲ一、不レ詣二廟塔ニ一、不レ致サ二造作ヲ一、不レ求メ二財寶ヲ一、不レ造ラ二兵具ヲ一、不レ致サ二合戦ヲ一、不レ害セレ人ヲ、不レ立レ針ヲ。**総メ而騒動スル寸ハ、則地神驚發《キョウホツ》メ而令シムレ涌二出禍災**一。故ニ産子ニ有リレ恙ツヽカ、女人得レ病ヲ、**則可シレ知ル二地神ノ崇《（祟）》**一。雖トモレ爾ト孝養父母、奉仕《ジ》師長、嫁娵《カシウ》、結婚《ケッコン》、五穀刈《カリ》初メ、取《トリ》収メ等ニ吉シ、但シ裁ニレ衣ヲ凶《イム》。（『簠簋内傳』巻二　神道大系）

「戊己」に当る日時には犯土を慎まなければならないという記事である。「土神」＝「大日大聖不動明王」が大地を守護しているとされ、総じて災いが起こるのは、「地神」が「驚發」するからだという。「驚發二地神一」（『渓嵐拾葉集』）ではなく、『簠簋内傳』では「地神驚發メ」へと変化している。

なぜ『簠簋内傳』では、「地神」（堅牢地神）は災いをもたらすのか

春三月者在レ竈ニ　龍臥　南北　東西
夏三月者在レ門《カト》ニ　龍臥　北南　西東
秋三月者在レ中ニ　龍臥　東西　南北
冬三月者在レ庭ニ　龍臥　西東　南北

右今案者、土公四時變化也。爾土公《トクウ》ハ三千大千世界ノ主シ、堅牢大地神也。所謂土公之變作者、當季安座舎宅也。此ノ故ニ不レ犯ニ安座ノ地ヲ一、将又龍臥變化者、腹背中頭足之四威儀也。柱立尤一二三四之相承有レ之肝要也。

（『簠簋内傳』「土公變化之事」巻三）

『簠簋内傳』は、「土公」と呼ばれる遊行神を三千世界の主、「堅牢大地神」と同一視している。すなわち、みずから「驚發」する堅牢「地神」は、『簠簋内傳』の世界観においては荒ぶる「土公」に他ならないのである。二神を同一視する『簠簋内傳』は、土公をいかに認識しているか。土公の遊行を示し、土犯の禁忌を記しているように、土公を災害神として捉えている。こうした『簠簋内傳』の世界観における地神では、本章第一・二節で論じた地天法の堅牢地神とは確かに異なる。『簠簋内傳』の堅牢地神は、「驚發地神」という密教修法の表現に連なりながらも、荒ぶる土公と一体であるという認識があったからこそ、新たに「地神驚發メ」のような災いをもたらす意の表現が生み出されたのである。

平安時代の貴族や僧のなかでも、[30]土犯を忌み嫌い、土公が災いをもたらす神という信仰があったことは数多の史料が示している。[31]

ところが土公と堅牢地神が、峻別されていた事例も『溪嵐拾葉集』に確認できる。

一。地鎮法事

一。關東壽福寺ニ埋二沙金一事　物語云。壽福寺佛殿ノ後山ニ三鈷ノ形ノ山アリ。近來炎上アリシ時。爲二造營一山ヲクツシ地ヲヒク。其時彼三鈷形ノ山ヲクスシケル時。人夫等或病惱シ。或物狂ニ成リ。或ハ死ニケリ。彼長老ハカリ神《タマシヒ》ノ僧ナリケレハ不レ用シテ。彌ヨ山ヲクヅシケリ。其後彼三鈷形ノ山ノ中古ヨリ牛ノ形ナル金ヲ掘出シ。彼ハ何物ソト疑フ處ニ。葉上僧正ノ傳記ヲ見ケレハ。唐瓶子ノ中ニ沙金ヲ入滿チ被レ埋ケリ。**此ハ辨財天ノ祕事也。其地神ト成ヲ土公ノ形ニ變ケリ。**様様ニタタリケル間。如レ本令レ埋ケリ。根本上人如レ此建立シタル事。相構テ不レ可レ令レ動事也云云　如レ此取リ動シテ以後。寺中ニモ種種不吉ノ事共出來シケリ云云（第三十七　辨財天縁起末）

善神「地神」と悪神「土公」の対比である。寿福寺仏殿の後ろの山を寺院修復のために崩すとひとびとは病に苦しんでやがて死んでしまった。験力のある「長老」が山の土を掘ってみると、そこには牛のかたちをした金が埋めてあった。葉上僧正（栄西）の伝記を確認したところ、唐瓶子に砂金をこめて埋めるという「辨財天ノ祕事」が記されており、その唐瓶子は堅牢地神となるはずが、土公の姿に変身してしまい、様々な祟りをもたらしたのだという。第一節においても、勧修寺雅宝が堅牢地神を驚覚することで悪鬼土公を鎮める修法を行っていたことと同様の認識である。

ただし、中世の表現では、右に反して、本章第一節でもふれたように、「地天供」が「土公供」と見なされ、堅牢地神を土公の別称で扱った事例も看取される。このように、二神の区別あるいは同一視については、時代ごとに単純に一括できない問題がある。

（四）陰陽道の堅牢地神　Ⅱ――『今昔物語集』巻二十四第十三「地神」考――

それでは、いつ頃から堅牢地神と土公が同一視される事例が見られるだろうか。

『覚禅鈔』よりも早い事例として、『今昔物語集』巻二十四第十三「慈岳川人、地神ニ追ハルル語」という陰陽師説話が注目される。これは、文徳天皇陵の占定に出かけた川人という陰陽師と大納言安陪安仁が、何らかの過ちを犯したことで「地神」の怒りを買い、追い回されるという説話である。『今昔物語集』では「地神」のほとんどが堅牢地神を指すのだが、この説話の場合、慈岳川人と安陪安仁に災厄をもたらす点で、特異な神格だといえる。この「地神」は、「地神」と表記されてはいるが、その実は土公である。一説に地主神であると見るが（『新編日本古典文学全集』頭注）、この説話の地神は、陰陽道における大地の神格、土公神だと考えられる。というのは、川人が犯した過ちは、この土公神や陰陽道に直結する禁忌だと推測されるからである。

川人はいかなる土犯を行ったか。

松尾拾氏は、川人が時間の禁忌を破ったのだと指摘した[32]。『小右記』寛仁四年十月二十二日条によれば、土公神が遊行から土の中に帰ってくる時間が申の時、すなわち日の入りである。この時間帯以降、翌朝にかけて、土公神が地中にいるため決して土を掘ってはならない。川人らは陵墓の占定に手間取って、いつのまにか日が暮れてしまい、土犯の時間帯に土を掘ってしまったのではないかと松尾氏は論じた。ただし、夕暮れ時に土を犯したと断定する根拠が本文中に見られない点では、いささか首肯し難い説である。

本稿では新たに日（十干十二支）の禁忌説を提案したい。文徳天皇陵占定は、『文徳実録』によると、天安二年の九月二日、庚申のことである[33]。秋、土公は、甲寅の日に本宮に帰ってから、十日間は土を掘ってはならないことは『簠簋内伝』にも見える。

秋戊申日至西宮白帝龍王宮殿六日小土吉日

然而**甲寅日帰本宮十日大土惡日**

…中略…

右本宮座間敢以不可犯土殺生。縦雖爲土用之内。土公遊行日尤可用之。（『簠簋内伝』）

これと同一の内容は、実は『今昔物語集』以前の『小右記』にも見られる。

雑暦云、土公物見時、甲乙日辰、丙丁非未、戊巳日午、庚辛日亥、壬癸日申、此時犯土大凶害人、**土公遊方、甲子**北遊、庚午還、戊寅日東遊、甲申還、戊申日西遊、**甲寅**還、寅・申爲出入時（『小右記』寛仁四年十月二十三日　大日本古記録）

よって、日の禁忌の観念は、少なくとも十一世紀にまでさかのぼることができる。

ここで川人が文徳陵占定を行った九月二日「庚申」の位置を確認すると、甲寅から七日目、土を犯すべからざる十日間内に相当する。

51　甲寅　52　乙卯　53　丙辰　54　丁巳　55　戊午　56　己未　**57　庚申**　58　辛酉
59　壬戌　60　癸亥

これこそが川人の犯した過ちだったのである。したがって、土犯の禁忌破りを契機に襲撃してきた「地神」は紛れもなく、土公神である。この説話は、川人の過失にはじまり、危難を見事に回避しておわる。後代の陰陽師たちが川人の土犯に気づき、それを修正するような形で、このような構成の説話が生まれたのだと考えられる。『今昔物語集』の一連の陰陽道説話の生成に、陰陽師の関与を見る指摘は、既に増尾伸一郎氏によってなされている(34)。このことは、こうした説話の背景に、陰陽道の知を読み取ることによっても裏付けることができる。

以上の分析によって、『簠簋内傳』以前、『今昔物語集』の時代から、土公を「地神」と表現する事例があったことは指摘できる。地神と土公を同一視する認識は、すくなくとも『今昔物語集』にまでさかのぼることが可能である。さらにその説話には陰陽道の知の影が色濃く落とされている。中世の堅牢地神の姿には、密教と陰陽道の知の交流が投影されているといえるだろう。

おわりに

本稿では、仏典の地震にかかわる表現の本朝における展開を具体的に明らかにすることを目指した。とくに仏教の地震表現のなかでも、仏典の大地神である堅牢地神に注目し、それが地天法という修法の場や、陰陽道書のなかでいかなる意味を持っているかを考察した。

降魔成道譚に見える堅牢地神の引き起こす地震は、密教僧にとって釈尊の事績を辿る修行に他ならず、除魔や成道の意義があったのである。

さらに『簠簋内傳』の認識の上では、堅牢地神は荒ぶる土公と同一視され、地天法の世界で唱えられていた「驚發地神偈」の知を読み替えて、新たな災害神「地神」が創出された。

陰陽師の関与を経て新たな展開を迎えた「驚」く堅牢地神は、本稿では十分に扱うことができなかったが、軍記物語のなかにも登場する。

『平家物語』巻三法印問答の例を挙げる。治承三年（一一七九）年、十一月七日に京で大地震が発生し悪相とされたが、それが現実の災いとなったのが、十一月二十日の後白河法皇の監禁事件であった。平家の軍勢が法皇を拉致し、鳥羽殿へ閉じ込めたのである。

あやしのしづの男、賤女にいたるまで、「あはや法皇の流されさせましますぞや」とて、泪を流し、袖をしぼらぬはなかりけり。去七日の夜の大地震も、**かゝるべかりける先表**にて、十六洛叉の底までもこたへ、**堅牢地神の驚きさはぎ給ひけん**も、理かなとぞ人申しける。（『平家物語』巻三　法皇被流　新日本古典文学大系）

ここには「驚」く堅牢地神の姿が地震と共に描かれる。十一月七日の大地震が、法皇の監禁事件の兆しであり、これほどの大事件があらかじめわかっていたのであれば、堅牢地神が「驚」いて地震を起こすのも道理であるとひとびとが感じたのである。覚一本では時系列が前後して理解しにくいが、延慶本では「去七日大地震ハ、カ、ル浅遠キ事ノ有ベカリケル前表ナリ。十六洛叉ノ底マデモコタヘテ、堅牢地神モ驚動給ケルトゾ覚ヘシ。」（第二本　法皇ヲ鳥羽ニ押籠奉ル事）とあり、明確に、法皇が捕らえられる兆しとして、堅牢地神が「驚」き地震を起こしたことが示されている。

『太平記』「巻二十六　大稲妻天狗未来記の事」（新編日本古典文学全集）にも、「驚」く堅牢地神像が描かれる。四条河原の橋勧進を見物しようと、貴賤問わずみな同じ桟敷に座ったところ、その世の乱れに対して、「正八幡大菩薩・春日大明神・山王七社」は嘆き、それによって「大地を頂き玉へる堅牢地神」は驚いたのだという。そしてその勢いによって大地に異変が起こり、桟敷が崩れてしまった。だから天狗の仕業ではないと、実は天狗である老僧が雲景に説明するのである。

こうした政変や道理に合わない事態に対して、予兆として「驚」き大地を揺らす堅牢地神の表現もまた、陰陽道と密教の交渉の中から生まれてきたものだろう。軍記物語と堅牢地神、ひいては密教及び陰陽道の交流と軍記作品の表現の関係については、別稿を期したい。

注

（1）小島瓔禮「鰻と蟹が地震を起こす神話——琉球諸島の神話の系譜のこころみ——」（『日中文化研究』第五巻　一九九三年）、上同「鯰と要石—日本の地震神話の展開」（『民俗学論叢』第一一号　相模民俗学会　一九九六年）、黒田日出男『龍の棲む日本』（岩波書店　二〇〇三年）、保立道久『歴史のなかの大地動乱——奈良・平安の地震と天皇』（岩波新書　二〇一二年）等多数。

（2）北原糸子『安政大地震と民衆　地震の社会史』（三一書房　一九八三年）、笹本正治『中世の災害予兆　あの世からのメッセージ』（吉川弘文館　一九九六年）、矢田俊文「中世の自然と人間」（『日本史講座　第四巻　中世社会の構造』東京大学出版会　二〇〇四年）、水野章二「Ⅱ　中世の災害と環境　二　中世の都市災害――『方丈記』に描かれた平安末期の京都――」（『中世の人と自然の関係史』吉川弘文館　二〇〇九年）、北村優季『平安京の災害史　都市の危機と再生』（吉川弘文館、二〇一二年）等多数。

（3）角川源義「語り物と地神盲僧（中世文学研究に役立つフォークロアの知識）」（『国文学　解釈と鑑賞』三二巻九号一九六七年）、成田守『盲僧の伝承　九州地方の琵琶法師』（三弥井書店　一九八五年）、増尾伸一郎「『地神経』と〈五郎王子譚〉の伝播―地神盲僧の語り物と土公神祭文・五行神楽の古層」（『日本文学』四七―七　一九九八年）、西岡陽子「地神盲僧の伝承詞章―「地神経」および釈文について」（『在地伝承の世界・西日本（講座日本の伝承文学）』八巻　二〇〇〇年）、福田晃、荒木博之編『巫覡・盲僧の伝承世界』（三弥井書店　一九九九年）、高見寛孝『荒神信仰と地神盲僧　柳田國男を超えて』（岩田書院　二〇〇六年）、荒木博之、西岡陽子編著『地神盲僧資料集　伝承文学資料集成』一九巻　三弥井書店　一九九七年）等。

（4）今堀太逸「第五章　日本国の災害と善神捨国――日蓮と『選択集』――」（『権者の化現　天神・空也・法然』思文閣出版　二〇〇六年）。

（5）加増啓二「中世における経典と攘災―軍記・説話・縁起と大般若経」（『日本宗教文化史研究』一五巻二号　二〇一一年）。

（6）邢東風「仏典に見られる「大地振動」」（『桃山学院大学総合研究所紀要』二〇一〇年）。

（7）『往生要集』大文一「一切諸法、有常無常。無常者身、常者四大」（岩波文庫）『孝養集』上「凡ソ一切ノ有情ハ地水火風ノ四大ノ成ス所ナリ。」（興教大師全集）等に見える。

（8）鳩摩羅什訳『摩訶般若波羅蜜多経』巻一「爾時世尊故在師子座、入師子遊戯三昧、以神通力感動三千大千国土、六種震動。」（大正蔵）。

（9）竜樹『大智度論』巻八「問曰、何以正有六種動。…中略…復次、地動因縁有小有大、有動一閻浮提、有動四天下一千二千三千大千世界。小動以小因縁故、若福徳人、若生若死、一国地動、是為小動。大動大因縁故、如仏初生時、初成仏時、将滅度時、三千大千世界皆為震動、是為大動。今仏欲大集衆生故、令六種震動。」（大正蔵）。

(10) 鳩摩羅什訳『妙法蓮華経』「皆遙見彼龍女成佛。普爲時會人天説法。心大歡喜悉遙敬禮。無量衆生聞法解悟得不退轉。無量衆生得受道記。無垢世界六反震動。」（大正蔵）。

(11) 『栄花物語』巻二十二とりまひ「仰ぎて見れば、法性の空晴れぬと、悕求の霞さす。楽の声、大鼓の音、げに六種に大地も動きぬべし。」（新編日本古典文学全集）。

(12) 『今昔物語集』巻第一　天魔、擬妨菩薩成道《ボサツノジャウダウサマタゲントセルコト》語第六「魔ノ云ク、「我ガ果報ヲバ汝ヂ知レリ、汝ガ果報ヲバ誰カ知レルト。」菩薩ノ宣ハク、「我ガ果報ヲバ天地ノ知レル也」ト。此ク説給フ時ニ、大地六種ニ震動シ、」（日本古典文学大系）。

(13) 『今昔物語集』巻一第二「釈迦如来、人界生給語」（日本古典文学大系）。

(14) 『今昔物語集』巻第五　天竺ノ狐、借虎威被責起菩提心《トラノイヲカリセメラレテボダイシンヲオコセルコト》語第廿一「井ノ底ニ臥フシ乍ラ、世間ノ无常ヲ観ジテ一念ノ菩提心ヲ起ス、「昔ノ薩埵王子ハ虎ニ身ヲ施シテ菩提心ヲ起セリ。我レ、今亦、如然キ也」ト。其ノ時ニ大地ニ六種ニ震動ス。六欲天皆動ズ。此ニ依テ文殊・天帝尺、共ニ仙人ノ形ト成テ、」（日本古典文学大系）。

(15) 『法華義疏』一・序品「如今此経、天雨四花、地有六種震動」、『瑞相御書』（日蓮遺文）「仏法華経をとかせ給はんとて六種震動ありしかば」、『愛宕空也』（叢書本謡曲）「されば此の経を説き給ふに、一天より四華降り、大地六種に震動し」。

(16) 『梁塵秘抄』法華經二十八品歌　序品　五首　第一巻「鷲の御山の法の日は　曼荼羅曼殊の華降りて　梅檀沈水満ち匂ひ　六種に大地ぞ動きける（58）釈迦の法華経説く始め　白毫光は月の如　曼荼羅曼殊の華降りて　大地も六種に動きけり（60）」（新編日本古典文学全集）。

(17) 『無名草子』［二二］――さらでもありぬべきこと「何事よりも何事よりも、大将の、帝になられたること、返す返す見苦しくあさましきことなり。めでたき、才、才覚すぐれたる人、世にあれど、大地六反震動することやはあるべき。いと恐ろしく、まことしからぬことどもなり。」（新編日本古典文学全集）。

(18) 法天訳『佛説七佛經』、法顕訳『大般若涅槃經』、玄奘訳『大般若波羅蜜多經』（大正蔵）。

(19) 物語作品における「なゐ」の用例は以下の通り。『蜻蛉日記』（三二一頁）、『うつほ物語』（六〇三頁）、『栄花物語』

（四四一頁）、『大鏡』（二四七頁）。頁数は新編日本古典文学全集による。

(20) 「大庭には馬の足音六種震動の如し。」（『義経記』新編日本古典文学全集）。

(21) 「さるほどに、一、二千の屋形ども、一同に騒ぎ合ひ、上下の人の声々に、「弓よ」「矢よ」「太刀よ」「刀よ」「甲は」「腹巻は」「それはなきか」「某は見えざるか」と喧る音、山も麓も、谷も峰も、六種の震動に異ならず」（『曽我物語』巻九）、「それがし、かれがしとののしる音は、ただ六しゅしんどうにもおとらず」（『曽我物語』九・十番ぎりの事　新編日本古典文学全集）。

(22) 佐藤愛弓氏は、「これらのことからは、『真言伝』に載せられている説話が、栄海にとって、このような場で求められる知識であり、実際に故事として機能するものであったことがわかる。この時のことは、栄海にとってその晩年まで弟子に語ったエピソードであった。」と述べ、栄海の唱導と文学的営為のかかわりを考察している。（「慈尊院栄海における宗教と文学」『中世文学』五一　二〇〇六年）。

(23) 『金光明最勝王経』巻八堅牢地神品第十八、『地蔵菩薩本願経』巻下地神護法品第十一（大正蔵）。

(24) 注十二に同じ。

(25) 覚禅鈔研究会編『覚禅鈔の研究』（親王院堯榮文庫　二〇〇四年）。

(26) 小峯和明『院政期文学論』（笠間書院　二〇〇六年）。

(27) 中野玄三「覚禅鈔の諸問題」（『日本仏教絵画研究』法蔵館　一九八二年）。

(28) 小峯和明『中世法会文芸論』（笠間書院　二〇〇九年）。

(29) この説話は、抄録されたものが『日本高僧伝要文抄』（国史大系）に見え、護法童子の威力を物語る説話として童子が殺される場面を削ったものが『溪嵐拾葉集』（大正蔵）に引用され、ほぼ同文であるが一部意味がこなれて文意が通る形に改められたものが『元亨釈書』（国史大系）の僧伝に載る。

(30) 源信撰『横川首楞嚴院二十五三昧起請』（大正蔵）。

(31) 繁田信一『陰陽師と貴族社会』（吉川弘文館　二〇〇四年）、上同『平安貴族と陰陽師―安倍清明の歴史民俗学―』（吉川弘文館　二〇〇五年）で詳細に論じられている。

（32）松尾拾『今昔物語集読解三巻―注文に基づく―当時の人はどのように読んでいたか』（笠間書院　一九九七年）。
（33）『日本文徳天皇実録』巻第十　天安二年「○庚申。大納言安倍朝臣安仁等率陰陽權助滋岳朝臣川人。助笠朝臣名高等。至山城國葛野郡田邑郷眞原岳點定山稜。」（国史大系）。
（34）増尾伸一郎「「鬼神を見る者」――『今昔物語集』の陰陽師関係説話考――」（『ケガレの文化史』森話社　二〇〇五年）。

『神道集』の法脈

——編者の周縁を尋ねる——

福田　晃

はじめに

わたくしは、別稿「両部神道と神楽——「法者」の伝承を辿る——」[1]において、中国地方における神楽太夫なる「法者」が営む神楽は、およそ鎌倉初期に成立した両部神道にその源の見出されたことを論じている。またおなじく別稿「両部神道の法脈（叡山）——法者神楽を尋ねて——」[2]においては、その神楽太夫たちが支持する両部神道の法脈が、叡山天台の穴太流につながることを論じたのである。

本稿はそれを享けて、両部神道の教学を導入していることが確認される『神道集』の法脈を検討し、「安居院作」とする編者を改めて考察しようとするものである。なおその検討の過程において、一部、別稿と重複することもあるので、ご了承いただきたい。

一　叡山天台の相承関係

叡山天台の恵檀両流

およそ「起信論」のあげる本覚思想は、叡山天台においては、「万物に仏生あり」とする思想へ展開、法華経の本迹関係とからめて始覚門(迹門)を重んずる檀那流と本覚門(本門)に拠る恵心流とに分流した。(4) その経緯の詳しい説明はほかに委せるが、(5) 一般にそれは、中古、叡山の再興の僧と伝えられる良源(慈恵僧正)が、最澄の中国・行満から学んだ六識修業・従因至果の始覚法門、および同じく最澄の中国・道邃《どうすい》から学んだ九識修業・従果向因の本覚法門を受持、その前者を弟子の覚運に伝受して檀那流、後者を同じく弟子の恵心に相承して恵心流の二流に分化したと説かれる。それは口伝法門の流れのなかで伝えられたことで、実際は永く両流ともに始覚・本覚の両門を兼修し、室町時代に至って、その主張が顕然化したものと言える。

恵檀両流の分派

ここでは、硲《はざま》慈弘氏にしたがって、恵檀両流の分派をみる。すなわち硲氏は、『日本仏教の開眼とその基調』下巻の第二章第五節の「恵檀両流の支派の開展」において、まず次のように叙されている。(6)

慧檀両流の支族についいては、従来普通にこれを八流と概括せられて居る。即ち慧心流にては、先づ東陽房忠尋の門下皇覚が相生《すぎう》流を開き、皇覚の後範源・俊範を経て静明にいたるや、所謂る行泉房流の名を得、また俊範、範承、静明等の教へを受けた政海は土御門々跡流の一派を創め、而してまた覚超より定誓、惟命等を経て證眞に至るや、即ち檀那の流義を兼學して宝地房流を開いた。これを総じて慧心の四流と名づくる。之に對して、檀那流に於ては、はじめ覚運より四伝して澄豪に及ぶや即ち慧光房流を開き、その門下長耀はまた竹林房流(一に安居院流)を創め、さらにその同門たる智海は毘沙門堂流の開祖となり、なほまた長耀より二伝して聖融にいたるや、遂に猪熊流の一派を開いた。乃ちこれを概括して檀那の四流と呼んで居る。

しかして、恵心四流及び檀那四流を説明された後に、その分派を次の図で示される。

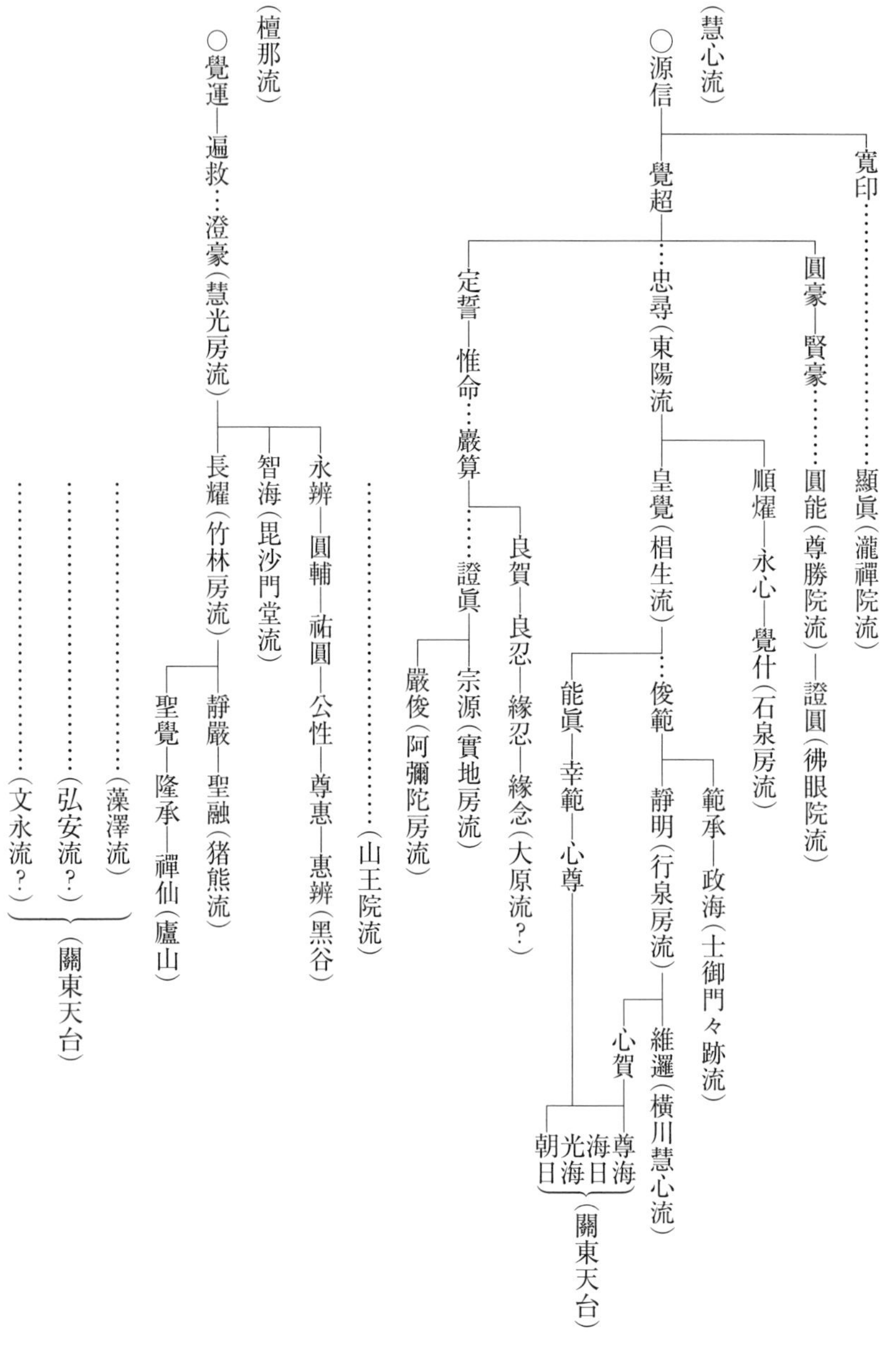

（慧心流）
○源信
寛印
顯眞（瀧禪院流）
覺超
圓豪―賢豪
圓能（尊勝院流）―證圓（佛眼院流）
忠尋（東陽流）
順燿―永心―覺什（石泉房流）
皇覺（椙生流）
俊範
範承―政海（士御門々跡流）
靜明（行泉房流）
維暹（横川慧心流）
心賀
尊海
海日
光海
朝日
（關東天台）
能眞―幸範―心尊
定誓―惟命
嚴算
良賀―良忍―縁忍―縁念（大原流？）
證眞
宗源（實地房流）
嚴俊（阿彌陀房流）
（山王院流）
（檀那流）
○覺運―遍救
澄豪（慧光房流）
永辨―圓輔―祐圓―公性―尊惠―惠辨（黒谷）
智海（毘沙門堂流）
長耀（竹林房流）
靜嚴―聖融（猪熊流）
聖覺―隆承―禪仙（廬山）
（藻澤流）
（弘安流？）
（文永流？）
（關東天台）

なお恵心流の一派として、寛印の流れを受けた顕真の瀧禅院があげられている。これについて硲氏が、次の法脈を示しておられる。

瀧禅院流
源信僧都―寛印内供奉―圓深―源然―辨覺法印―明雲大僧正―顯眞僧正（瀧禅院）―仁快僧都―雲快僧正―顯雲權僧正―雲雅權僧正。

しかしこの明雲の弟子・顕真は、元来明快を祖とする梨本流に属していた。その梨本流については、後に詳しく述べるが、その明快は、谷の嫡流を受け、覚運の檀那流にもつながる学僧であった。その流に属した顕真は、恵心流の寛印の流れを享け、瀧禅院流を起こしたということになるが、後にあげるごとく、その弟子の仁快が大塔流、同じく仁全が梶井流に分派している。

叡山天台『相承略系譜』

日本思想大系3『天台本覚論』(7)には、その解説の最後に、多田厚隆氏の「相伝法門見聞」をあげた後に、「相承略系譜」を掲げている。これに〔　〕に、梨下流・瀧禅院流・大塔流・梶井流、そして穴生流を補筆して、次にそれをあげさせていただく。

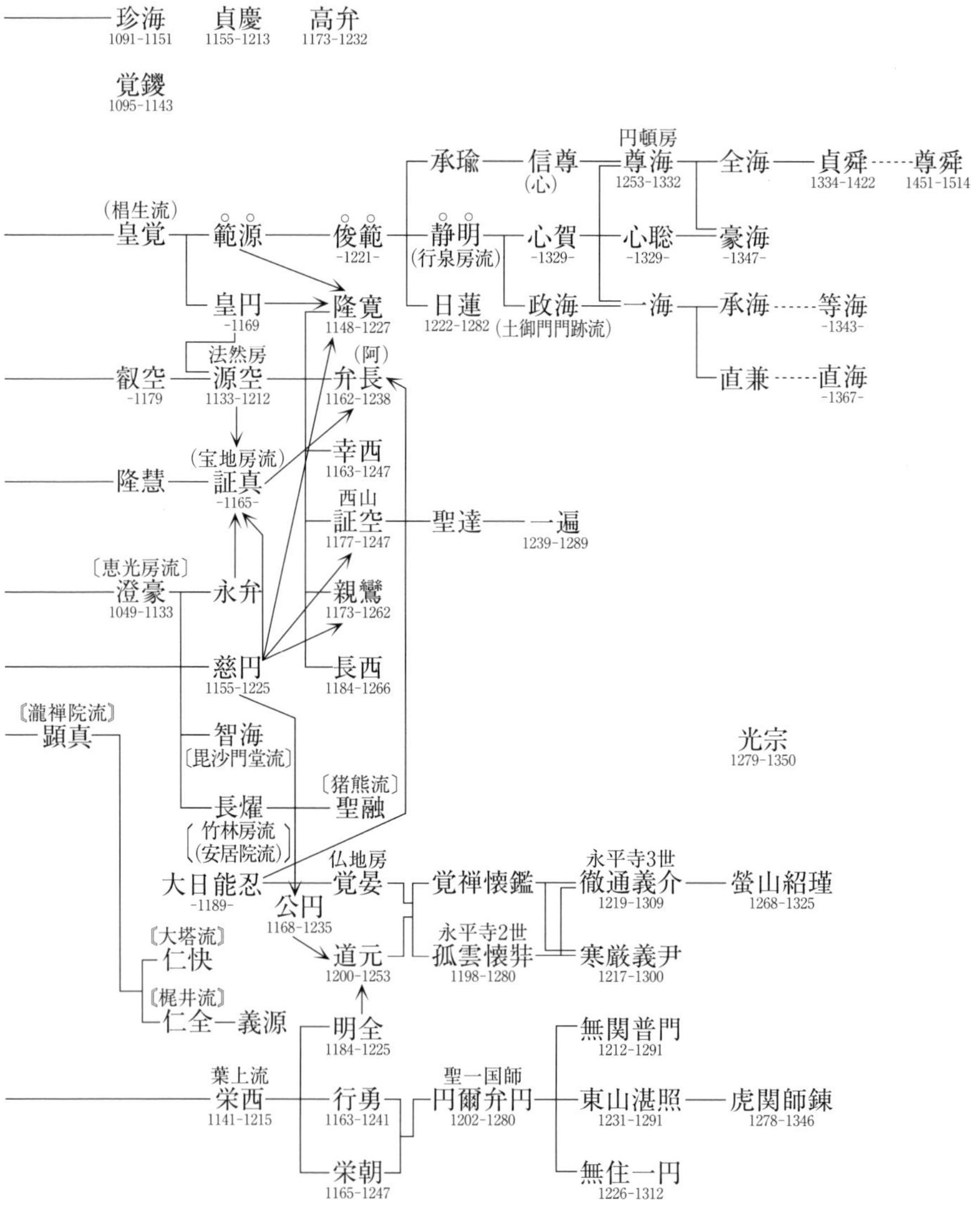

珍海 1091-1151
貞慶 1155-1213
高弁 1173-1232
覚鑁 1095-1143
(相生流)
皇覚
範源
俊範 -1221-
承瑜
信尊 (心)
円頓房 尊海 1253-1332
全海
貞舜 1334-1422
尊舜 1451-1514
静明 (行泉房流)
心賀 -1329-
心聡 -1329-
豪海 -1347-
皇円 -1169
隆寛 1148-1227
日蓮 1222-1282
政海 (土御門門跡流)
一海
承海
等海 -1343-
直兼
直海 -1367-
叡空 -1179
法然房 源空 1133-1212
(阿) 弁長 1162-1238
隆慧
(宝地房流) 証真 -1165-
幸西 1163-1247
西山 証空 1177-1247
聖達
一遍 1239-1289
〔恵光房流〕 澄豪 1049-1133
永弁
親鸞 1173-1262
慈円 1155-1225
長西 1184-1266
〔瀧禅院流〕 顕真
智海 〔毘沙門堂流〕
光宗 1279-1350
〔猪熊流〕 聖融
長燿
〔竹林房流 (安居院流)〕
大日能忍 -1189-
仏地房 覚晏
公円 1168-1235
覚禅懐鑑
永平寺3世 徹通義介 1219-1309
螢山紹瑾 1268-1325
〔大塔流〕 仁快
道元 1200-1253
永平寺2世 孤雲懐弉 1198-1280
寒厳義尹 1217-1300
〔梶井流〕 仁全
義源
明全 1184-1225
無関普門 1212-1291
葉上流 栄西 1141-1215
行勇 1163-1241
聖一国師 円爾弁円 1202-1280
東山湛照 1231-1291
虎関師錬 1278-1346
栄朝 1165-1247
無住一円 1226-1312

叡山天台「相承略系譜」(『天台本覚論』補筆)

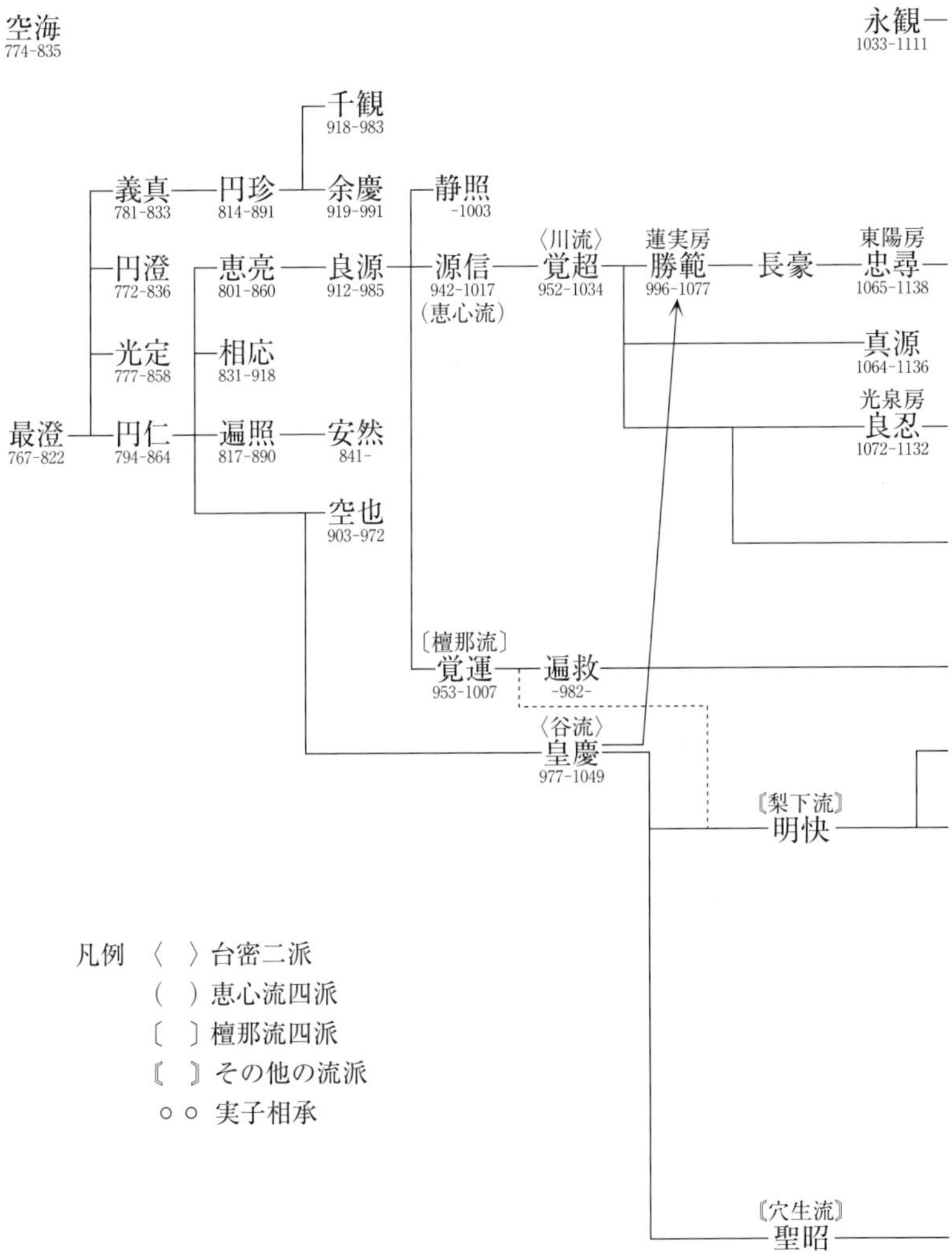

二　叡山・檀那流と安居院流

逢善寺文書

はやく近藤喜博氏は、『神道集』の編者と推される安居院流が叡山・檀那流に属していたことに注目されている[8]。これにしたがって、その檀那流による安居院流の法脈を尋ねてみる。

しかしその資料は限られているので、室町時代には、恵心流の談義所として隆盛をきわめた、常陸國稲敷町新利根村小野に拠した慈霊山無量院逢善寺に蔵された文書をあげる[9]。

その逢善寺は、寺伝によると、天長二年（八二五）の創建、最澄の弟子・覚叡の開基と伝える。しかし当寺は古くは奈良仏教の寺院として建立され、実は永和二年（一三七六）ごろに、覚叡によって天台宗に改め、自ら学頭となって天台の談所として中興されたものと推される。そののち十二世尊雄までの経緯は明らかではないが、関東天台における各寺の注記類によると、南北朝・室町の両時代に、関東天台の有力な寺院として活動したと言える。その隆盛は、十二世の尊雄によるもので、天文三年（一五三四）に叡山に上り、権律師から大僧正にまで昇っている。しかしてそれは十五世の定珍に及ぶ。その定珍は永禄二年（一五五九）に真壁郡黒子にある談所・千妙寺で亮舜から恵心流を相承、叡山に登って月蔵坊の幸祐から檀那流を附属され、穴太流の血脈なども享け、元亀元年（一五七〇）に逢善寺に戻って学頭となっている。

その逢善寺文書は、およそ室町末期に書写されたもので、十五世定珍の手にかかるものを収めている。以下は本書によってあげる。

檀那流門跡相承資并恵心流相承次第（巻子本）

これは、前半は康暦二年（一三八〇）、什覚なるものが記した「注記」を収める。その冒頭には、次のように記される。

旦那流門跡相承資

□《伝》教（最澄）　慈覚（円仁）　慈叡（雅尚 承誓）　慈恵（良源）　覚運　遍救　清朝　澄豪　□□（永弁）　円輔　弁長　禅霊　定仙　経祐　祐然　静

什　什覚ト相承シ玉ヘリ、

しかしておよそ前半は、経祐から筆者の什覚における檀那流の相承の次第を詳しくあげている。後半は、十五世定珍の筆になるもので、次のように始める。

日本ニ三ケ所ノ堅義、叡山堅義ハ三塔、海道立義ハ柏原（成菩提院）、坂東ハ長南（長福寺）也、

次いでまず恵光院・ヒサ（毘沙）門堂両流兼学の明鏤をあげ、爾来、逢善寺十四代・雄海法印に至るまで、檀那流から恵心流の法脈を述べ、最後に定珍自らの略歴を詳しく説くのである。

日本大師先徳明匠記

本書は、右にあげた逢善寺の第十五代・定珍法印の編で、天正八年（一五八〇）の奥書を有する。(10) その定珍が拠った逢善寺は、関東天台・檀那流の有力寺院であったが、定珍自身は叡山にも登って修行を重ね、恵心流のみならず檀那流の教学をも相承する学僧であった。したがって本書は、恵檀両流の法脈を叙するものである。が、本稿は、主に檀那流のそれをあげ、安居院流の法脈を述べることとする。

まず本書は「先徳者」として、五大院（安然）、飯室先徳（静算・慈忍）、楞厳院先徳（恵心院僧都源信）、丹後先徳（寛印供奉）、金輪院先徳（安恵）、箕尾先徳（千観内供奉）、多武峯先徳（増賀上人）、檀那先徳（覚運僧正）、静慮院先徳（編救僧都）をあげる。しかして次のように記している。（以下傍点は筆者による）

已上九人先徳有レ之、舉《つとに》於二天台宗一、分二恵檀両流一事、慈恵大師有二二人御弟子一、謂源信覚運也、大師以二教観二門一、付二属二人一也、楞厳院源信ニハ観門、檀那院覚運ニハ教門、是両流根源也、光定大師云、一家法門伝二

行満一、一心三観受二道邃一也、恵心道邃相承、檀那行満相承也、

次いで「三塔」「十六谷」にふれ、「檀那流、私云、澄豪ヨリ中古云々」として、その法脈をあげる。

中古明匠
- 恵光坊……永弁
  是云二恵光房流一、東北ノ谷八部尾
- 西谷 林泉坊……智海
  是云二林泉房流一、上京御霊居毘沙門ヲ衛護有レ之、故云二毘沙門堂殿一也、
- 東北八部 竹林坊……静厳

又云二毘沙門堂流一、是又云二竹林坊流一、已上三流檀那流也、又毘沙門流、経海僧正ト云人有レ之、此等中、
恵光坊流ハ檀那流ノ嫡流也、

その檀那流嫡流の恵光坊澄豪（永承四年〔一〇四九〕～長永二年〔一一三三〕）については、次のように、法脈を示す。

恵光坊律師澄豪
證眞、澄豪、大師號可レ然由、衆議雖レ有レ之、但大字計ヲ申請、寶地坊ヲ、大法印ト呼ヒ、恵光ヲ、大律師ト云也、
- 智海
  自レ是毘沙門堂流也、又云二林泉坊流一也、西谷ノ義也、
- 永辨
- 恵光嫡流、安居院、

順耀　西塔南谷大人、
長耀　松井嫡流、竹林坊、安居院流、

また聖覚の法脈については、次のようにある。

竹林坊流相承

覺運—遍教—清澄（按下文證作朝）—隆範—澄豪—長耀—靜嚴（竹林坊）—聖覺—隆承—聖憲—仲覺—光憲—良聖—信承—禪仙—光憲—良壽—憲全（安居院）—叡全（教王坊）—賢成（寶塔坊）—仙覺—永賢—定珍(11)

右によると、安居院聖覚は、檀那・覚運の法脈に属し、その嫡流にして中古明匠なる恵光坊澄豪の弟子・長耀・静厳を師とするものであった。

また澄豪、および聖覚に及ぶ法脈については、次のようにあげている。

覚運—遍教—清朝（慶命僧正）—澄豪—尊珍—珍兼—澄憲（安居院）
　　　　　　　　清朝—隆範—澄豪

澄豪—弁覚—明雲（慈雲坊法印）
澄豪—智海（林泉房）—明禅（風舎門堂）
澄豪—永弁（恵光坊）—智海
澄豪—長耀—静厳—聖尊（安居院　東北部八部）（按下文竹林坊流相承等円證仏法血脈譜作聖覚）
　　　　　　静厳—信尊

顕真（大原座主）—明禅（毘沙門堂）—顕輪（林泉坊）

恵光坊異據義先達也

すなわち澄憲は、恵光坊澄豪の流、尊珍・珍兼を嗣いでいる。しかるに真弟の聖覚は、同じく恵光坊澄豪の流たる長耀・静憲の竹林坊流に属していたと判じられる。しかも聖覚以降の安居院流は、およそは、この竹林坊流を相承するものであった。

『宗要光聚坊』編者　舜増の法脈

右においては、檀那流を隆盛に導いた恵光坊澄豪の法脈についてあげているのであるが、近年「天台宗全書」の一に、その流の論議書「宗要光聚坊」（上）[12]が公刊された。その「解題」において野本寛成氏は、その編者・舜増（〜一三三一〜一三四〇—）の学系をあげ、その舜増に至る檀那嫡流の恵光坊の法脈を示しておられる。それを次に収載させていただく。

澄豪—永弁—円輔—弁長—禅雲—定仙—経祐—
　　　　　　円輔—祐円—尊恵—恵尋……恵鎮—光宗
　　　　　　　　　　祐円—光性—……………—?舜増
　　　　　　円輔—公性
　　　　永弁—証真
澄豪—長耀—顕真・静厳—
澄豪—智海—明禅—顕輪—経侮—公海—義憲—実源—?舜増

（澄豪より尊恵では恵光院または恵光房と呼ばれ、明神は毘沙門堂流の祖とされる。公性以下を門跡方相承ともいう。辨長以下を出方相承ともいう。）

また最近、清水眞澄氏は、「澄俊と南北朝の動乱―安居院唱導の変容と展開―」[13]において、澄俊を中心に、安居院流の活動を詳しく論じられているが、そのなかで、右の野本寛成氏の舜増の法脈（図）を含んで、安居院聖覚をめぐる〈檀那流相承略系図〉を作成されている。参考のため、これもそのまま転載させていただく。

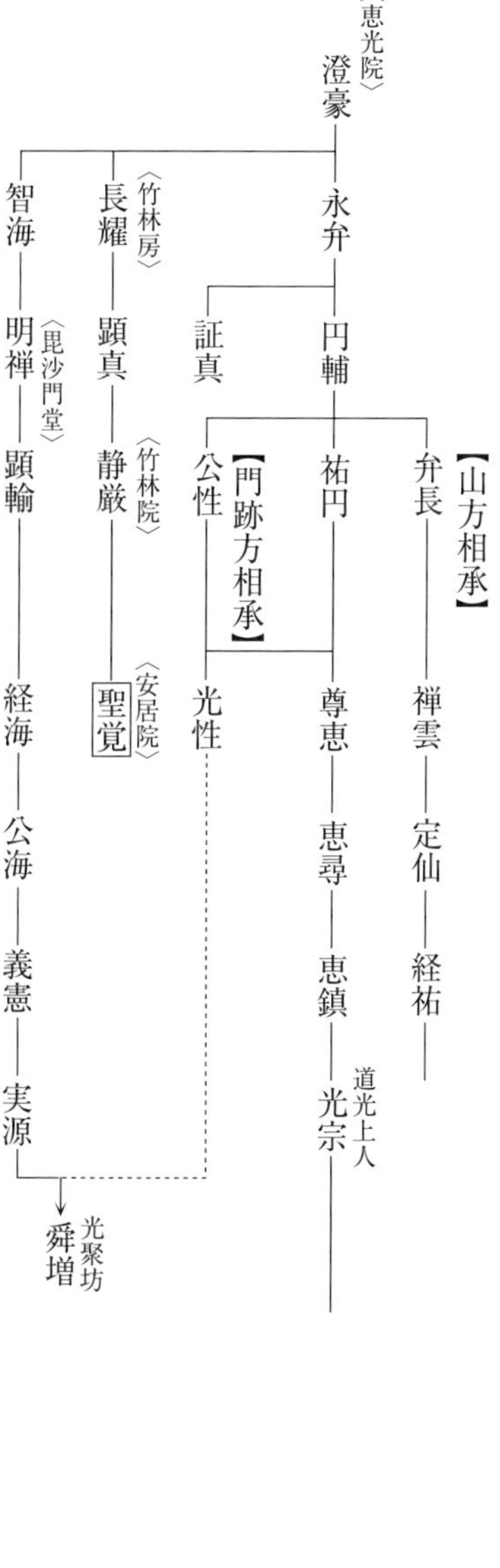

以上、安居院の法脈をたどると、開祖・澄憲は、檀那流の法脈に属し、恵光坊澄豪の流なる珍兼を師とするものであった。ちなみにその澄憲が檀那流に帰依することは、明雲僧正と澄憲の並々ならぬ関係をかたる『平家物語』巻二の「座主流」などによって世に知られている。[14]これに対して、その高弟・聖覚はかならずしも澄憲のそれをそのまま嗣ぐものではなかった。同じく恵光坊澄豪の流たる竹林坊静憲に師事して、その流を嗣いでいる。一方聖覚は、明雲に師事した慈円と深い親交をもっていた。[15]しかも、恵心流より起った浄土の法然坊に帰依していたことは、『法然上人絵伝』第十七などによって、よく知られることであった。しかして安居院の唱導僧は、

後々まで、この聖覚の流を嗣ぐものであった。それならば聖覚以来の安居院は、檀那流としては、その本流と少しずれた位置にあったと推される。

三　叡山・檀那流と記家・梶井流

梨本門跡・梶井流の法脈

さて硲慈弘氏は、その著『日本仏教の開展とその基調』（下巻）[16]の第六章「恵檀両流に於ける実際信仰」において、平安末期以来の記家の法脈にふれ、その流の重きをなした顕真（大治五年〔一一三〇〕～建久三年〔一一九二〕）に及んで、この流は二分し、顕真門下の仁快は大塔流をおこして、承快・雲雅・顕雲と次第に相承、同じ顕真門下の仁全は、梶井流をおこして、承弁・源全があい次いで、これを継ぐとして、『師資相承血脈次第』をあげられる。

付属梨本門跡　梶井正流。
道邃和尚、伝教大師、慈覚大師、承雲和尚、尊意贈僧正、安恩内供、尋叡内供、明快大僧正、良真大僧正、仁豪僧正、寂雲親王、明雲大僧正、顕真権僧正　此時当流二分。一分仁快大僧都、今大祖師也。分布延暦寺執当仁全法師。
仁快大僧都、承快法印、雲快僧正、顕雲僧正、顕意僧都、雲雅僧正、已上大塔門流。
仁全法印梶井流祖師、承弁法眼同執当、源全法印同、弁全法眼、義源已上梶井流。光宗、慈顕。

しかしてその梨本門跡・梶井正流について次のように説かれている。

右の血脈を一見して明瞭である如く、由来記家は、梶井門跡を中心として発展したもので、それは謂はば梶井門跡独特の法門として相承せられたものであった。而して梶井門跡は由来檀那の門室であるから、従つて記家も、また勿論慧檀の両流中には檀那流に属する。但し顕真・仁快・承快と次第する大塔門流は慧心流を兼学し、而して特に瀧禅院の一派を形成してはゐるが、然し大体に於て、記家は元来檀那流特異の一家であつたと称して好い。記家大成の史上に於て、最も重きをなす黒谷一派の如きも特に然りであるが、また若し『定賢問答抄』によれば、すでに慧心の流義に対して、記家の義即ち檀那流義であるとするの表現をすら用ひて居る。

さらに顕真以下の記家について説かれる。鎌倉末期・義源およびその弟子・光宗にふれておられることが注目される。

さて顕真以後に於ける記家の発達については、既に右の血脈によつて凡そこれを知ることができる。勿論右の血脈の示す所が、果してどこまで信頼すべきや否や、なほ今後の厳密なる調査を要することはいふまでもないが、然しこの中特に成乗坊の義源や、黒谷光宗等の如きは、いはゆる記家の名匠として、これを大成する上に与つて最も力のあつたことは争へない。義源も光宗もともに鎌倉末期の人で、しかも師弟の間であつたが、殊に前者は『山家要略記』の研究とその大成とに於て、最も重要の地位を占むる尊者であつた。現存の『山家要略記』には、義源の手の加はる所決して少くないであらうことは前にも述べたが、その外にもまた彼は『義源勘注』を作つたといはれる。また現に散在する『山家要略記』によつて明かである如く、同書の書写伝持には人一倍つとめたばかりでなく、或は光宗に神明灌頂を授け、また秀範に要略を面授して、大に記家の大成と興隆とにつくす所があつた。而して後者は、世に有名なる『渓嵐拾葉集』一百巻をつくつて、所謂る四分の記録を集大成したことは、もはや敢て言ふを俟たぬ所であらう。

梨本流・三千院門跡歴代

ここでは、右にあげられた梶井正流なる梨本流を『密教大辞典』(17)によってあげてみる。

ナシモトリウ　梨本流

台密十三流の一。大原三千院門跡に伝ふる法流。同寺に梨本御所の別名あるを以て此称あり。同寺門跡第三十二世天台座主明快を祖とす。明快は叡山に登り、谷流祖皇慶に受法し、又明豪・覚運・尋叡の二師に就きて顕密の教を研鑽し、延久・承保の頃、座主慶命に法を嗣ぐ。第二祖良真亦慶明に学び、後明快に受法し、第三十六世天台座主となる。初二祖共に名門の出にして、谷の嫡流を受け、之を門室に伝へ、以て一流を構ふるに至る。

右によると梨本流は、天台座主三十二代・明快を開祖とするもので、大原三千院門跡に伝わる法脈である。およその明快は、叡山谷流皇慶に受法し、檀那・覚運にて学ぶものであった。したがってそれは、檀那流の法脈にもつらなっている。その山房は、はやく最澄が東塔南谷に一宇を建立、貞観二年（八六〇）に承雲がこれを改めて円融房を名づけたものである。その第八世明快に至って門跡寺院となり、その三千院に梨本御所があれば、当流を梨本流とも称された。応徳三年（一〇八六）にその別院が東坂本梶井里に設けられので、梶井流とも称されることになったのである(18)。

次にその梨本流・三千院門跡の法脈を渋谷慈鎧氏編『日本天台宗年表』(19)によってあげる。

三千院門跡歴代（梶井門跡梨本坊円融坊）

㝡澄―円仁―承雲―延雄―尊意―安恵―尋叡―明快 門跡初祖―良真―仁覚―仁豪―仁実
―最雲―最忠―明雲―顕真―承仁―承円―尊快―尊覚―最仁―澄覚―最助―覚雲
―叡雲―恒雲―尊忠―承覚―承鎮―尊雲―尊胤―承胤―恒鎮―覚叡―明承―義承
―尭胤―彦胤―応胤―最胤―承快―慈胤―盛胤―清宮―道仁―叡仁―常仁―承真
―昌仁―良海―寂順―孝成―孝永―大応―恵慶 現住

上州・長楽寺蔵『都法灌頂秘録』

右において梶井流の記家と知られた義源にふれられていたが、その義源が深くかかわったらしい上野・一宮光明院旧蔵である長楽寺蔵『都法灌頂秘録』[20]に添えられた「瑜祇灌頂」の相承系譜をあげる。およそ『都法灌頂秘録』は、円仁撰とされ、台密における灌頂の密印と真言を網羅した極秘の書である。しかるに記家の義源は、延慶二年（一三〇九）に横川霊山院上人からこれを受持、その口決を高弟・恵鎮に二度にわたって与えている。すなわちその長楽寺蔵本に付された「瑜祇灌頂」の相承系譜は、次のごとくである。

是祕ゝ中最祕山

瑜祇灌頂後能ゝ鑒心機可授輙不可授與之

已上瑜祇灌頂四重密印畢

貞観四年歳次壬午十二月朔乙卯十一日乙酉

阿闍梨圓仁記

貞観四年歳次壬午十二月朔乙卯十五日巳未奉受

承雲記

天慶七年癸卯六月一日奉受

尊意記

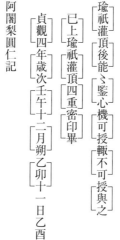

天慶三年庚子正月廿四日奉受

安愿記

大元五年壬午九月十八日奉受

尋叡記

寛弘二年乙巳五月八日奉受

明快記

延久二年庚戌五月三日奉受

良眞記

嘉保三年丙子七月十一日奉受

仁豪記

保安二年辛丑八月四日奉受

最雲記

應保二年壬午正月十八日奉受

明雲記

壽永元年壬寅三月廿四日奉受

顯眞記

建久二年辛亥八月五日奉受

仁全記

嘉祿二年丙戌十月一日奉受

行忍記

正元元年己未八月十一日奉受

源全記

弘安七年甲申五月二日於飯室安樂谷奥房奉受之畢

明源記

延慶二年己酉正月晦日於横河靈山院釋房奉受之畢

義源記

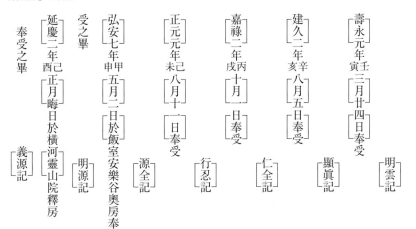

嘉暦元年丙寅十二月十一日奉受之畢　守明記

貞治五年丙午七月廿六日奉受之畢　皇源記

應永二十五年戊戌十二月十三日奉受之畢　貞澄記

享徳三年甲戌卯月廿三日奉受之畢　什雄記

さて本書長楽寺蔵本収載の『群馬県史』における解説[20]には、本書長楽寺本の作成年代について、次のように記されている。

この書の作られた年代を推定すれば、奥書に承雲から明雲─顕真を経て、明源─義源に至る伝承系譜が載せられているが、この系譜は梶井門跡（大原三千院）を中心に発展した記家（鎌倉時代における比叡山全体についての記録を司る流派）の血脈と同一のものであり、随って記家として活躍した顕真ら義源に至るところに作られたものであろう。

ただし、本書・長楽寺蔵本に付された、右の「瑜祇灌頂」の相承系譜は、義源の法脈に属すると伝える皇澄が、応永二十五年（一四一八）に受持してこれを記し、その皇澄よりその弟子・什雄が享徳三年（一四五一）にこれを受持して録したものである。ちなみに横川霊山院法釈房「義源」は、しばらく当一宮・光明院に「起立」（寄留）していたと伝えられ、右の系譜にあげられた守明・皇源・皇澄、そして什雄も、その門流に属することであった。したがってこの相承系譜は、その門流のなかで生成されたものと推される。これによれば、檀那流・梶井流の法脈は、義源を仲介して、西上州に及んでいたことが確認されるのである。

四　叡山・穴生流と梶井流・義源

叡山・穴太流の法脈

右において、梨本門跡流は、天台座主三十二代の明快を開祖とするものであるが、この門流は檀那流に属して、その流から梶井流が派生したと言える。天台の記家はその流にあり、義源はそれに属していたのである。しかるに義源は、それのみならず、叡山・穴太流にも近い関係のあったことが知られる。そこでは、一まずその穴生流の法脈を追うこととする。

まず『密教大辞典』(22)の「穴生流」を引用する。

アナウリウ　穴太流

台密十三流の一、谷ノ三流の一。行厳の資大慈房聖昭を流祖とす。谷ノ流の祖皇慶の付法に頼昭あり、その下に行厳・覚範の両匠出で仏頂流・智泉流を開く。聖昭は師行厳より仏頂流を受け、更に覚範の資院昭及び其資行玄より智泉流を伝へ、此の両流を兼綜して一派を立て穴太流と称す。叡麓穴太《あなふ》に住せしに出る。当流は現時も相伝せられ、此流の行軌によりて密行を修するもの多し。

すなわちそれは、谷流祖皇慶に付法を受持した頼昭の流れを受け、行厳の仏頂流、覚範の智泉流の両流を兼綜した大慈房聖昭（永承元年〔一〇四六〕生）を流祖とする。叡山の麓、穴太《あなふ》に住して穴太流と称された。「大辞典」は、右に続けてその略系を示す。

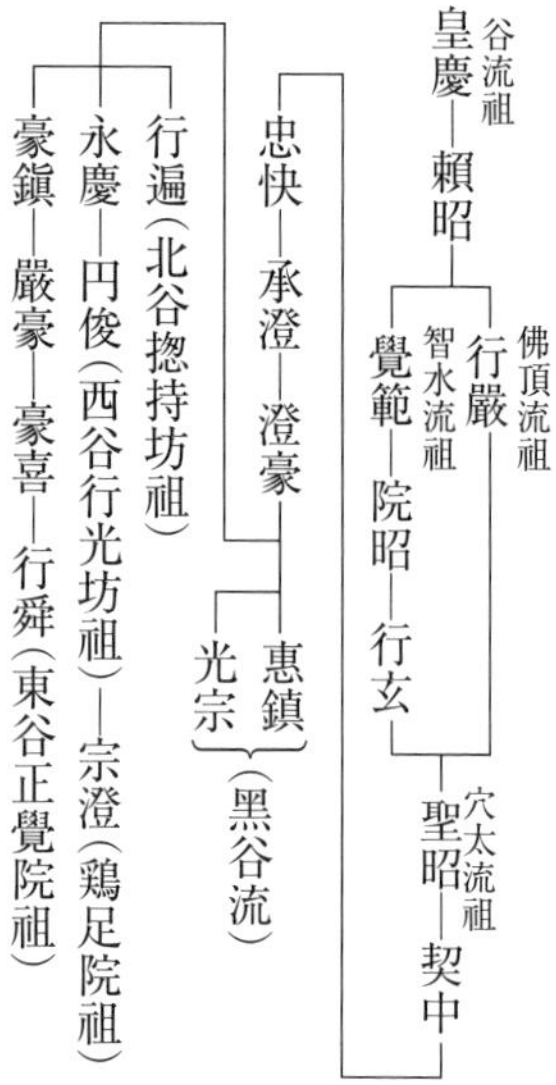

これをやや詳しく説く福田堯穎師の『天台学概論』(23) 所収「天台密教概説」第二節第二項「谷流の分脈」の項より、それをあげる。

穴太《アノウ》流

行厳の資に大慈房聖昭あり、時に少将阿闍梨と呼ぶ。行厳よりノ仏頂流を受け、覚範の資、院昭より智泉流を伝へ、台麓穴太に住して密学に令名あり、穴太决二十帖を著し、遂にに一流を開く、之を穴太流（十三流の内）と云ふ。

聖昭の資に営寂房契中あり、世に但馬《ノ》阿闍梨と呼ぶ。此の人聖昭の穴太口訣を註した者五帖あり、之を五輪抄といふ。此の書は四度及び灌頂并びに諸尊弘等の口訣を詳記したものであると云ふ。

契中の次に大教房忠快と云ふ人が出て、世に小川《ノ》法印及び中納言《ノ》法印と呼んでおる。此師は契中の五輪抄を広釈して密談抄二十七帖を作る。亦た船中《ノ》抄三巻を著す。

忠快の資に小川僧正承澄あり、承澄は小川御所に住せるを以て時人呼んで小川僧正と云ふ。此の頃より小川流の名がある。此の師は頗る博学多識にして忠快の密談抄を本として、法曼流の息心抄行林抄等を参酌し、阿娑縛抄百巻を著す。此の書は台東二密家に於て数多の書籍あるも、本書の如く完備したものは無い。

承澄の資に澄豪あり、師は伝法和尚亦たは法円上人と号す。京都西山ノ宝菩提院に住せしを以てその流名を西山流（十三流の外）と云ふ。けれども穴太流と大差なく、むしろ其の別称と云ふ可きものであるとも云ふ。

澄豪の資に月蔵房永慶、宝光房澄堯、普門房行遍、法勝寺恵鎮、鷲尾道光等がある。行遍は本山東塔北谷総持坊に、永慶は同じく西谷行光坊に伝法灌頂の法を伝へ、是より両坊共に穴太流の灌室となり、其の法流を現時に至るまで相続した。

而して法勝寺恵鎮、金山院光宗等は、祖山黒谷所伝の戒密二教を稟承し、又澄豪より穴太の秘軌を受け、京都岡崎の法勝寺元應《ゲンノオ》寺に伝へた。之を黒谷流と呼ぶ。

続けて、その略系があげられるが、それは『密教大事典』とかわることがないので省略する。なお澄豪の流につらなる北谷惣持坊・行遍、鶏足院祖・宗澄、東谷正覚院祖・行舜が、両部神道流とかかわることは後述する。

右の穴太流の分流として、葉上流と黒谷流をも説かれるが、今はその略系のみをあげる。

葉上流

穴太流祖 聖昭――基好
顕意
（基好・顕意）――葉上流祖 栄西
蓮華流 聖豪
（栄西・聖豪）――嚴琳――圓琳等（建仁寺相承）
　　　　　　　――栄朝――琛海――了一――子本等（長樂寺相承）
　　　　　　　　　　――辨圓――大恵――空然――慈妙
　　　　　　　　　　　　――順賢――慶鎮等（密藏院相承）

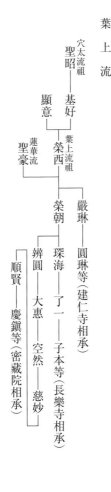

黒　谷　流

黒谷相承 恵尋―恵顗―興圓
穴太流祖 聖昭―契中―忠快―承澄―澄豪
（興圓・澄豪 → 恵鎮・光宗）

右の葉上流は、栄西を流祖とし、その弟子栄朝は、この流を受りて、上野・長楽寺を開山する。しかも梶井流の義源が深くかかわったと伝える一宮光明院は、その長楽寺の末寺で、長楽寺が衰退した折は、これと代ることもあった有力寺院であった。

また黒谷流の恵鎮・光宗は、元来、梶井流の義源の高弟であり、その流を嗣ぐものでもあった。

上州　長楽寺蔵『穴太流印信惣目録』

これは叡山穴太流の「印信」（法門授受の証として、阿闍梨より弟子に付属するもの）の総目録(24)で、先の長楽寺蔵『都法灌頂秘録』と同じく、元は長楽寺の有力末寺なる上野・一宮光明院の蔵本である。惣じて百七十通に及ぶものである。以下、その大よそを紹介する。

その『印信惣目録』は、まず「許可印信」十六通、「胎蔵伝法灌頂印信　七通　穴太流」、「金伝法灌頂印信　五通　穴太流」「蘇悉地印信　五通穴太流」「合行灌頂印信　五通」「離作業灌頂印信　九通」「秘密灌頂印信　十四通」「瑜祇灌頂印信　十一通」をあげ、「都法灌頂秘録一巻是付物許可云々」を添え、その奥に、

自許可印信于瑜祇印信上七十通

己上義源法印門流云々

右印信惣目録者為一流之己証雖不可及散在流布諸流許可至于秘密瑜祇都法録不胎

一紙悉授テ皇澄大法師畢
応永廿五年歳次戊戌三月十四日
勧学寺三部灌頂大阿闍梨遍照金剛皇源（花押）

とある。つまりこれは、応永二十五年（一四一八）、義源法印門流の勧学寺（光明院別院）の金剛皇源が皇澄大法師に伝受したものであった。その印信のそれぞれについては、これを収載する本書長楽寺蔵本の「解説（解題）(25)」に委せるが、そのなかでわたくしが注目するのは、最初の「許可印信　十六通」である。それをあげてみる。

一秘密許可第一　谷流四ケ秘密許可内名伝法許可 阿佐縛鈔許可下私宝菩提院御流
一秘密許可第二　四ケ秘密許可内 法曼院

……………………

一許可印信私記宝菩提院御流　大原略
一金許可印信第四　梨下
一胎許可印信第四　梨下
一蘇許可印信第四　梨下
己上十六適

右の十四紙「金許可印信」、十五通「胎許可印信」、十六通「蘇許可印信」の以下の「梨下」は、これが台密十三流の一なる「梨下流」伝受の印信を示すものと思われる。

ちなみにこの流は、谷流の皇慶に受法する天台十二世座主・明快を祖とするものであり、先にあげた硲慈弘氏引用の「師資相承血脈譜次第」によると、梶井正流につながるが、その法脈のなかに天台の記家（三聖二祖以来の日記・記録を伝習する家）なる壇那流の「義源」が存在する。それならば、これは義源のもたらした印信であることと示したものと言える。
次にもう一つ、「秘密灌頂印信　十四通」をあげる。

秘密灌頂印信　十四通 中道院御流

一秘密灌頂作法　宝菩提院御流
一秘密灌頂印信　宝菩提院御流
一第五灌頂密印 泉湧寺流
一薄墨口決印信
一《薄》薄墨印記
一薄墨印信 兼慶付基好印信
一秘密灌頂印信

……………………

一薄墨印信
一先師遺文 基好伝栄両遺文
一秘密灌頂密印 別時
一印信 是不有三部都法深行之大阿闍梨者不可授之云々又名ヲ人形杵ト云々

右に収める六通の「薄墨口決印信」、七通の「薄墨印記」、八通の「薄墨印信 兼慶付基好印信」、九通「薄墨印信」の「薄墨」は、先の本書の「解説（解題）」によれは、平安末以降、比叡山の口伝法門における壇那流の「薄墨中道」に通じるものであるという。それならば、これも天台の記家なる壇耶流の義源がもたらした印信なることを示すものと言えよう

続けてこの『惣目録』は、蓮華院流・建仁寺流その他の印信をあげ、その百七十通に及ぶとする。それはおよそ義源を師と仰ぐ上野・一宮光明院につらなる門弟の伝授であることを示している。

右に続けて、この『惣目録』は、奥書ふうに唐以来の祖師、台密の諸流の祖や系譜、さらに光明院の系譜などが示される。それらはいずれも光明院の法脈を理解するには重要である。

まず「山門七流」がある。それをあげてみる。

山門七流有異説本流
前唐院流慈覚大師根本　谷流皇慶　大原勝林院長宴　蓮華院永意
法曼院流宰相法印相実　穴太聖昭　葉上流建仁寺栄西
三昧流　巳上七流次第不同自谷行下別云々
穴太当流許可諸流私記在之謂
穴太聖昭　梨下明快　法曼院無動寺相実　仏頂房行厳　鶏足流都率厳範
大原勝林院長宴　谷流皇慶本流　前唐院慈覚大師正流　三光房　一心房都
加登上仙一条院御宇人生身観音令受合行汀　中道院秘密伝教　宝菩提院流小川承澄
◦大原与勝林院一異名也云々
山門七流　東寺〻本流　十二流又廿一流文
穴太流中鶏足流云者　即都率流也厳範房

これは、長楽寺流・一宮光明院への法系の源流を示したものと推される。次いで、谷流の祖・皇慶から成乗坊法印義源をあげ、光明院に「起立」（寄留）した折の義源の三弟子「俊源」「源春」「学明」の伝承系譜をあげる。

それは、光明院の別院・勧学寺にあった、俊源の流なる「金剛皇源」が、応永二十五年に著したものであった。続いて「穴太流与蓮華院流合掌」の系譜をあげる。それは、長楽寺流から光明院への法系を示すものである。以下、「慈覚大師諱円仁」以来の八ケ闍梨の系譜、「顕密三ケ大徳」「大唐四大師」「穴太流二流在事」「八家伝法次第」をあげ、最後に、

伝燈住位三部阿闍梨皇源録云々
応永廿七年庚子閏正月初十日
金剛乗沙門皇澄記之
自了翁付鎮澄記之

と記す。守明の弟子、皇澄が録し、応永二十七年（一四二〇）に勧学書の皇澄が伝写したとする。「了翁」とは長楽寺七世の了義、鎮澄は皇澄の弟子の謂いであろう。さらに最末にこの『惣目録』が永正五年（一五〇八）、光明院の慶淳から金剛慶弁へ付託された由の奥書を添えておわる。

以上、この『惣目録』によれば、その穴太流の印信の多くが、梶井流の義源を通して、上州・一宮光明院の門流のなかに、伝授されてきたことが知られるのである。

五 『神道集』の法脈

『神道集』と両部神道

右において、わたくしは、『神道集』の編者の周縁として、叡山・檀那流から穴太流に及ぶ法脈を追ってきたのであるが、ここからは、『神道集』の教義と直接かかわる周縁の法脈を尋ねることにする。

そこで、まず『神道集』巻一の第一「神道由来之事」をあげる。ちなみにこれは、『沙石集』の巻第一「大神

宮ノ御事」（両部神道の由来）に準ずる叙述である。(26)

(序) 夫日本秋津嶋ト申ハ、天地開闢ノ時、空ノ中ニ一ノ物有リ、形ハ葦菌《かい》ノ如シ、即チ化シテ神ト成ル、此ヲ国常立命《くにとこたちのみこと》ト号ス、次ニ国狭槌《くにさつち》尊世ニ出玉ヘリ、陽神ニシ男ナリ、其次ニ豊斟淳《とよくむぬの》尊世ニ出玉ヘリ、此モ陽神ニシテ男ナリ、乾ノ道独リ化ス、其次ニ泥土煮《ちにの》尊世ニ出玉ヘリ、此モ陽神ニシテ男ナリ、其次《の》沙土煮《ちにの》尊世ニ出玉ヘリ、陰神ニシテ女ナリ、其次《の》ニ大戸之道《をほとのぢ》尊世ニ出玉ヘリ、此ハ陽神ニシテ男ナリ、其次ニ大戸間辺《をほとまへの》尊世ニ出玉ヘリ、此ハ陰神ニシテ女ナリ、亦妹ナリ、其次《の》ニ面足《をもたるの》尊世ニ出玉ヘリ、此陽神ニシテ男ナリ、其《の》次ニ惶根《かしこねの》尊世ニ出玉ヘリ、此ハ陰神ニシテ女ナリ、妹ナリ、已上三代六神ハ、男女ノ形ハ有リト雖ヘトモ、夫婦ノ婚姻ノ義ハ無リキ、

其次《の》ニ伊弉諾《いさなき》尊世ニ出玉ヘリ、此ハ陽神ニシテ男ナリ、其次ニ伊弉冊《いさなみの》尊世ニ出玉ヘリ、此ハ陰神ニシテ女ナリ、亦妹ナリ、此二神始テ夫婦ノ義ヲ顕玉ヘリ、此天神七代ト云ナリ、国ヲ造リ、山河草木ヲ作リ、大八祖嶋ヲ造ル、此二神相語テ言ク、此下《の》ニ国ニ有ラント、天ノ逆鉾ヲ差シ下シテ捜リ玉フニ、其鉾《ほこ》ノ滴《したた》リ凝テ嶋ト成ル、今ノ淡路嶋ナリ、此ノ世ノ中ノ主無ランヤトテ、一女三男ヲ産ム、其ノ三男トハ、日神・月神・素盞鳥《そさうの》尊是ナリ、一女トハ蛭児《の》尊是なり、仍幽宮ヲ淡路《の》国ニ構テ住玉フナリ、此ハ則群臣ノ祖ナリ、宜哉、世間ノ人ノ常ノ諺ニ、昔祖父ト祖母ノ有テ、人種ヲ放ト云フハ実ナリ、

次ニ地神五代ハ、伊弉諾・伊弉冊太子《の》、天照《あまてらす》太神《ほんかみ》宮ノ始ナリ、即日神是ナリ、父母此子ヲ生トテ喜ツヽ美《ほめ》テ、此児《の》に是霊異ノ子ナリ、此国ニ久ク留ルヘシトテ、即天下ヲ授ク、其次ニ正哉吾勝々速日天忍穂耳《まさやあかつかつはやひあまのをしほみの》尊世出玉ヘリ、（以下、略）

(一) 抑伊勢大神宮此国ニ下リタマヒシ時、第六天ノ魔王之ヲ見テ、国ヲ失ハントシテ下ケルヲ、大神宮魔王ニ合玉テ、我ハ三宝ノ名字ヲモ云ハス、我身ニモ近付ケシ、疾ク々ク返リ昇玉ヘト誘《こしらへ》玉ケレハ帰リ玉フ、其

ノ約束ニ違《たがへ》シトテ、僧ハ御殿近クニ参ラス、社壇ニシテ経ヲハ顕《あら》ハニハ持タス、三宝ノ名ヲモ正クハ言ハス、仏ヲハ立スクミ、経ヲハ染紙トモ、堂ヲハ木焼《こりたき》ナント云テ、外ニハ仏法ヲ疎カニシ、内ニハ三宝ヲ守護シ御在ス故ニ、我国ノ仏法ハ偏ニ伊勢大神宮ノ守護ニ依ル、

(二)①当社ハ本朝諸神ノ父母ニテ御在ナリ、素戔鳥《の》尊ノ天津罪犯シ玉ハン事ヲ悪マシメ玉テ、天ノ岩戸ヲ閉ツヽ隠サセ玉ヒシカハ、天下に暗ト成玉ケリ、佐ル程ニヤ八百萬《やほよろつ》ノ神達ハ悲マセ玉フ、大神宮ヲ誘ラヘ出テラレンカ為ニ、庭ニ火ヲ焼キ、神楽ヲシ給シカハ、御子ノ神達ノ遊ヲ床敷思食テ、岩戸ヲ少シ押シ開キ御覧シケル時、世間明々トシテ、人ノ面モ白ク見ケルハ、咹《あな》面テ白ヤト言ヘリ、面白《おもしろ》と云言ハ、此時ヨリ始レリ、大力雄《たちからの》神ト申ス御神懐キ留メ玉テ、天ノ岩戸ニ七五三《シメ》ノ尻出《しりくめ》ヲ引ツヽ、此内ニ入ラセ玉フヘカラストテ、則チ懐キ出シ奉リ玉ヒキ、終ニ日月ト成テ天下ヲ照シ玉フ、日月ノ先ニ当ルモ当社ノ恩徳ナリ、

②凡ソ大海ノ底ノ大日ノ印文ヨリ事起テ、内宮・外宮ノ両部ノ大日ナリ、天ノ岩戸ハ都率天也、高天原トモ云ナリ、神代ノ事ハ皆故有ニ事ニシテ、真言ノ意ニハ、都率天ヲハ内証ノ法界宮殿密厳ノ浄土ト云ナリ、彼ノ内証ノ都ヲ出テ、日域ニ跡ヲ重玉フカ故ニ、内宮ハ胎蔵界ノ大日ニテ、四種曼荼羅ヲ方取テ、囲垣《いかき》・玉垣・荒垣トテ重々ナリ、勝雄木《かつを》九ツ有リ、胎蔵ノ九尊ニ方取ル、外宮ハ金剛界ノ大日也、或ハ阿弥陀トモ云フ、金剛界ノ五智ニ方取テ、月輪モ玉有リ、

③胎金両部ハ陰陽ニ官《つかさと》ル、陰ハ女、陽ハ男ナルカ故ニ、胎蔵ニ方取テ、八人女《やうとめ》トテ八人有リ、金剛界ノ五智ニ官リ、五人ノ神楽男ト云ルハ是ナリ、

④又御殿ノ萱葺ナルモ、供貢モ只三杵舂《みきねつ》キテ黒カリキ、人ノ煩ヒ、国ノ費ヘヲ思食ス故ナリ、勝雄木モ直ナリ、垂木ノ曲ラヌモ人ノ心ヲ直クセント思食ス故ナリ、而ハ心正直クシテ、民ノ煩ヒ、国ノ費ヲ思フ人ハ、神慮ニモ叶フ者ナリ、

㈢　而レハ当社ノ宮ハ、自然ニ梵網ノ十重ヲ持テルナリ、其故ハ人ヲハ殺害シタル波羅夷罪ノ数ニ入ラセ玉フカ如シ、打擲シ、忍傷ヲモシヌレハ、解官セサレ、出仕ヲ留ラル軽罪ニ似タリ、又当社ニ物ヲ忌玉フ事、余社ニハ少シ替レリ、鵜羽屋《うふや》ヲハ生気トテ、五十日ノ忌ナリ、又死セルヲ死気トテ、同五十日忌ナリ、其故ハ死ハ是生ヨリ来リ、生ハ是《れ》死ノ始ナリ、而レハ生死共ニ忌ム可シト云フ心ナリ、

㈣　誠に不生不滅ニシテ、毘盧遮那法身ノ内証ヲ出テヽ、愚癡顛倒ノ四生ノ群類ヲ助ケントテ跡ヲ垂玉フ、本意ハ生死流転ヲ止メテ、常住ノ仏道ニ入レリ、而レハ生モ死モ同ク忌ト云シ、愚ニ苦ヲ悲テ、生死ノ悪業を造ラスシテ、賢ク妙ナル仏法ヲ修行シ、浄土ノ菩提ヲ願ヘキナリ、

まず、冒頭の（序）は、いわゆる中世日本紀[27]に準ずるイザナギ・イザナミ両神の国生み神話である。「此三神相語リテ言ク、此《の》下ニ国ニ有ラント、天ノ逆鉾差シ下シテ捜リ玉フニ、其鉾《ほこ》ノ滴《したた》リ凝テ嶋ト成ル」は『沙石集』の「大神宮御鉾指下《さしくだし》テサグリ給ケル、其《の》鉾ノ滴《したたり》、露ノ如ク也ケル」の原拠に当るもので、冒頭（序）に掲げる本書の叙述は『沙石集』のそれとは、いささか異同する。

しかし㈠の「伊勢大神宮（大日如来）と第六天魔王の契約神話」、㈡の「伊勢大神宮の胎金両部垂迹神話」、㈢「伊勢大神宮の戒律・物忌み」、㈣の「毘盧遮那仏の本願」の叙述は、ほぼ『沙石集』のそれに対応している。細かい異同については、別稿に委ねるが、ここで注目するのは、およそ『神道集』は叡山・檀那流に属する安居院流を編者に擬するものであったが、この「神道由来の事」における叙述は、およそ両部神道（叡山流）の「両部神道の由来」に従っていることである。しかもその両部神道（叡山流）は、また穴太流に属するものであった。

両部神道と叡山・穴太流

これについては、別稿が詳述することであるが、論述の都合上、その重複をいとわず、その一部をとりあげて

みる。

前章において、わたくしは福田堯頴氏の『天台学概論』第八章「台密伝道史」第二節・第二項の「穴太流」において、大慈房聖昭を開祖とするこの流の系譜をあげている。その門流の澄豪の資について繰り返し掲げる。

澄豪の資に月蔵永慶、宝光房澄堯、普門房行遍、法勝寺恵鎮、鷲尾道光等がある。行遍は本山東塔北谷総持坊に、永慶は同じく西谷行光坊に伝法灌頂の法を構え、是より両坊共に穴太の灌室道場となり、其の法流を現時に至るまで相続した。

右によると、澄豪の資の行遍は総持坊、永慶は行光坊に伝法灌頂の法を伝え、それが現在の穴太の灌室道場となって相続すると叙されている。しかしその穴太流の灌室道場（灌頂を伝授する修行道場）となったのは、この両坊のみではなかった。先にあげた『密教大辞典』のあげる「略系」の澄豪以下を再掲する。

澄豪─┬─行遍（北谷惣持坊祖）
　　　├─永慶─圓俊（西谷行先坊祖）─泰澄（鶏足院祖）
　　　└─豪鎮─嚴豪─豪喜─行舜（東谷正覺院）

すなわちその穴太流の灌室道場は、行遍の惣持坊、円俊の行光坊のみならず、宗澄の鶏足院、行舜の東谷正覚院も、これを擁していたのである。しかしこれらの道場は、両部神道の教義を伝授するところであったことは、別稿で説いている。ここでは、一例の北谷惣持坊の場合をあげる。(28)

およそ近江国甲賀の総社・油日神社は、延喜の式内社の一つとして栄えた名刹であった。祭神は油日大明神（または通山大明神）と称し、聖徳太子の勧請を伝え、本地は如意輪観音であった。その別当は油日山金剛寺（または油日寺）と称し、その塔頭には、光明院・成就院・照養院・喜応寺・惣坊を擁し、叡山惣持坊を本山として、その社僧は本山惣持坊において「伝法灌頂」を受持することであった。しかも当寺における祭事・法会は、惣持坊のそれに従い、「両部神道之法義」によるものであった。

ちなみに当社には、聖徳太子の油日大明神の祭祀由来を説く「縁起」が四種伝えられているが、そのなかで最も古く詳細にわたるものが旧成就院蔵の「油日大明神縁起」である。およそ室町中期の書写本である。その冒頭の㈠「聖徳太子の入山」をあげる。それは太子がはからずも油日岳の山中に入り込むなかで守屋合戦の勝利を祈念する一節である。

（前略）粤《コヽニ》日域　朝《イキノテフ》人王三十二代《（一）》帝《ミカト》　用明《メイ》天王之王子聖徳太子、無《キ》二仏法□国《クニハ□》　成二魔王世界一《ト》、人民常《ツネニ》　熱悩《ネツナウシ》、（中略）
爰《ココヲ》以《テ》太子為《ニ》二国安詮《セ□》一、奉《リ》レ崇《□カメ》二三宝諸天《ヲ》一、欲《ホッシセント》レ為レ興二隆仏法《ヲ》一給処《フニ》、守屋《ノ》大臣背《ソムキ》二君命《ノメイヲ》一、欲《ス》下破《ハシ》二仏法《ヲ》一失《ハント》中寺塔《ヲ》上、
譬如二妬婦《シトフ》一破《ヤフリ》レ家《ヲ》、讒臣危《サンシンアヤウクスルカ》レ国《ク》、恣《ホシマヽニ》　誇《ホコル》二邪執一、此時《ノ》一天曇《クモリ》、逆《ケキ》風頻《シキリニ》　吹《フキ》、大雨降《フルコト》　如《シ》レ流《ナカスカ》二車軸《チクヲ》一、
欻《タチマチニ》　発《ヲコリ》二諸災《サイ》一、人民悉《コト〱ク》　死亡《ハウス》、及《ヲヨンデ》二此時《ノニ》一太子為《ニ》レ追《ツイ》二罰《ハッセンカ》　守屋《ヲ》一欲《ス》レ興《コウセントクン》　軍兵《ヲ》、願者四天王、今度《コンノ》合戦切《ニキリ》
勝《カタセタマハヽ》給、可《ント》レ奉《ル》レ仰《キ》二仏法擁護天王《ノ》一祈誠《トキセイシ》　給《フ》、已《ステニ》　又《タ》吾国大海底《ノソコニ》、在《リ》二大日如来印文《ノ》一、是《レ》仏法東漸瑞相《ノスイ》新《アラタ》　也、
依《テ》レ之《ニ》奉《ウカヽイ》レ伺二　天照両大神宮御本地《ヲ》一、恭《カタシケナクモ》　　胎金両部大日如来変作《ノヘンサトソ》、専《モンハラ》　此《ノ》国主《ノアルシニテマシマス》　御坐、唯《タヽ》願者令《シメテタ□》レ退《チセ》二治
悪魔守屋《ヲ》一、興《シ》二隆仏法《ヲ》一給《ヘト》　祈念《シ玉フ》、

すなわちその祈念の詞の「已ニ又《タ》吾同大海ノ底《ソコ》ニ、大日如来ノ印文在リ、是《レ》仏法東漸ノ瑞相新《アラ》タ也、之ニ依テ天照《てんしょう》両大神宮御本地ヲ伺イ奉ル、恭《カタシ》ケナクモ胎金両部ノ大日如来ノ変作トシテ、専ラ此《ノ》国ノ主《アルシ》ニシテ御坐《マシマ》ス」とは、『沙石集』、あるいは『神道集』などが引用する「両部神道の由来」である。すなわち「伊勢大神（大日如来）と第六天魔王の契約神話」にもとづくものである。したがってこれを引用する「油日大明神縁起」は、当社の両部神道法義のなかで、制作されたものと推される。しかもそれは、本山の惣持坊が維持する両部神道の思想にもとづくものと言えよう。

さてこのような穴太流の灌頂道場を有する惣持坊とその末寺との関係は、鶏足院・正覚院においても存在して

いた。それについては、別稿に譲ることとする。

両部神道と「中臣祓」

古く朝廷においては、毎年六月及び十二月の晦日に、公儀の大祓《おおはらえ》が営まれ、中臣氏がこの祭事を掌り、大祓の詞を読むことになっていた。したがってその大祓の行事および大祓のことを「中臣祓」と称するようになった。その「中臣祓詞」「中臣禊詞」は、はやく『古語拾遺』のなかに見えている。やがてこの「中臣祓」は公的に祓の場のみならず、私的な場にも流用されるようになった。その私的な場において読まれた平安時代の実例が『朝野群載』六に収める「中臣祭文」である。論述の都合上、その全文を次に掲げる。

中臣祭文

高天乃原仁神留坐須。皇親神漏岐神漏美乃御命遠以天。八百万乃神達遠神集仁集給比。神議仁議給比天。我加皇御孫命ハ。豊葦原乃水穂乃国遠。安国止平久知食セト。支依差セ奉テ。加レ是依差セ奉シ国中ニ。荒振ル神達ヲハ。神掃ニ掃給。神問セニ問セ給テ。語問之磐根木立。草乃破葉モ語止給天。天乃磐戸遠押開天。天乃八重雲ヲ。伊頭乃千別ニ千別給天。天降伏差セ奉木。如レ此久依差奉シ。四方乃国乃中仁。大倭日高見乃国乃。安国止定奉天。下津磐根ニ。宮柱太敷立天。高天原ニ千木高知天。我皇御孫乃命ヲハ。美豆乃御舎止仕奉天。天乃御蔭日乃御蔭止隠坐天。安国ト平所知食牟国乃中ニ。生出ケン天乃益人等カ。過犯ケ牟種々乃罪ヲハ。天津罪トハ。畔放溝埋女。樋放頻蒔串差。生剥逆剥木。屎戸許々太久乃罪を。天津罪ト詔別天。国津罪トハ生乃膚断チ。死乃膚断。白人古久美。己加母ヲ犯ル罪。己加子ヲ犯罪。母与子犯ル罪。子与母犯ル罪。畜生ヲ犯ル罪。昆虫乃災。高津神乃災。高鳥乃禍。畜生臥シ。蠱物ヲ為ル罪。許々太久乃罪支ヲ出シテハ。如レ是出シテハ。天津神ハ天津宮支ヲ以天。大中臣天津金木ヲ本打切。末打切断。千倉乃置倉ニ置足ハシテ。天津菅津麻ヲ。本苅断末苅切テ。八針ニ取辟ヒイテ。天津詔言ヲ以天詔ル。如レ知久詔ハ。天津神ハ天乃磐門ヲ神明。天乃八重雲ヲ。伊頭乃千別ニ千別テ。所聞食天牟国津神ハ。高山乃末。短山乃末ニ登坐シテ。高山乃伊恵利。短山乃伊恵利掻別天。聞食テム。如レ此聞食テム。罪ト云罪。咎ト云咎ハ不レ有ト科戸乃風乃。天乃八重雲ヲ吹掃攴乃如ニ。大津乃辺仁居留大船ヲ。舳解放艫解放テ。大海原ニ押放如レ攴ク。彼方也繁木カ本乃。焼鎌ノ利鎌ヲ以テ。打掃不如レ攴久。残乃罪ハ不レ有ト。祓給清給不攴ヲ。高山乃末短山ノ末ヨリ。佐久奈太理仁落漏津。隼川乃瀬ニ坐爪。瀬織津比咩止云神。大海乃原ニ持出奈牟。如レ是持出奈ハ。荒塩乃八塩。百道乃塩乃八百会ニ坐。隼開津比咩ト云神。持加々呑天ハ。如レ此久持加々呑天ハ。伊吹戸ニ坐爪。伊吹戸主ト云神乃。根乃国乃底乃国ニ伊吹放天ム。如レ是久伊吹放天ハ。根国乃底国仁坐爪。速佐良比咩ト云神持路失天ム。如此久持路失天八。自ニ今日一以後。遺滅罪ト云罪咎ト云咎ハ。不レ有ト祓給ヒ。清給事ヲ。祓戸乃八百万乃御神達ハ。佐乎志加乃御耳ヲ振立天。聞食セト申。

右の「中臣祓」は、十世紀以前には、神祇官に入り、「延喜祝詞式」の選定施行期には大祓詞と並行して、神祇官において用いられている。一方、神祇官主に近い官号をもっていた陰陽師は、これを私的に流用するに至る。それが陰陽師祓の「中臣祓」であり、また仏家に及んで、仏家祓に用いられるようになった。それが「六字河臨法」で、それは次の穴太流の項でふれる。

この「中臣祓」を重んずる仏家の神道が、両部神道であった。平安末期から鎌倉初期にかけて、吉津の仙宮院を拠点としておこった両部神道は、はやくに「中臣祓訓解」「中臣祓記解」を生んでいる。およそ鎌倉初期のことである。その経緯については、他に委せるが、(29)ここでは「訓解」を〈神道大系〉「中臣祓訓釈」(30)によってあげることとする。すなわちその冒頭は、次のように叙される。

夫和《レ》光垂迹之起《リ》、雖《モ》レ載《ト》二国史(史)家牒《ニ》一、猶《ヲ》有レ所レ遺《ル》、靡《シ》レ識《コト》二本意《ヲ》一、聊詫(託)《カテ》二覚王之密教《ニ》一、略示《メス》二心地之要路一而已《ノミ》、蓋聞《シク》、中臣祓《ハ》、天津《アマツ》祝《ハフリ》太祝詞《ホサタノノントコトハ》、伊弉那諾尊之《ノ》宣命也、天児屋根命之諄解也《シュンカイナリ》、是則己心清浄儀益、大自在天《ノ》梵言、三世諸仏《ノ》方便、一切衆生《ノ》福田、心源広大《ノ》智恵、本来清浄《ノ》大教、无怖畏陀羅尼、罪障懺悔神咒《ナリ》、窒《寔ニ》寂勝寂大之利益、无量无辺之済度、世間出世之教道、抜苦与楽之隠術也、与《トモニ》二天地一以長存《シ》、将《トモニ》二日

月一而久ク楽カラン、所為《以ニ》嘗天地開闢《ムカシアメツチヒラキハシメシ》之初メ、神宝日出之時、法界法身心王大日、為メニレ度セン二無縁悪業衆生ノ一、以二普門方便ノ智恵ヲ一、入二蓮華三昧之道場ニ一、発シ二大清浄願ヲ一、垂レ二愛愍ノ慈悲ヲ一、現二権化之姿ヲ一、垂二跡閻浮提ヲ一、請ク二府(符)璽於魔王一、施シテ二降伏《化》之神力一、神光神使駅シ二於八荒ニ一、慈悲慈檄領《アツカシヨリ》二於十方ニ一以降タ、忝大神《クオホンカミ》、外ニハ顕シ下異ナル二神《仏》教ニ一之儀式ヲ上、内ニハ為下護二仏法一之神兵上、雖トモ二内外同異ナルト一、同ク二化度ノ方便一、神ハ則講仏ノ魂、仏ハ則諸神ノ性也、肆ヘニ経云、仏住ノ二不二門ニ一、常ニ神道垂ルレ迹ヲ云々、惟ニヌ知、以テ二諸神ノ通力ヲ一、令二顛倒衆生ヲ一、以二所求ノ願力ヲ一、令レ入二於仏道ニ一、此則善巧方便、大慈大悲之実智、色心不二、平等利益之本願也、因レ茲ニ、現ニハ即顕シ二神祇之験一、施シ二神民《祇歟》之威ヲ一、消シテ二一期苦愁ヲ一、而択ス二百年栄楽ヲ一、当ニハ亦離レテ二五住ノ煩悩ヲ一、即出テ二三界樊籠ヲ一、悟二真如妙理ヲ一、即証ス二密厳花台ヲ一哉、

右のごとくこの「中臣祓」は、「伊弉那諾尊宣ノ命」であり、「天児屋命之諄解《シユンカイ》」であるとする。その上で、両部神道において、これを重んじる理由として、両部神道の由来をあげて説く、「嘗天地開闢《ムカシアメツチヒラキハシメテ》之初メ、神宝日出之時、法界法心王大日、～発シ二大清浄願一～現二権化之姿一ヲ、垂二跡ヲ閻浮提一、請フ二府璽於魔王一、施メ二降伏之神力一、～」と、「伊勢大神（大日如来）と第六天魔王契約神話」をあげその垂跡を叙している。その「府璽」が、「大日ノ印文」をさすことは、はやくに指摘されている。(31) しかしてその垂跡の伊勢大神について、「忝大神《クオホンカミ》、外ニハ顕シ下異ナル二仏教一之儀式上ヲ、内ニハ為下護二仏法一之神兵上～以二諸神ノ通力一ヲ、令二顛倒衆生一ヲ、以二所求ノ願力一ヲ、令レ入二於仏道一」との衆生済度の本願をあげる。その本願は、衆生の「消シテ二一期苦愁一、而択ス二百年栄楽一ヲ」を求め、「離レテ二五住ノ煩悩一ヲ、～悟二真如妙理一、即証ス二密厳花台一ヲ」に至らしめるもの、その神験がこの「中臣祓」であると説く。しかして、その「中臣祓」の効用を次のように示す。

凡此ソ祓ハ、神詞《カンコトハ》寂極ノ大神呪也、蒲《コトハ》二一切願ヲ一、如シ二疾風染カ一、所求円満コトハ、如シ二自在天一、然則十界平等之本道、諸尊大悲之法門、法爾成道之通相、諸天三宝之秘術也、上智ノ竹前ニハ、則諸瑜伽ノ教法、下愚前ニハ、便縁覚声聞ノ良因焉、祓、此神代ノ上ニハ、曰フ二遂《ヤラヒマスト》之一、此云二波羅ラ賦ヘ一云々、孝二捘《カンカヘカンカフルニ》其実ヲ一、以二智恵神力ヲ一破二怨敵四魔ヲ一、祭

文本紀《ニ》曰、三世《ノ》怨敵者《ハ》、隔二於境一不レ近、萬人《ノ》悪念者《ハ》、越二於境一遠滅《クス》、凡三災七難者、以《テ》レ温《ユヲ》如レ消レ雪《ヲ》、百毒九横者、以レ水如レ消レ火《ヲ》、刀(万)悪千害者《ハ》、以レ火如レ焼レ毛、然則悪鬼別《テ》二万里《ニ》一、七難近不《テ》レ起、堅牢催二五帝《ヲ》一、万福近来《テ》生《ス》、以一座祓、百日之難除《キ》、百度之《ノ》祭文、千日之咎捨《ツ》云々、

すなわち、この祓は「神詞《カンコトバ》」のなかで、「最極《ノ》大神咒」であると言い、それは「破二怨敵四魔《ヲ》一」とし、「七難近《テ》不レ起、～万福近来《テ》生《ス》」「百日之難除《キ》～千日之咎捨《ツ》」と、その効用と主張する。しかる後に、その祓の作法をあげ、祭祀の意義が、不浄を祓うことにあると説く。しかる後に、「高《タカ》天《ノ》原《ニ》」から「神留《リ》坐《ス》」「根《ノ》国《クニ》底《ソコノ》国」「速《ハヤ》佐《サ》須《ス》良《ラ》比《ヒ》咩神《メト申スカミ》」に至る注釈をほどこし、最後に、次の詞章をもって結んでいる。

承和二年丙辰二月八日、大仁王会《ノ》次《ニ》、東禅仙宮寺《ノ》院主大僧都、授二吉津御厨《ケキツノミクリヤ》執行神主《カンヌシ》河継一給《フ》伝記《ニ》曰《ク》、神《ハ》是《レ》天然不動之理、即法性身也、故以《テ》二虚空神《ヲ》一為二実相《ト》一、名《ク》二大元尊神《ト》一、所現《ヲ》曰二照皇天《ト》一、為レ日《ト》為レ月《ト》、永懸《カヽリテ》而不レ落《チ》、為レ神《ト》為レ皇《ト》、常以《ニテ》而不変《ナリ》矣、為二衆生業起《スル》一、樹二于《タテ、》宝基須弥《ノ》磐境《ヲ》一、而照《シ》二三界一利《ス》二萬品《ニ》一、故曰《ヒ》二遍照尊《ト》一、亦曰《ハフ》二太(大)日霊験尊《ト》一矣、豊葦原中津国降居《リマス》、点《シ》二其名《ヲ》一談《シテ》二其形《ノヲ》一、名二天照坐二所皇大神《ト》一、是中道法身、常住不反、金剛不壊躰、遍照知性《ノ》、火《ニモ》不レ焼、水《ニモ》不レ朽、无漏无垢、清浄自浄光明《ノ》、周二遍法界《ニ》一、而遊《モ》二心法界《ニ》一、是諸仏《ノ》光明、神通力不可思儀(議)、言語道断《ノ》徳用《ナリ》也、故神者一気始《テシ》生化元也、仏者《ハノ》覚儀、僧《ハ》浄也、聖者《ハ》无為者也、凡者《ハ》有為者也、凡天神地祇《ハ》、一切諸仏《ノ》、惣《テ》二三《身歟》千即一本覚如来《ノト》、皆悉一躰《ニシテ》无レ二《シ》也、毘盧遮那者法身如来、毘盧遮那者報身如来、諸仏者応身如来也、三諦三身、即中《ヲ》為二法身一、即空《ヲ》為二報身一、即仮《ヲ》為二応身一、三智《アリ》、一切智《ハ》照レ空、道性智《ハ》照レ仮《リ》、一切種智《ハス》照レ中《ヲ》、三身三智、亦在《リ》二一心《ニ》一、故一躰《ニシテ》無《シ》二差別一、是神《ノ》一妙也、是《レ》皇天《ノ》徳《ノ》也、故則伊勢両宮者、諸神之寂貴、異二于点下諸社一者也、大方神在二三等一、所謂《ル》一本覚伊勢《ハ》大神宮是也、本来清浄理性、常住不変妙躰也、故名《ク》二大元尊神《ト》一、境界風不《ノセ》二動転《セ》一、心海堪(湛)然《トシテ》无《シ》二波浪一、宝躰一心外《ニ》無《シ》二別法一、名《ク》二本覚《ト》一也、二《ニ》不覚、出雲荒振神《イツモアラフルカミ》類也、遠離《テ》二一乗理法《ノヲ》一、不レ出《テ》二四悪四洲《ヲ》一、見二仏法僧《ヲ》一、

聞《テ》二諸仏梵音《ヲ》一失二心神一、无明悪鬼類《ノ》也、神是実《ノ》迷神ナレハ名《テ》為不覚《ト》一也、三《ニ》始覚《ハイハ》石清水《ミツ》・広田社《ノ》類也、流転之後《ニ》、依《テ》二仏説経教《ニ》一、无明《ノ》眠覚《テ》、本覚《ノ》理帰《ル》、是《レ》為二始覚《ト》一、亦名二実語《（悟）》神《ト》一也、惣《テ》始覚成道者《ノ》、成仏外迹《ト》也、非二本覚本初元神一也云々、念心《ハ》是《レ》神明之主也、万事《ハ》一心《ノ》作也、神主《カヌシノ》人人、須《ク》以二清浄《ヲ》一為レ先《ト》、不レ預《カラ》二穢悪事一、鎮《ニ》専《ハラニ》二謹慎之誠《ヲ》一、宜《ク》レ致二如在之礼《ヲ》矣、是明神明内証之奥蔵、凡夫頓証之直道者乎、

これが、同じ初期両部神道の『三角柏伝記』と一致することは、はやく岡田荘司氏が「両部神道の成立期」においで指摘されたことである。しかも『三角柏伝記』に先行し、その母胎となったかと説かれている。[32] その叙述の内容については、別稿であげているので、それに委せたい。

およそ両部神道は、これまでの神仏習合思想にとどまらず、神・仏に道（陰陽道）の三者を習合する思想であることをわたくしは同じく別稿で説いている。その意味で、「中臣祓」はまるで三者の習合する思想を含んでいると言えるであろう。そこに新しい仏教の方向をうかがうことができる。

叡山・穴太流と「中臣祓」

さて仏家流の「中臣祓」について、岡田荘司氏は、〈神道大系〉所収「中臣祓注釈[33]」の「解題」において、次のように説いている。

陰陽祓は平安中期以降、専ら個人祈願の安産祈禱や病気平癒の呪法として隆盛をみ、百度祓・千度祓の度数祓が行われるようになる。

陰陽祓と、この影響をうけて成立する仏家祓（六字河臨法）の作法の概要は、『阿娑縛抄』第八十六に収める「六字河臨法」に詳しい。「六字河臨法」は台密谷流系の仏家祓の次第を載せるが、これには、陰陽師の意見が随所にみえ、これ以前に成立していた陰陽道の河臨祓・七瀬祓の作法を知る上からも貴重である。それによると、仏家祓の六字河臨法は、呪咀反逆（陰陽道の河臨祓も宮内庁書陵部所蔵『陰陽道祭用物帳』に「呪詛祓ト云ハ、

河臨ノ祓也」とあって、呪詛の祓としている）・病事・産婦のための修法であり、六字は六観音をいい、六字経を読誦するもので、仏教の六字法と陰陽道の河臨祓が習合した形式である。『行林』にある「長久四年（一〇四三）決云、六字幷河臨時」とか、『六字河臨法』の最末に私記として収めた「六字幷河臨記　勝林口決也」（勝林院長宴の口決、永保元年〈一〇八一〉入滅）などとあるのは、習合初期の書き方を残している。

この修法は、慈覚大師円仁が唐から将来し、その門徒に伝えられたが、一時中絶し、のち木寺の喜勝内供から阿弥陀房静良に受法し、静良は檀越伊予守知章に対し修法している。ついで康平七年（一〇六四）勝林院長安の修法をはじめ十二世紀初頭までの修法が挙げられている。康平七年の修法をさして「是此法濫觴歟」との記載があることから、河臨法は十一世紀中頃の成立と考えられる。

右において、この「六字河臨法」を継承する勝林院長宴の大原流について、『密教大辞典』(34)は次のように叙している。

オウハラ流　大原流

台密の一派。大原僧都長宴を祖とす。長宴は初め慶命・実円に師事し、後皇慶に従つて事相の秘奥を伝へ、承保三年小僧都に任せられ、大原流の一派をなすに至る。長宴には四十帖決を初め著作多く、付法亦良祐・永意・宗観・賢暹・経暹進等四十人を数ふれども、史上の功績自ら法資なる三昧阿闍梨良祐に移り、大原流の名は後に伝はらざりしが如し。

その勝林院長宴（長和五年〔一〇一六〕～永保元年〔一〇八一〕）は、大原の勝林院に住して、その流の開祖となる。しかるに、その法資なる阿闍梨良祐が三昧流と開くに至り、その法流は良祐に移ったという。しかし同じ『密教大辞典』の葉上流によると長宴の法流は、永意（蓮華流祖）・仁弁・忠済（味岡流祖）・胤慶を経て、栄西（葉上流祖）の門弟・栄朝に継承されたとしている。上州・長楽寺に、その法流が継がれたとする。また先にあげた長楽寺蔵『穴生流印信物目録』に添えられた「伝承系譜」は、まず「山門七法」をあげ、「前唐法流（慈覚大師根本）」「谷流（皇慶）」「大原（勝林院長宴）」「蓮華院流（永意）」「法曼院流（宰相法印相実）」「穴太（聖昭）」「葉上流（建仁寺）」をあげる。しかも「当流（穴太）許可諸流私記在之謂」として、「穴太（聖昭）」「梨下（明快）」「法曼院（無動寺相実）」「仏頂房（行厳）」「鶏足流（都率厳範）」「大原（勝林院長宴）」「谷流（本流・皇慶）」「前唐法流（正流・慈覚大師）」「三光坊」「一心房」「加登上仙（一条院御亭人）」「中道院（秘密伝教）」「宝菩提院流（小川承澄）」があげているのも注目される。その最後にあげられた宝菩提院流の開祖・小川承澄が、「六字河臨法」を修した穴太流の学僧である。

その承澄（元久二年〔一二〇五〕～弘安五年〔一二八二〕）については、先に『天台学概論』の「天台密教概説」第二節第二項の「穴太流」であげている。その師は、平家の門脇教盛の息にして、小川に住して小川殿と称された忠快法印である。その著『阿娑縛抄』（建長五年〔一二五一〕～文永三年〔一二六六〕ごろ成立）は、二二七巻の大部で、台密の作法や図像に関する事項を、経典・儀軌・口伝などにより抄録した大成したものである。その第八十六に「六字河臨法」は収められている。それは、第一「可レ修二此法一事」から第十「巻数事」に及ぶが、ここでは、第五「行法事」を略してあげる。

阿娑縛抄第八十六　六字河臨法

∵第五行法事

有二河臨一之時。日来六字法第六日初夜時引上行レ之。阿闍梨以下臨二河辺一

・記《柱》云。初夜護摩了後供養以前。赴レ河。〻臨了還帰二壇処一乞後。修二三摩波多分一也云〻。後日説云。初夜護摩如レ例。廻向等畢後可レ赴レ河也云〻

・教王記云。大原僧都初夜時急修レ之。赴レ河還二壇所一被レ行二後夜日中二時一○以二壇所之時一慥満二二十一時一。

以二河行法一別数為《トニヤ》《アラン》　可レ思レ之〇秉燭ニ始テ未明可レ畢也云〻

一、瀬々作法

・円融房。第一瀬自行。次六瀬件僧六人各行云〻

先第一瀬行法

前方便如レ例

略表白教王日記云、河臨七壇之由。略啓白。云〻　神分等已上在レ別

供養文。唱礼。九方便已下如レ常

ム云。略行法可レ修レ之

護摩事

・ム云。五段合二曜宿一　三段火天。本尊加諸尊世点加曜宿　随意忩略可レ修レ之

本尊段

・投物等反数可二省略一。〻二一千反一千反若五百反可レ投レ与云〻

・又三種物各二十一反可レ投歟云〻

諸尊段

世天段用草。殊想二水神一

・日来所二請供一尊数不レ可レ略レ之。但供物反数可レ減レ之云〻

・康平七年勝林行用　日記云。第一瀬。先唱礼。九方梗。次略供養法十八道　次略護摩五壇合に曜宿一　此間助修読経誦

呪結線灑水打磬唱発事等如レ常毎瀬三百反三巻三結云〻

・承保元年饗蕨行用同レ右。日著間《ヒコロノアイダ》所レ結糸相具来。於二七瀬一結加也云々

・教紀云。読経結線如壇所　但結線不レ可レ過二三度一云々

・勝林記云。問前云下七日護摩間二三日結レ線百満與二檀主一。今何第六日河臨之時又結線乎。答。若先結線未レ満レ百。今河臨之時。満レ之可レ与也。随レ宜耳云々

・円融房。漸々各一結。合七結。行法之間九十三結云々

・結註線用不二説相分。雖レ然必可二結線一歟。於二予州一所二修給一之河臨不二結線一云々

・永暦四年金剛壽院　三段護摩修レ之火天・本尊・普世天云々

・南師説。護摩火天本尊二段也云々

・円融説静算而受紀云　三段。火天合二宿曜一　本尊合諸尊　世天云々

禊法

ム云。護摩了。供物如レ元取居之後。小念誦。念誦了。誦二六字呪一。以レ杵加二特施主一乍礼版ヒネリ向施主方云々　其時件僧見レ之。**中臣秡読之**五反者三反　此間。同時吹レ螺。振二錫杖。金剛鈴一。撃二大鼓。鉦鼓等一。総転レ経誦請レ呪。高声可レ励レ之。如レ此乱撃之間。解二々縄一。摩二人形一。以二茅輪一萱脱等事訖。切二茅輪一。相二加人形等一。流水一。此時同時可レ止二乱声一。萱秡事。**中臣秡読**五反者三反　此間。同時吹レ螺。振二錫杖。金剛鈴一。撃二大鼓。鉦鼓等一。総転レ経誦レ呪。高声可レ励レ之。如レ此乱声之間。解二々縄一。摩二人形一。以二茅輪一萱脱等事訖。切二茅輪一。相二加人形等一。流水一。此時同時可レ止二乱声一。萱秡事。**中臣秡読**。件僧可レ勤レ之歟。其後々供養等如レ常。

・乱声之間。伴僧以二茅輪一寄二御衣許一。行事船時間寄二付壇所船一。行事以二御衣一取上々々萱秡事三度云々

・若壇主女房《ナル》自臨河秡教二近習人一可レ令レ為レ之。以二承仕一段々令レ切レ之入河レ云々

・茅輪切幷中臣秡了時。乱声同時止云々

○一人以二萱秡一秡二壇越頭一。従二身下一抜出。後超《サマニセヨ》。如レ此三度後○壇所立錦鉄刀《ヲ》以《テ》切月三切云々　萱秡《テ》解

縄人形等取加置二折敷一。投二入河左一也東方也　入レ河止二響等一。供養乃至発遣二了仏供養等取出。次瀬料壇供閼伽等取置了。又如先修法也云云。同谷記二処ヲハ略書レ之以壇所立レ刀切二萱秘一事。大原定心等説不一見レ之。壇所立刀是結界歟。然者行法中間令レ抜者憚多。況国随口転七瀬秘時。以二鑌鉄刀一置レ河。右人形置二河左一云々爾者以二件刀一可レ切レ之。仍支度可二載二鑌鉄刀一。別批云。人形ハ覆入レ河云々

・中臣秡事

・中臣秡ハ日本祭文也。伊勢太神宮天石戸閉給時。中臣氏造二此禊一読奉レ誘《コシラヘ》。而引二用此法事一。我朝人師所為歟。誰人加レト之云事不レ知レ之。但宗明云。諸秡祀啓請祭法ノ語ハ董仲舒ト云文有レ之。皆自二唐土一有事也。只其言随国改許也云々然者唐国修二此法一之時。読二加如レ此祭文一歟云々

次第二瀬爾上。行法等更如二第一瀬一。但不二表白一。只一切神分般若心経ト唱レ之。祈願等最略可レ用レ之。五悔可レ用レ之。以下瀬々皆同レ之。但第七瀬奉送可レ有レ之。結願作法不レ用レ之

・常師云。毎レ瀬発遣不レ悪歟云々

・康平勝林日記云。第七瀬。発遣等如レ常

・承保双厳日記云。先別結願作法

一。帰京事

・ム云。事訖之後。帰二本塩所一。第七日後夜時修一之

・大原決云。准二安鎮一者。入堂之後。更修二護摩一云々

・爾事無レ之云々

この「六字河臨法」の「行法」について、先の「解題」は次のように説かれている。

六字河臨法は六字経法読誦ののち、六日目の夜より祓を中心とした河臨法が修される。護摩ののち一人の僧

（又は陰陽師）が中臣祓を数反読み、法螺・錫杖・金剛鈴・太鼓が鳴るなかを、解縄をとき、人形を檀主の身につけ息をかけ、菅抜をくぐり、散米を人形にかけた上で、祓具の人形・解縄・菅抜を川に投げ入れる。中臣祓を唱する役は、修法中へ陰陽師を招く場合と、伴僧のなかから一人選ばれることとがあった。台密谷流の伝では、両説が存し定まってはいない（『行林』）。恐らく、陰陽祓から派生した六字河臨法成立の初期には、陰陽師が中臣祓を読む役を務めたと思われるが、それが順次僧侶に移っていったのであろう。その場合の祓文は、陰陽師から僧侶にそのまま伝えられたとみられる。そこで唱えられた中臣祓文は、『朝野群載』の「中臣祭文」に近く、改変があったとしても、「祓申清申」という自力祓に改めた程度であったろう。むしろ両流の祓の特質は、唱読ののち行われる散供の頌文にある。「申」の自力祓に改められたのは、陰陽師個人の呪力が大きな意味をもっていたからであろう。

ここで注目するのは、両部神道の法儀によって重視されていた「中臣祓」が、両部神道のそれを導入していた叡山・穴太流において、はやくこれを修法として継承していたということである。

『神道集』と「中臣祓」

およそ「諏訪縁起」は、『神道集』の巻十まるまるを費して叙するものである。そしてその叙述は、巻一の「神道由来之事」とも応じるものと推される。しかしてその結末部は、〈蛇体帰郷〉〈人間復活〉〈姫君再会〉、そして〈神明示現〉による。その最終〈神明示現〉の条は次のように叙されている。

其ノ後、春日姫ニ仰セラル、心憂キ処ニ居テ憂クテカリシ、甲賀ノ次郎ノ行末ヲ聞カンモ心憂シ、去来《イササ》セ給へ、他国へ移ラントテ、天ノ早船ヲ設ケツヽ、振旦ノ南、〔天竺〕平城ノ国へソ超サル、其ノ国ニテ早那起利ノ大子ニ値奉リツヽ、神道ノ法ヲソ受ケラル。高天ノ原ニ神留リ坐シテ、末孫ノ神漏岐々々ノ専ヲ以テ受ケサセ給ヘハ、虚空ニ飛フ身ト成リ給フ。国ノ内ニ荒振神達ヲハ神仏ニ々々ト受給ヘハ、魔事外道ヲ他方ヘ打払フ通ヲ待給ヘリ。科戸ノ風ノ天ノ八重雲ヲ吹払フ事ノ如クト受ケ給ヘハ、居ナカラニ三千世界ヲ見ル徳ヲ得給ヘリ、焼鎌ヲ利鎌ヲ以テ茂木ノ本ヲ打払フ事ノ如クト受ケ給ヘハ、一切世間ノ有情非情ノ心ノ内ニ思フ事ヲ空ニ悟ル徳ヲ得給ヘリ、大津ノ辺リニ居ル大船ノ舳解キ放チ、大海ノ底ニ押シ放ツ事ノ如クト受ケ給ヘハ、賞罰新タニシテ衆生ヲ育ム徳ヲ得給ヘリ。

其ノ後亦日本国ヨリ、御氏神兵主ノ大明神ノ御使ヲ平城国ヘ挙セ給ヒテ、願ハ本朝ヘ帰リ、衆生守誰ノ神明ト成給ヘト有ケレハ、早那起梨ノ天子ハ、尤モ此義謂レ有リトテ、天ノ早車ヲ奉ラレタリケレハ、夫婦二人此レニ乗リテ、兵主ノ大明神御在ス御使ト共ニ、信濃国蓼科ノ嶽ニ付カセ給フ。梅田・広田・大原・松尾・平野等ノ諸大明神御集リ御従ヒ有リテ、信濃国岡屋ノ里ニ立テ、御名乗ヲ諏方ト申ス間、諏方ノ大明神ト顕レ拾フ。（中略）春日姫ハ下ノ宮ト顕レ給フ。（中略）甲賀ノ三郎諏方ハ上ノ宮ト顕ル、、本地普賢菩薩ナリ。春日姫ハ下ノ宮ト顕レ給フ。本地千手観音ナリ。仏菩薩ノ応跡ニ我カ国ニ遊ヒ給フ。必ス心身ニ苦悩ヲ受ケ、衆生ノ歎キヲ思ヒ知リ給ヘリ。

右のごとくであるが、三郎夫妻が神明示現の資格を得た「神道ノ法」とは何であろうか。ちなみに、巻六・第三十四「上野国児持山之事」では、「而レハ汝等二人ニ神道ノ法ヲ授ケナントテ、大仲経最要ヲ与ヘタリ」とある。つまり、「大詞祓」にもとづく「中臣祓」の実修の謂いである。右の「諏方縁起」があげる「神道ノ法」の内容なる傍点部分は、およそ中臣祓の詞章[58]にしたがうものである。たとえば「高天ノ原ニ神留リテ、云々」は、中臣祓の「高天乃原仁神留坐須　皇親神漏岐神漏美乃御命遠以天」に拠っており、「国ノ内ニ荒振達ヲハ、云々」、は「国中ニ荒振ル神達ヲハ神掃ニ掃」、「科戸ノ風ノ人ハ八重雲、云々」は「科戸乃風乃天乃八重雲ヲ吹掃支乃如」、「焼鎌ヲ利鎌ヲ以テ茂木ノ本ヲ、云々」は「彼方也繁木カ本乃焼鎌ノ利鎌ヲ以テ打掃フ如」、「大津ノ辺リニ居ル大船ノ舳、云々」は「大津乃辺仁居留大船ヲ舳解放艫解放テ大海原ニ押放如」に拠ることは明らかである。つまりこれによって

「虚空ニ飛フ身ト成リ」「魔事外道ヲ他方へ打払フ通ヲ得」「居ナカラ三千世界ヲ見ル徳ヲ得」など、五つの徳を得たとする、それこそが神明の徳の数々ということで、まさに神明に垂迹する資格を得たのである。そしてそれは、中臣祓の実修によって、蛇神たる甲賀三郎が、三熱の苦を脱して、本地が仏なる諏訪明神として祀られる条件を整えたということである。

ところで、この神明に転生する「神道ノ法」は、その中臣祓の実修をあげないまでも、「諏方縁起」以外の垂迹由来縁起に見えるのである。その一部はすでにあげたことであるが、改めてあげてみる。(59)

(1) 巻六・第三十三「三嶋之大明神之事」

其後中将殿ハ夫婦人烈テ、伊勢大神宮へ参ラセ給ヒツヽ、神道ノ法ヲ受ケサセ給ヒテ、四国へ帰ツヽ、御年八十一ト申セハ、神ト顕ハレ給テ、我生国ナレハ此ノ国ニ住マントテ、ヰヨノ国ノ一ノ宮ト申スハ、昔ノ玉王、中比ハ内蔵人、今ハイヨノ中将殿ノ御事ナリ。

(2) 巻六　右に同じ

而レハ三嶋ノ大明神ノ御託宣ニハ、(中略)ワシハ鳥ノ王ナレハ、ワシニ取ラレタリシ我カ子モ、万民ノ王ト成レリ。争カ愚カニセントテ、神明ノ法ヲ授テ、ワシノ大明神ト号シテ、イヨノ国ノ一ノ宮ノ御前ニ御ス社ハ是ナリ。

(3) 巻六・第三十四「上野国児持山之事」

加若殿ハ二人ノ殿原ニ向ヒ奉リテ、(中略)願クハ我等ニ神道ノ法ヲ授ケ給へ、(中略)我等カ別レノ憂カリシ事ヲ便リトシテ、悪世ノ衆生ヲ利益セント嘆カレケレハ、安キ御事ナリトテ、一人ノ殿ハ、我ハ是尾張ノ国ノ守護神ニ、熱田ノ大明神ト名乗リ給へハ、今一人ノ殿ハ、我ハ是信濃ノ国ノ鎮守、諏方ノ大明神トハ是也、(中略)面テハ汝等二人ニ神道ノ法ヲ授ケナントテ、大仲臣経ノ最要ヲ与エタリ、各々利生早キ神道ノ身ト成り給ヒス。

（4）巻七・第四十「上野国勢多郡鎮守赤城大明神事」

二人ノ姫君達モ、兄御前ノ左右ノ御袂ニ取付テ、何ニ兄御前、我等ハ此ノ山ノ主《ヌシ》ト成テ、神通ノ徳ヲ得タリ、妹ノ伊香保ノ姫モ神道ノ法ヲ悟テ、悪性ノ衆生ヲ導ク身ト成ルヘシ、君モ亦我等ト同心ノ神ト成り給フヘシ。

およそ先の「諏訪縁起」においては、甲賀三郎が「神道ノ法」（中臣祓）を受けたのは天竺・平城ノ国の早那起利ノ天子からであった。しかし右の（1）「三嶋之大明神之事」によっては、中将殿夫妻は伊勢大神宮（天照大神）から「神道ノ法」を受けている。同じく（2）においては、三嶋大明神が「我カ子」（ワシノ大明神）に与えている。

また（3）「上野国児持山之事」においては、加若殿は熱田大明神および諏方大明神から「神道ノ法」（大仲臣経ノ最要）を授けられている。これらの叙述からは、伊勢大神宮をはじめ、有力な社寺において中臣祓の実修が営まれていたことをしのばせるのである。が、もちろんそれは明らかではない。

さてわたくしは、先に『神道集』巻一の第一「神道由来之事」をとりあげ、そこに「両部神道の由来」が収められていることを指摘した。それは『神道集』が、両部神道の神道説を取り込んでいるということである。それならば、この「神道ノ法」の「中臣祓」は、同じくそれにしたがったものと言えるであろう。ただしそれは、あるいは叡山・穴太流が取り込んだ両部神道の教義にしたがったものとも考えられる。

おわりに

わたくしは、先稿「安居院作『神道集』の編者〈その二〉——西上州の天台文化圏——」(35)において「神道集」

の「安居院作」は一つの凝装であって、実質的編者は、同じく檀那流に属して西上州にしばらく寄宿した梶井流の口伝記家の学匠の義源、またはそれを開山と仰いだ上州・一宮の別当寺光明院によった学僧たちに求めるべきであることを提示した。本稿は、これを確認すべく、叡山の法脈を『神道集』の周縁に求めたものである。しかして、その結論は先稿の推論をほぼ確認することとなった。

本稿によれば、「神道集の法脈」は、檀那流の安居院流にはいささか遠く、同じ檀那流の梶井流にいちだんと近いものと推される。しかもその義源は、叡山・穴太流にも近いのであるが、その穴太流には『神道集』にうかがえる両部神道の思想を伝授する灌頂道場が宿されていたのである。言うならば、『神道集』は、叡山・穴太流とも近い梶井流の記家・義源、またはそれに導かれた一宮・光明院に属した門弟によって編集されたと推されることになる。それは「原・神道集」ということになるのかもしれない。今後の検討をまちたい。

注

(1)(2)『中世の神楽――宗教芸能を求めて――』(令和元年〔二〇一九〕三弥井書店、公刊予定)

(3) 法華経を次のように本迹二門に分けて説く

迹門―序品〔第一〕～勧持品〔第十三〕(歴史上の釈迦の説法)〔理〕→始覚思想

本門―涌出品〔第一四〕～勧発品〔第二十八〕(永遠絶対の仏の出現)〔事〕→本覚思想

(4) 始覚門(修行によって悟りを求める)〔檀那流〕を本覚門(すべての衆生は、そのまま悟りはある)〔恵心流〕

(5) 田村芳郎氏「天台思想概説」(日本思想大系『天台本覚論』昭和四十八年〔一九七三〕岩波書店)、末木文美士氏『日本仏教史思想史としてのアプローチ』(平成四年〔一九九二〕新潮社)第三章「末法と浄土」など。

(6) 昭和二十三年〔一九四八〕三省堂

(7) 右掲注(5)に同じ。

（8）東洋文庫本『神道集』（昭和三十四年〔一九五九〕角川書店）「神道集について」

（9）『茨城県史料〈中世編Ⅰ〉』（昭和四十五年〔一九七〇〕茨城県史編さん中世史部会）「稲敷郡」〈逢善寺文書〉。以下は、その解説

（10）『続々群書類従』第十二〈宗教部〉

（11）本書によると、定珍は、恵心流の教学を相承するとともに、このように「竹林坊」「毗沙門堂流」その他の檀那流のそれを相承している。

（12）平成十五年（二〇〇三）天台宗典編纂所

（13）『唱導文学研究』第十集（平成二十八年〔二〇一五〕三弥井書店）

（14）その別離にあたって明雲は「一心三観の血脈相承」を澄憲に授けたとする。なおこれについては、松田宣夫氏の「安居院の主張「東中の口決」「官兵の右手」と背景」――恵心流に対する意識――」（『天台宗恵檀両流の僧と唱導』平成二十七年〔二〇一五〕三弥井書店）が参考になる。

（15）「門葉記」第九十一〔勤行二〕「大懺法院条々之起請事」〈桜下門跡庄園等〉によると慈円は、「伊豆山箱根山」などの荘園経営を聖覚に託している。これについては、近藤喜博氏も注（8）同書においてふれている。また近年では、清水真澄氏が右掲注（13）の論攷で、慈円と聖覚との信頼関係を説いておられる。

（16）右掲注（6）同書

（17）昭和六年（一九三一）初版、平成十四年（二〇〇二）縮刷版（第九刷）法蔵館）

（18）『総合仏教大辞典』（昭和六十二年〔一九八七〕法蔵館）「三千院」の項。

（19）昭和十二年（一九三七）初版、昭和四十八年（一九七三）復刻版、第一書房

（20）『群馬県史料』〈資料編5・中世Ⅰ〉（昭和五十三年〔一九七八〕群馬県史編さん委員会）第二部「伝法関係聖教並びに附法状」〈長楽寺〉

（21）三崎良周氏執筆

（22）右掲注（17）同書

(23)昭和二十九年〔一九五四〕初版、中山書房書林
(24)右掲注(20)同書
(25)右掲注(21)
(26)詳しくは「両部神道と神楽―「法者」の伝承を辿る―」(注(1)同論文)に説いている。
(27)『釈日本紀』以下。阪口光太郎氏「中世神代紀管見―中世日本紀の一側面―」(『伝承文学研究』第四十号、平成三年〔一九九一〕)
(28)拙稿「聖徳太子流兵法の行方―「油日大明神縁起」をめぐって―」(『伝承文学研究』第66号、平成二十九年〔二〇一七〕)以下はこれに拠る。
(29)岡田荘司氏「両部神道の成立期」(『神道思想史研究』昭和五十八年〔一九八三〕安津素彦博士古稀祝賀会)
(30)古典注釈編八、昭和六十年〔一九八五〕神道大系編纂会、校注者・岡田荘司氏
(31)伊藤聡氏『中世天照大神信仰の研究』平成二十一年〔二〇〇九〕法蔵館　第一部第三章「第六天魔王譚の成立―国土創成神話の中世的変奏―」
(32)右掲注(28)同書
(33)右掲注(29)同書
(34)右掲注(17)同書
(35)『安居院作「神道集」の成立』(平成二十九年〔二〇一七〕三弥井書店)

『壒嚢鈔』の〈神護寺縁起〉

――「我邦ハ神国トシテ、王種未タ他氏ヲ雑エズ」――

小助川元太

はじめに

文安二年から三年（一四四五〜一四四六）にかけて、東岩蔵寺真性院の僧行誉（一四〇四年―？）[1]によって編述された『壒嚢鈔』全七巻（刊本全一五巻）は、室町時代を代表する百科全書的作品である。従来、類書に分類されてきたが、中国の代表的な類書、欧陽詢『芸文類聚』や、日本の『明文抄』『拾芥抄』のような先行する和製類書とは異なり、分類項目を持たず、また、問答体で連想的に展開すること、時折行誉自身の批評や主張が開陳されることなど、類書というよりは随筆に近い内容となっている。[2]『壒嚢鈔』巻一〜巻四（刊本巻一〜巻七）が一般的な事物に関する質問を集めた素問、巻五〜巻七（刊本巻八〜一五）が仏教に関する質問を集めた緇問である。なお、『壒嚢鈔』は本来七巻構成であり、現存する写本はすべて七巻仕立てであるため、七巻本を用いるのが筋であろうが、一般的には七巻を十五巻に分けて刊行した正保刊本が通行本として使用されることが多く、また、テキストとして写本と刊本の間にそれほどの違いはないため、本稿においてもテキストは正保刊本を用い、巻と条の番号も十五巻本に従うこととする。

ところで、緇問の巻一三から一四にかけて、四箇の大寺、すなわち東大寺・興福寺・延暦寺・園城寺に続き、東寺以下主立った真言寺院の縁起が語られるが、東寺と高野山金剛峯寺の間に高雄山神護寺に関する縁起（巻一四―五「神護寺事」[3]）が語られる。その概要は以下のとおりである。

（問）「神護寺ハ何レノ御願ゾ」。

(1) 神護寺建立の由来について。
(2) 称徳天皇による恵美押勝と道鏡への寵愛と押勝の謀叛。
(3) 道鏡による帝位簒奪計画と失敗、和気清丸の受難と神護寺建立。
(4) 清丸の息真綱のときに弘法大師に下賜され、真言密教の修行地となる。
(5) 真済僧正による五大虚空蔵安置と大師御影堂建立。
(6) 久安五年の火災の折にも御影は残ったこと。
(7) 弘法大師と八幡大菩薩とが対面して互いを描いた御影・神影について。

本稿ではとくに神護寺建立に関わる物語を〈神護寺縁起〉とする。そのため、弘法大師並びにその御影について述べた(4)以降は省略し、まずは(1)〜(3)までの本文を以下に示す。

〈資料1〉『壒嚢鈔』巻第一四―五「神護寺事」

(1) 高雄山神護寺ハ。宇佐八幡大菩薩ノ御託宣ニ依テ。和気清丸奏聞シテ。光仁天皇御宇ニ所二ロ建立一スル也。

(2) 其由来ヲ云バ称徳天皇重祚ノ初藤原武智丸ノ大臣ノ第二ノ子。押勝ヲ密ニ幸シ給テ。太政大臣ヲ改テ。大師トシテ。是ニ任シ。正一位ニ成シ。見レハエマシキトテ。藤原ニ二字ヲ副テ。藤原恵美ノ姓ヲ賜リ。天下ノ政ゴト併ラ委任セラレケルカ。又道鏡法師ヲ召シテ。寵遇他ニ異ナリ。初ハ大臣ニ准シテ大臣禅師ト云リ。是日本ノ准大臣ノ始也。大師押勝是ヲ怒テ。廃帝ヲ勧メ申テ。上皇ノ宮ヲ傾ケ奉ントシケルカ。事顕テ恵美モ誅ヲ受テ。新王モ淡路ニ被レ遷給ヒケル也。此二大臣殊ニ幸人トシテ。威勢ヲ諍ヒケル故ハ。女帝当初涅槃経ノ所有三千界男子諸煩悩合集為一人女之業障ノ文ヲ。叡覧有テ。朕女人也ト云共。全ク此ノ儀ナシ。仏妄語シ給ニケリトテ。則此経ニ小便ヲシカケ給ヘリ。経王守護ノ護法善神ヤ怒リ給ヒケン。忽ニ婬欲熾盛ニ成御座ノミナラズ。女根広博ニシテ。敢ヘテ其ノ欲ヲ停ル者ナシ。仍天下ニ勅ヲ下シテ。大根ノ者ヲ求メ給。押勝其仁ニ当ト云共。道鏡猶ヲ能ク是ニ叶ヘリ。

(3) 爰ヲ以テ。天平神護元年ニ大師ト成シ。二年丙午ニ法皇ノ位ヲ授ケ給フ。弓削ノ氏人ナル故ニ。弓削ノ法皇ト云也。誠ニ非常ノ様ナリ。然モ猶王位ニ心ヲ懸テ。邪神ヲ祭テ祈誓ヲ事トシケレバ。邪神爰ニ神託ヲ偽リテ。道鏡ニ宝位ヲ授ケラレハ。国家安泰ナラント云々。仍テ天皇清丸ヲ以テ。宇佐ノ宮ニ尋申サル、処ニ。大菩薩形ヲ顕シテ。告テ曰ク。道鏡邪神ヲ祭テ。宝位ヲ望ム。邪神党多シテ謀ヲ廻ラシテ。帝ヲシテ此譲アラントス。然レ共我邦ハ神国トシテ。王種未タ他氏ヲ雑エズ。道鏡ニ発レセン迹ヲ哉。汝チ還レテ闕ニ能ク奏セヨ。又善神邪神ニ勝ン事力ヲ仏法ニ借ルヘシ。早ク奏シテ一ノ伽藍ヲ立テ。仏法ヲ興行セヨ。我レ力ヲ合テ。帝祚ヲ保護セント。清丸宮ニ帰ト此由ヲ以聞スルニ。道鏡怒テ。和気ヲ捕ヘ片足ヲ斬テ。流刑ニ処ス。剰ヘ赴レク配ニ時。膽駒山ヲ過ル路次ニ。伏兵ヲ置テ害セントスルニ。俄ニ雷電ニ遇テ。降雨暗夜ノ如クナル間。其儀不レ叶ハ。神護景雲四年八月ニ。称徳天皇崩御有テ光仁祚ヲ嗣キ給ヒ。善政ヲ行ヒ給ヒシカハ。赦ヲ蒙テ帝都ニ帰テ。神託ヲ以聞《イフン》シテ令ル二草創《ソウ》一所也。初ハ神願寺トス。其後淳和天皇天長二年ニ上テ宮寺トシ。改テ神護国祚寺ト号スルヲ。今神護寺ト云也。

ところで、『塩囊鈔』には、神護寺の草創に関わる縁起がもう一箇所見られる。条項全体は長いため、以下、神護寺の縁起の部分のみを示す。

〈資料2〉『塩囊鈔』巻第八—一〇「神道醜陋恥事」

サレバ弓削《ユゲ》ノ道鏡《キヤウ》邪神ヲ祭リ。帝位ヲ望ム故ニ。邪神太神宮ノ託宣ト偽《イツハ》テ。道鏡ヲ天位ニ。居ヘキ由アリケリ。仍テ御門位ヲ譲《ユツ》リ給ント思食テ。神護《コ》景雲三年ニ。和気《ケノ》清丸ヲ宇佐ノ勅使トシテ。道鏡ニ位ヲ可レ授《サツク》ト申ケルニ。大菩薩忽ニ形ヲ現シテ。示シテ曰ク。其御長三尺許《バカリ》光リ如二シ満月一ノ。敢テ難二カリ仰キ視一ケレハ。慎ンテ眼ヲ合スル処ニ。我国家日嗣《ツキ》ハ開闢《カイヒヤク》ヨリ以降《コノカタ》。皇太神ノ苗裔《ヘウエイ》也。未タ他種ニ移ル事ナシ。今邪神姦曲《カンキヨク》ニシテ。狂言ヲ成ス者也。夫神ニ大小善悪アリ。必シモ不レ一ナラ。善神ハ淫《イン》乱ヲ悪《ニク》ミ。悪神ハ邪弊《シヤヘイ》ヲ受《ウク》。道鏡貺《タム》二ケ邪弊ヲ於群邪一ニ。行二ナフ権譎《ケツ》ヲ於佞党《ネイタウ》一。百計《ケイ》千祭《サイ》シテ　貪《ムサホツテ》求二ム天位一ヲ。爰ニ善悪ノ二神率《ヒキイ》レテ師ヲ交レルニ戦ヲ。邪ハ強ク正ハ弱シ。悪ハ多ク善ハ少シ。我已ニ困羸《コンルイ》ス。殆ント難レシ当リ。仰キ憑二テ仏力一ヲ扶二護皇運一ヲ。汝チ其廻レテ闕ニ須ク奏シテ造二リ仏像一ヲ写二ス大蔵一ヲ。又転二シ最勝王経一万部一ヲ。建二ハ一伽藍一ヲ。邪神銷沮《セウソ》シ。社稷長久ナラン。汝承二テ我言一ヲ。莫レ有二コト遺失一。仍高《タカ》雄《オ》建立スト云。

本稿では、『壒嚢鈔』巻一四―五「神護寺事」の(1)～(3)と、巻八―一〇「神道醜陋恥事」の神護寺草創を描く箇所の二つを『壒嚢鈔』の〈神護寺縁起〉とし、他の〈神護寺縁起〉との比較から、その独自性を浮き彫りにし、そこに籠められた行誉の主張やその背後にある思想の問題を明らかにしたい。

一　神護寺縁起の比較

2―1　〈神護寺縁起〉の内容

まず、『壒嚢鈔』の〈神護寺縁起〉の特徴を知るために、諸書に見られる〈神護寺縁起〉との比較を行う。なお、本稿でいう〈神護寺縁起〉とは、神護寺草創のきっかけとなった物語を描くもので、基本的に以下のストーリーを持つものとする。

称徳天皇が道鏡に帝位を譲るために宇佐八幡宮に和気清丸（清麻呂）を派遣したところ、許可しない旨の託宣があり、それを報告した清丸は罰せられるが、八幡大菩薩（八幡神）によって救われる。

この定義に基づき、『壒嚢鈔』以前、もしくは同時代に成立していたと考えられる〈神護寺縁起〉として比較

の対象としたのは、以下の諸書である。(4)

『続日本紀』巻二七・三〇「称徳天皇」…続日
「太政官符　応以高雄寺定額并定得度経業等事」(『類聚三代格』巻二)…官符
『扶桑略記抄』巻二「称徳天皇」…扶桑
『元亨釈書』巻二三「資治表四　高野皇帝」…元1(『元亨釈書』1)
『元亨釈書』巻二八「志二　寺像志」…元2(『元亨釈書』2)
前田家本『水鏡』巻下「称徳天皇」…水鏡
『源平盛衰記』巻一八「孝謙帝愛道鏡附松名宇佐勅使事」…盛衰
甲類系『八幡愚童訓』(京都国立博物館蔵行誉書写本『八幡宮愚童訓』)…八幡
『神皇正統記』「称徳天皇」…神皇

また、『壒嚢鈔』の〈神護寺縁起〉は二種類あるため、本稿では以下のように区別する。

『壒嚢鈔』巻一四―五「神護寺事」…壒1(『壒嚢鈔』1)
『壒嚢鈔』巻八―一〇「神道醜陋恥事」…壒2(『壒嚢鈔』2)

以下の〈表1〉では、この二つの『壒嚢鈔』の〈神護寺縁起〉と右の九つの〈神護寺縁起〉の構成及び内容を比較している。なお、『続日本紀』については、厳密にいえば〈神護寺縁起〉とはいえないが、〈神護寺縁起〉の描く宇佐八幡宮神託事件の歴史的な記録として比較の対象に加えた。『続日本紀』に限らず、先に示した〈神護寺縁起〉としての条件を満たしている資料にしても、それぞれ成立時代や資料としての性質、語られた文脈等が異なるため、平面的に並べて比較してしまうことに問題がないわけではないが、『壒嚢鈔』の〈神護寺縁起〉の素性や性格を考える上では、必要かつ有効なものと考える。

〈表1〉―〈神護寺縁起〉構成比較―

	事項	壒1	壒2	続日	官符	扶桑	元1	元2	八幡	神皇	水鏡	盛衰
A	帝、「婬欲熾盛」となる。	○									○	
B	帝、道鏡に大師の位を授ける。	○		○				○				
	帝、道鏡に法皇の位を授ける。	○		○	○			○		○	（○）	
C	道鏡、王位を願う。	○	○		○	（○）	（○）	（○）		○		
	道鏡、邪神を祭る。	○	○		○	（○）	（○）	（○）				
D	阿曾麻呂、道鏡に偽りの神託を伝える。			○			○					
	邪神が神託を偽る。	○	○									
E	帝に八幡神からの夢告がある。			○	○	○	○					
F	帝、道鏡に王位を譲ろうと考える。		○					○			○	○
	帝、和気清丸を宇佐八幡宮に遣わし、神が不許可の場合は、偽りの報告をするよう命ずる。										○	○
G	帝、清丸を宇佐八幡宮に使わす。	○	○	○	○	○	○	○	○	○	○	○
H	託宣下されるも、清丸、再度の託宣を願う。					○	○					
I	大菩薩が形を顕す。	○	○			○	○	○				
J	託宣（内容に異同多し）	○	○	○	○	○	○	○	○	○	○	○
K	清丸、真実を伝えることを誓う。				○	○						
	清丸、真実を伝えることを決意する。										○	○

L	清丸、朝廷でありのままを報告する。	○		○	○	○	○	○		○	○	○
M	道鏡が怒る。	○		○		○	○	○	○	○		
	帝が怒る。							○		○	○	
N	清丸、高雄山に連れて行かれる。										○	○
O	清丸、両足を斬られる。								○			○
	清丸、片足を斬られる。	○									○	
	清丸、「ヨボロスヂ」を斬られる。									○		
P	清丸、職を解かれる。			○		○	○					
	清丸、穢丸と改名させられる。			○		○			○			
Q	清丸、流罪にされる。	○						○				
	清丸、大隅国に流される。			○	○	○	○					
	清丸、うつほ舟で流される。								○			
	清丸、土佐国に流される。									○		
R	道鏡、清丸を殺させようとする。					○						
	道鏡、生駒山にて清丸を殺させようとする。	○						○				
S	清丸、八幡大菩薩の力で救われる。	○				○		○			○	○
	清丸、足が萎える。					○						
T	清丸、宇佐八幡宮に参詣。					○	○	○				
	猪に導かれる。					○			○			
	大菩薩より和歌「アリキツツ」の託宣あり								○			

U		V			W	X			
清丸の足が治る。	小蛇が清丸の傷を癒やす。	大菩薩の神託。（綿帛を賜う）	大菩薩、薬師如来像を造立。	大菩薩、伽藍建立を命ずる。	清丸、赦免される。	清丸、男山に足立寺建立	清丸、神願寺を建立	清丸、高雄山に神護寺建立	高雄山に移し神護寺（神護国祚寺）となる
					◯		◯		◯
								◯	
					◯		◯		◯
◯		◯							
		◯							
					◯		◯		◯
	◯			◯		◯			
	◯				◯		◯		◯
◯			◯	◯				◯	
◯			◯					◯	

表の（◯）については、その場所ではなく、他の場所に記事があることを示している。たとえば前田家本『水鏡』のBは、道鏡が法皇になったのは、帝位につくことに失敗した後とする。また、『扶桑略記抄』や『元亨釈書』のCは、それぞれJの「託宣」の中に記されている。ただし、『扶桑略記抄』のJには「如天皇夢告。其言不異」との注記があることから、太政官符と同様、本来Cに当たる記事があった可能性もある。

以下、紙面の都合上、詳細に比較の結果を示すことはできないが、『壒嚢鈔』の〈神護寺縁起〉の分析に関わる大きな違いを示す。〈神護寺縁起〉をまとまった形で記す最も早い資料は、天長元年九月七日の太政官符「応㆘以㆓高雄寺㆒為㆓定額㆒并定㆗得度経業等㆖事」であり、これは「和気朝臣真綱等上表」によるものとされる。次に成立年代が古いと考えられる『扶桑略記抄』は「清麿上表云」とし、順序は多少異なるものの、表現・表記が太政官符に酷似していることから、太政官符、もしくは同様の内容を持つ資料をもとに、道鏡の怒り（M）や具体的な清丸受難の内容（PQR）、八幡大菩薩（八幡神）による救済（STUV）といったモチーフを加えたものであることがわかる。いずれにせよ前者も後者も、和気氏による「上表」に基づいているという点で、基本的には神護寺側で作られた縁起に近いものと考えられる。ただし、太政官符がその資料の性格上高雄神護寺の縁起を記すものであるのに対して、『扶桑略記抄』の場合は称徳天皇の事跡を記すことを目的とした部分であることから、神護寺建立までは記していない。また、鎌倉時代以降の資料の中では、『元亨釈書』の〈神護寺縁起〉が基本的には『扶桑略記抄』に構成や表現が近い。ただし、『元亨釈書』1も『扶桑略記抄』同様称徳天皇の事跡を記す部分であるため、神護寺建立までは記さないのに対して、『元亨釈書』2は神護寺建立の縁起を示す部分のため、清丸の受難を詳細に描き、神護寺建立までを記している。さらに、『元亨釈書』1には、『続日本紀』のみに見られ、太政官符や『扶桑略記抄』が描かない阿曾麻呂による偽りの託宣の記事があり、その後八幡神からの夢告を得た帝の命で和気清丸が宇佐に派遣されるという流れが描かれるのに対して、『元亨釈書』2は帝が道鏡に帝位を譲ろうとして清丸を派遣するという展開になっているという大きな違いもあり、『元亨釈書』の二つの〈神護寺縁起〉がそれぞれ異なる資料をもとにしている可能性を窺わせる。それ以外の鎌倉時代以降の資料で甲類系『八幡愚童訓』、『神皇正統記』、前田家本『水鏡』、『源平盛衰記』の〈神護寺縁起〉は、構成や内容が太政官符、『扶桑略記抄』、『元亨釈書』とはかなり異なる上に、物語的な脚色が加えられている部分も多く、別系統の縁起と見なすことができる。(5)

以上のことを踏まえた上で〈表1〉から『壒嚢鈔』の〈神護寺縁起〉の特徴を見ると、以下のことがわかる。

まず、『壒嚢鈔』の二つの〈神護寺縁起〉は、基本的には太政官符・『扶桑略記抄』『元亨釈書』といった、和気氏からの情報を始原とする〈神護寺縁起〉の系譜にあるが、全体の構成や内容の共通性から見て、『壒嚢鈔』1（巻一四―五）が『元亨釈書』2（巻二八）に、『壒嚢鈔』2（巻八―一〇）が『元亨釈書』1（巻二三）に近いことがわかる。ちなみに、行誉の手許に『元亨釈書』があったことは、『壒嚢鈔』巻一四―一〇「当寺事」に『元亨釈書』巻五「慧解」四「観勝寺大円」がそのまま引用されていることからも明らかであり、(6)『壒嚢鈔』の二つの〈神護寺縁起〉が『元亨釈書』をもとに編集された可能性は高い。

また、神護寺建立の起こりとして必ず描かれるのは、称徳天皇の寵愛を背景とした道鏡による帝位簒奪の企てであるが、中世の説話によく見られる、称徳天皇が『涅槃経』冒涜の罰により、性器が広大となり、淫欲にとりつかれて巨根の持ち主である道鏡を寵愛したという説話を描く(7)〈神護寺縁起〉は『壒嚢鈔』と前田家本『水鏡』のみであることがわかる。

さらに、甲類系の『八幡愚童訓』の〈神護寺縁起〉と『神皇正統記』の〈神護寺縁起〉については、『壒嚢鈔』のそれとは内容的に共通する部分が少ないことがわかる。ところが、今回比較の対象として使用した『八幡愚童訓』のテキストが行誉自筆の書写本であることからわかるように、『八幡愚童訓』は行誉の手元にあったことが知られ、しかも行誉が『壒嚢鈔』を編述する際にも『八幡愚童訓』を利用していたことがわかっている。(8)また、『神皇正統記』も『壒嚢鈔』や行誉改作本である天理本『梅松論』に多く引用されることから、行誉の自家薬籠中のものであったと考えられる。(9)つまり、行誉はそれらが示す〈神護寺縁起〉の内容を知りつつも、積極的には採用しなかったことがわかる。

以上のことから、『壒嚢鈔』の〈神護寺縁起〉は、称徳天皇と道鏡の性的なスキャンダルについては関心を示してそれを記しているものの、全体的には太政官符に近い、神護寺側が作ったと思われる縁起の内容を踏襲したもので、とくに『元亨釈書』の〈神護寺縁起〉から影響を受けたものである可能性が高いことがわかる。

二 「神国」と「皇太神ノ苗裔」

3—1 『元亨釈書』と『壒嚢鈔』の〈神護寺縁起〉の比較

前節では、『壒嚢鈔』の二つの〈神護寺縁起〉は『元亨釈書』から影響を受けたものである可能性について指摘した。そこで、実際に『壒嚢鈔』と『元亨釈書』に見られる四つの〈神護寺縁起〉本文を比較してみる。

〈表2〉—『元亨釈書』と『壒嚢鈔』の〈神護寺縁起〉の比較—

	B	C	D
『元亨釈書』1（巻23）			大宰主神阿曾矯《イツワ》ニテ二八幡大神託一曰、道鏡登レ極、天下太平ナラン。蓋阿曾諂《テン》二媚《ミ》シテ於鏡一也。
『元亨釈書』2（巻28）	神護元年。鏡為二太師一。二年。授二法皇位ヲ鏡一ニ。	誇二寵遇一有下昇二大宝一之意上。	
『壒嚢鈔』1（巻14−5）	爰ヲ以テ。天平神護元年ニ大師ト成シ。二年丙午ニ法皇ノ位ヲ授ケ給フ。弓削ノ氏人ナル故ニ。弓削ノ法皇ト云也。誠ニ非常ノ様ナリ。	然モ猶王位ニ心ヲ懸テ。邪神ヲ祭テ祈誓ヲ事トシケレバ。	邪神爰ニ神託ヲ偽リテ。道鏡ニ宝位ヲ授ケラレハ。国家安泰ナラント云々。
『壒嚢鈔』2（巻8−10）		サレバ弓削《ユゲ》道鏡《キヤウ》邪神ヲ祭リ。帝位ヲ望ム故ニ。	邪神太神宮ノ託宣ト偽《イツハ》テ。道鏡ヲ天位ニ。居ヘキ由アリケリ。

E	F	G	H	I	
					ヌ
於レ是帝夢。八幡大神告曰 我国家開闢以来。天日 皇緒無レ移二継統一。 比来孽《ケツ》臣邪神。淫祀妖言。 帝其無レ撼《ウコカ》ス。早掃除之。		因レ茲、帝勅二和清一。 詣二宇佐宮祠一。親聴二神令一。	神託如レ夢。清重白曰。 是国家大事也。託夢相合。 雖レ無レ可レ疑。願 見二神霊一以決二余惑一。	大神乃現レ形。 長可二三尺一色若二満月一。清 心身感動。 不二敢正見一。 大神曰、	
	屡感二激帝情一。帝欲レ禅《ラント》二 宝位於鏡一。	先勅二中使和清一。白二 八幡大神一。		神現レ形 告曰。	
		仍テ天皇清丸ヲ以テ。宇佐ノ 宮ニ尋申サル、処ニ。		大菩薩形ヲ顕シテ。 告テ曰ク。	（後出）
	仍テ御門位ヲ譲《ユツ》リ給ント思 食テ。	神護景《コ》雲三年ニ。和気《ケノ》清丸 ヲ宇佐ノ勅使トシテ。道鏡 ニ位ヲ可レ授《サツク》ト申ケルニ。		大菩薩忽ニ形ヲ現シテ。示 シテ曰ク。其御長三尺許《ハカリ》 光リ如シ二満月一ノ。敢テ難カリ二仰キ 視一ケレハ。慎シテ眼ヲ合ス ル処ニ。	我国家日嗣《ツキ》ハ開闢《カイヒヤク》ヨリ以《コノ》 降《カタ》。皇太神ノ苗裔《ヘウエイ》也。未タ 他種ニ移ル事ナシ。

J

カ	イ	ロ	ハ	ニ	ヌ	ル	リ	ホ
	神有二大小善悪一。 不二必一一也。	善神悪二淫祀一。 悪神受二邪幣一。	道鏡貺《タム》ケ二邪幣於群邪一。 行二権譎《ケツ》於佞党一。 百計千祭。 貪二求天位一。	於レ此乎。善悪二神率レ師交。 邪ハ強ク正ハ弱シ。悪ク多ク善少				我已困羸。殆乎難レ当。 仰二憑仏力一。扶二護皇運一。
	天下善神少。而邪神多。	善神ハ不レ受二邪幣一。 邪神貪二邪幣一。	道鏡祭二邪神一 覬《ネカ》フ二宝位一。 邪神多レ党。 令三レ帝有二是譲一。		然我国家日種相継膺《アタ》ルレ運。 自二開闢一以来。未レ厠《マシ》ヘ二他 氏一ヲ。	道鏡豈発レ迹哉。	汝還レ闕奏二我意一。	
			道鏡邪神ヲ祭テ。 宝位ヲ望ム。 邪神党多シテ謀ヲ廻ラシ テ。帝ヲシテ此譲アラント ス。		然レ共我邦ハ神国トシテ。王 種未タ他氏ヲ雑エズ。	道鏡ニ発レセン迹ヲ哉。	汝チ還レテ闕ニ能ニ奏セヨ。	又善神邪神ニ勝ン事 力ヲ仏法ニ借ルヘシ。
今邪神姦曲《カンキョク》ニシテ。狂言ヲ 成ス者也。	夫神ニ大小善悪アリ。必シ モ不レ一ナラ。	善神ハ淫《イン》乱ヲ悪《ニク》ミ。 悪神ハ邪弊《シャヘイ》ヲ受《ウク》。	道鏡貺《タム》ケ二邪弊ヲ於群邪一ニ。 行《ナフ》二権譎《ケツ》ヲ於佞党《ネイタウ》一。 百計《ケイ》千祭《サイ》シテ 貪《ムサホツ》テ求ム二天位一ヲ。	爰ニ善悪ノ二神率《ヒキイ》レテ師ヲ交戦。 邪ハ強ク正ハ弱シ。悪ハ多ク善ハ 少シ。	（前出）			我已ニ困羸《コンルイ》ス。殆ント難レシ当リ。 仰キ憑テ二仏力一ヲ扶《フ》二護皇運一ヲ。

				L	M	O	P	R
ト	チ	リ	ワ					
汝其廻レ闕。須下奏造二 仏像一写二大蔵一。 又転二最勝王経万部一。建中一 伽藍上。	邪神銷沮。 社稷鞏《ゲウ》固ナラン。	汝承二我言一。莫レ有二遺失一		清還レ都具奏レ之。	鏡大怒。		解二清官爵一 竄二隅州一。	
又奏建二一伽藍一。	保二護帝祚一。亦絶二如レ是濫 窺一。		汝帰レ宮。道鏡必加二誣枉一。 汝莫レ恐也。我当二助衛一。	清復二神ノ言一。	帝及道鏡果怒		処二流刑一。	清赴レ配。過二胆駒《イコマ》山一。鏡使 下二刺客一伺中山路上二。
早ク奏シト一ノ伽藍ヲ立テ。 仏法ヲ興行セヨ。	我レ力ヲ合テ。 帝祚ヲ保護セント。			清丸宮ニ帰ト此由ヲ以聞スル ニ。	道鏡怒テ。	和気ヲ捕ヘ片足ヲ斬テ。	流刑ニ処ス。	剰へ赴レク配ニ時。膽駒山ヲ過 ル路次ニ。伏兵ヲ置テ害セ ントスルニ。
汝チ其廻レテ闕ニ須ク奏シテ造二リ仏 像一ヲ写二ス大蔵一ヲ。 又転二シ最勝王経一万部一ヲ。建 二ハ一伽藍一ヲ。	邪神銷沮《セウソ》シ。 社稷長久ナラン。	汝承二テ我言一ヲ。莫レ有二コト遺 失一。						

S	W	X	Y	
	清路ニ宇佐一告訴。神曰。勿レ怖也。託賜ニ綿帛一。			
会雷電晦冥ニシテ。不レ能レ加レ害。		四年八月。帝崩。清遭レ赦。	重奏ニ神旨一。光仁帝乃勅レ清創レ寺。初名ニ神願寺一。	天長二年。改号ニ神護国祚寺一。
俄ニ雷電ニ遇テ。降雨暗夜ノ如クナル間。其儀不レ叶ハ。		神護景雲四年八月ニ。称徳天皇崩御有テ光仁祚ヲ嗣キ給ヒ。善政ヲ行ヒ給ヒシカハ。赦ヲ蒙テ帝都ニ帰テ。	神託ヲ以聞《イフン》シテ令ニ草創《ソウ》一所也。初ハ神願寺トス。	其後淳和天皇天長二年ニ上テ宮寺トシ。改テ神護国祚寺ト号スルヲ。今神護寺ト云也。
			仍高雄《タカオ》建立スト云。	

〈表2〉を見ると、事件の発端に当たるCDEFGにはあまり重なる表現はなく、とくにCやDのように、最初の偽りの託宣が道鏡に阿った阿曾麻呂によるものとする立場を取る『元亨釈書』と、道鏡が祀った邪神によるものとする『壒嚢鈔』とでは、当然内容が異なってくるように、すべてが対応するわけではない。だが、八幡大菩薩（八幡神）による託宣に関わるIおよびJについては、傍線および二重傍線がほぼ同文であることから、構成のみならず、表現レベルにおいても、『元亨釈書』1と『壒嚢鈔』2、『元亨釈書』2と『壒嚢鈔』1とが対応

関係にあることがわかる。また、続く清丸受難と神護寺建立のいきさつを語るLからYまでは、Mの一部と『壒嚢鈔』独自部分のOを除くと『元亨釈書』2と『壒嚢鈔』1が同文またはそれに近い関係にあることがわかる。なお、L以降の『元亨釈書』1と『壒嚢鈔』2が対応しないのは、『壒嚢鈔』2が清丸の受難そのものを描いていないからである。以上から、少なくとも『壒嚢鈔』の〈神護寺縁起〉の宇佐八幡宮における託宣以降については、『元亨釈書』をもとに編集されたものと考えてよいと思われる。

3―2 「神国」思想と「皇太神ノ苗裔」

もちろん、『壒嚢鈔』が完全に『元亨釈書』を引き写したわけではない。『壒嚢鈔』には『元亨釈書』の表現を書き換えたり、独自の言説を加えたりしていると思われる部分が見られる。とくに注目したいのは、『壒嚢鈔』1のJ-ヌの「然レ共我邦ハ神国トシテ。王種未タ他氏ヲ雑エズ。」とする言説である。『元亨釈書』2では、ここは「然我国家日種相継膺《アタ》ルレ運。自二開闢一以来。未レ厠《マシ》二他氏一ヲ」という表現であり、一見『壒嚢鈔』との違いはほとんどないように思われる。だが、『壒嚢鈔』1のJの大部分が『元亨釈書』2のJと同文関係にあることを考えると、ここは行誉があえて「神国」という言説を用いたということになる。ここに注目すると、『元亨釈書』では「日種」、すなわち天照太神の子孫が開闢以来王として君臨してきたことを示しているのに対して(10)、『壒嚢鈔』では日本が「神国」であることが、それを成り立たせる根拠としてことさらに強調されていることがわかる。行誉の中で「神国」と皇統の継承の問題がごく当たり前に結びついていることは、『壒嚢鈔』2のヌを見ても明らかである。『元亨釈書』1にはヌに当たる言説そのものが存在しないが、『壒嚢鈔』2には「我国家日嗣開闢ヨリ以降。皇太神ノ苗裔也。未他種ニ移ル事ナシ」とする独自の言説が見られる。Jについては、このヌと続くカ「今邪神姦曲ニシテ。狂言ヲ成者也」以外は『元亨釈書』1と『壒嚢鈔』2は同文関係にあるため、ここはあえて行誉が挿入した部分と判断して良い。日本において「皇太神ノ苗裔」が帝位に就いてきたことの根拠として、日本が「神国」であることを強調する背景には、行誉自身の「神国」思想があるものと思われる。そこで、次章では、行誉の主張の背景にある「神国」思想がいかなるものであったかを考察したい。

三　『壒嚢鈔』の「神国」と「仏法」

4―1　『壒嚢鈔』における『神皇正統記』利用

『壒嚢鈔』において、皇太神の末裔が帝位についてきたことと、日本が「神国」であることとを主張するのは巻一四―五の〈神護寺縁起〉だけではない。

〈資料3〉『壒嚢鈔』巻九―四二「政道正謂刹利居士懺悔不審事」

a　日本《ハ》一流《ノ》王氏トシテ。他種ヲ交ヘサレ共。其中《ニ》於テ。政善ハ。長久《ニ》。悪ハ子孫断絶シ給也。

b　仁徳天皇サシモ禅譲《ノ》御心イマシテ。政道又正カリシカ共。五世《ノ》御孫。武烈天皇悪性ニシテ。爰《ニ》皇胤ノ断給ヘリ。

c　震旦ニモ。尭ノ子丹朱ヲ不肖ナリトテ。舜ニ授ケ。舜《ノ》子商均ヲ又不肖トシテ。禹ニ禅。政道ヲ正クセシカドモ、夏ノ第十七代桀王无道ニシテ国ヲ失フ。殷湯聖徳アツテ。国ヲ起シ、ガトモ。紂カ悪行ニ依テ。永《ク》周ニ亡サル。

d　天竺モ又然リ。仏滅度百年ノ阿育王《ハ》姓孔雀氏。王位ニ即《キシ》日鐵輪飛降《ル》。転輪《ノ》威徳ヲ得テ。閻浮提ヲ統領《ス》。剰《ヘ》諸鬼神ヲ随ヘ。正法ヲ以テ。天下ヲ治メ。仏理ニ通シテ。三宝ヲ崇。八万四千《ノ》塔ヲ立テ。悉ク舎利ヲ安置シ。九十六億千金ヲ捨テ。功徳《ニ》施《スル》人也シカトモ。其三世《ノ》孫。弗沙密多羅王ノ時。悪臣ノ勧ニ依テ。祖王《ノ》立給シ。塔婆ヲ破壊セント云。悪ヲ起シ。諸寺ヲ破《リ》。比丘ヲ殺害ス。殊《ニ》阿育王ノ崇メシ。雞雀寺ノ仏牙歯ノ塔ヲ。壊タントセシ時。護法神怒ヲ成シテ。大山化シテ。及《ヒ》四兵《ノ》集ヲ圧殺《ス》。従レ此孔雀種永絶ニキ。

e　特《ニ》此国ハ神国也。神《ト》者仏ノ慈悲ノ余リノ光ヲ和ケテ。塵ニ雑リ給。御姿也。争カ。民ヲ哀ム心ナクテハ。天命ニ叶ン。上ヲナイカシロニスル心。少モアラハ。必《ス》身ヲ亡スヘシ。神道ニ左《ノ》物ヲ右《ニ》不《レト》移《サ》云モ。詮ハ只万事掟ヲ勿《レト》違《コト》云義也トナン。少シノ事モ。心ニ緩クスル所アレハ。大ニ誤ル基ト成ル也。

〈資料3〉は『塵嚢鈔』巻九―四二「政道正謂利利居士懺悔不審事」からの抜粋である。本条は『塵嚢鈔』の中で最も長く政道論を述べる条項であり、刊本では三二九行にもわたる長大なもので、「政道正シキヲ以テ利利居士懺悔ト云。天下ノ政コト悪キヲ民ノ塗炭ニ堕ルト云。」という問いに対する答えとして、長短合わせて十七、八話の説話を引用しながら撫民思想に基づく政道論を展開する。その内容と分量から見ても、行誉が自らの政道観をはっきりと表明している条項といってよい。そして、『神皇正統記』からの引用、抄出が多く見られる条項でもある[11]。

だが、何よりも注目したいのは、a「日本《ハ》一流《ノ》王氏トシテ。他種ヲ交ヘサレ共」とd「特《ニ》此国ハ神国也」という言説が、先に見た『塵嚢鈔』1の〈神護寺縁起〉J―ヌ「然《レ》共我邦《ハ》神国トシテ。王種未《タ》他氏ヲ雑エズ」と重なることである。

そこでまず、〈資料3〉の文脈を辿ってみると、aでは、日本は王朝が変わらなかったが、その一流の「王氏」の中でも、政道が正しかった天皇の子孫は長く続き、悪い政道を行った天皇の子孫は断絶したと述べる。これは『神皇正統記』からの直接の引用ではないが、以下の『神皇正統記』の主張の趣意を取った可能性が高い。

〈資料4〉『神皇正統記』「序」

唯我国ノミ天地ヒラケシ初ヨリ、今ノ世ノ今日ニ至マテ、日嗣ヲウケ給コトヨコシマナラス、一種姓ノ中ニヲキテモ、ヲノツカラ傍ヨリ伝給シスラ、猶、正ニカヘル道アリテソタモチマシマシケル。

続くbではその例として武烈天皇の皇統が断絶した事例を挙げる。cでは堯・舜・禹(夏)・殷・周と王の姓が変わった震旦の事例、dでは天竺の阿育王三世の孫弗沙密多羅王の悪事が護法神の怒りを買い、阿育王の姓である孔雀種が絶えてしまったという故事を挙げるが、これらは『神皇正統記』「武烈」からの比較的忠実な引用である。そして、bcdの事例を承けたeでは、とくに日本は「神国」であり、神とは本来仏であるから、民に慈悲の心を持たない者は天命に背くものであり、天命をないがしろにする者は必ず滅びるのであると結論する。

ところで、aから始まった主張の結論に当たるeも、そのほとんどが以下の『神皇正統記』「応神」の傍線部分をつなぎ合わせて編集したものであった。

〈資料5〉『神皇正統記』「応神」

サレバ二所宗廟ノ御心ヲシラント思ハヾ、只正直ヲ先トスベキ也。大方天地ノ間アリトアル人、陰陽ノ気ヲウケタリ。不正ニシテハタツベカラズ。コト更ニ此国ハ神国ナレバ、神道ニタガヒテハ一日モ日月ヲイタヾクマジキイハレナリ。倭姫ノ命人ニヲシヘ給ケルハ「黒心ナクシテ丹心ヲモテ、清潔齋慎。左ノ物ヲ右ニウツサズ、右ノ物ヲ左ニウツサズシテ、左ヲ左トシ右ヲ右トシ、左ニカヘリ右ニメグルコトモ万事タガフコトナクシテ、太神ニツカフマツレ。元々本々故ナリ」トナム。マコトニ、君ニツカヘ、神ニツカヘ、国ヲオサメ、人ヲオシヘンコトモ、カヽルベシトゾオボエ侍。スコシノ事モ心ニユルス所アレバ、ヲホキニアヤマル本トナル。(後略)

だが、『神皇正統記』において「応神」は「武烈」よりも先に出てくる記事であり、二つの間には論理的な繋がりは見いだせない。しかも、『壒嚢鈔』のeは『神皇正統記』「応神」の言説を踏まえているにもかかわらず、その文脈は全く異なっている。とくに「此国ハ神国也」という言説は、『神皇正統記』においては、「神道」に違うことなく「正直ヲ先トスベキ也」という主張の拠り所として挙げられたものであった。ところが、『壒嚢鈔』のそれは、ｃｄで挙げられた外国の事例と対比する形で、日本では一流の王氏の中でも、悪しき政道を行った者については皇統が断絶するという、ａでの主張の拠り所として挙げられたものであった。このように『神皇正統記』の主張が本来とは異なる文脈に変容したのは、「此国ハ神国也」の後に波線部の言説が挿入されたことにより、「神国」の意味がある方向に規定されてしまったからである。この波線部「神ト者仏ノ慈悲ノ余リノ光ヲ和ケテ。塵ニ雑リ給。御姿也。争カ。民ヲ哀ム心ナクテハ。天命ニ叶ン。上ヲナイカシロニスル心。少モアラハ。必ス身ヲ亡スヘシ」は、本地垂迹説に基づく撫民思想を示す言説であるが、『神皇正統記』にはなく、行誉が挿入したものであった。つまり、ここには行誉の「神国」観、すなわち日本は仏菩薩の垂迹である神の国、「神国」であるとする思想(12)が如実に現れている箇所といえる。

4—3　『通海参詣記』からの影響

「神国」が、仏菩薩が光を和らげ姿を変えた神の国であるとする行誉の認識は、『壒嚢鈔』の〈神護寺縁起〉にも表れている。先の〈表2〉のＪ‐ホを見ると、『元亨釈書』1が「我已困羸。殆乎難レ当。仰憑二仏力一。扶二‐護皇運一」とあり、それに対応する『壒嚢鈔』2も同文であったが、ホにあたる言説の存在しない『元亨釈書』2に対応する『壒嚢鈔』1では「又善神邪神ニ勝ン事力ヲ仏法ニ借ルヘシ。」という言説が存在する。しかも、続くＪ‐ヘでは、『元亨釈書』2がただ「又奏建二一伽藍一」とするのに対して、『壒嚢鈔』1では、「早ク奏シテ一ノ伽藍ヲ立テ仏法ヲ興行セヨ」という、一歩踏み込んだ表現を加える。八幡神が自らの力では邪神に打ち勝つことが難しいため、「仏力之奇護」を仰ぐとする展開は、天長元年九月二十七日の太政官符や『扶桑略記抄』の〈神護寺縁起〉にもすでに見られるものであるが、ことさらに「仏法」を強調する行誉の姿勢は、「神国」がその本地たる仏菩薩の力によって成り立っているとする思想を反映したものであろう。

行誉が〈神護寺縁起〉で強調したのは、「神国」である日本は「王種」が「他氏」を交えてこなかったということであり、また、同じ『壒嚢鈔』において、『神皇正統記』を編集しながら主張したのは、その「神国」とは仏菩薩の垂迹である神の国、すなわち仏法の力によって成り立っている国であるということであった。その思想がより明確に示されるのが、東大寺の縁起を語る巻一三―一四である。

〈資料6〉『壒嚢鈔』巻第一三―一四「四箇大寺事　付聖武皇帝御事」

先ッ天平十三年〈辛／巳〉行基菩薩ヲ以。太神宮ニ申合セ玉ヒケルハ。夫レ吾国ハ神国也。専ニ神事ヲ先トスベシ。但仏菩薩光ヲ和ケ給ナラバ。豈我願ヲ納受シ給ハザランヤト云テ。仏舎利一粒ヲ奉納シ給フ。行基菩薩勅ヲ奉テ。内宮ノ南ノ御門。大杉ノ本ニ。七日七夜参籠シテ。此事ヲ祈リ給ヒケルニ。太神宮御託アリ。其由上奏ニ載タリ。然共。御本地不レ聞上ル。行基若シ為ニ仏法流布一ノ。偽ノ詞ヒアラハ。神慮可レ恐ルトテ。同十一月三日。左大臣正二位橘朝臣ヲ勅使トシテ。申合ラル。是大神宮勅使ノ最初也。然ニ十五日帰参ノ夜天皇御霊夢アリ。吾国ハ神国也。須ク神明ヲ可レ崇ム。然ニ日輪ハ則大日霊本地盧舎那仏。大日如来是也。衆生等。此理ヲ知テ。正ク仏法ニ可ニ帰依一ストテ。現ニセリ御体一ヲ。

これは、『壒嚢鈔』に描かれる東大寺の縁起であるが、実は『通海参詣記』に基づき、それを切り詰めて編集したものである。ここでは、聖武天皇が東大寺建立のために行基菩薩を伊勢太神宮に派遣する際に、仏舎利一粒を奉納させたところ、無事納受されたことと、さらに太神宮の本地を尋ねるために勅使を立てたところ、その帰参の夜の帝の夢に、太神宮が盧舎那仏、大日如来を本地としていることを自ら告白する託宣があったことが記されている。「吾国ハ神国也」として、神事を専らとし、神明を崇めることを求めつつ、実はその本地が「盧舎那仏。大日如来是也」と明かす姿勢が、これまで見てきた行誉の「神国」思想に重なることは明らかであろう。皇祖神である天照太神の本地が盧舎那仏・大日如来であるという主張は、日本がまさしく仏菩薩の垂迹である神の国であることを示すものであり、その「神国」を治めるのは皇太神の末裔でなければならず、中でも仏の慈悲を体現できる者でなければならないという行誉の論理を保証するものであるからである。『通海参詣記』は『壒嚢鈔』においてかなりの頻度で引用・利用されていることがわかっているが、[13]このように見ると、単なる引用に留まらず、行誉の思想に大きな影響を与えていたものと思われる。『通海参詣記』は弘安九年（一二八六）に成立した「醍醐寺系の神仏習合書[14]」であり、「参宮した僧と俗（神宮祢宜）との仮構の問答を設けなして、その対話を介して伊勢神宮の歴史を明らめ（上巻）、神宮における仏法崇敬の意義を主張する（下巻）為に、祭主大中臣氏出身の醍醐寺僧権僧正通海が著したもの[15]」とされている。行誉は通海の所属していた醍醐寺とも関わりの深い東岩蔵寺真性院の一の和尚であった。[16]

おわりに

以上、『壒嚢鈔』で語られる二つの〈神護寺縁起〉を取り上げ、分析と考察を行った。まず、『壒嚢鈔』よりも前、あるいは同時代の〈神護寺縁起〉との比較を行い、『元亨釈書』の〈神護寺縁起〉が最も近く、直接的な影響関係がある可能性を論じた。また、行誉が八幡大菩薩の託宣に、『元亨釈書』にはなかった「我邦ハ神国トシテ」という言説を入れることで、「皇太神ノ苗裔」が帝位に就くことと日本が「神国」であることとが分かちがたく結びついていることを強調する語り直しを行っていることに注目した。そして、日本における皇位継承の問題と日本が「神国」であることとの関係を『神皇正統記』を利用して論ずる巻九—四二「政道正謂利利居士懺悔不審事」を分析することで、行誉のいう「神国」とは、仏菩薩の垂迹としての神の国のことであることを指摘した。さらに、その根底にある思想が巻一三—一四「四箇大寺事　付聖武皇帝御事」の東大寺縁起の『通海参詣記』を編集して用いた部分に示されていることを確認した。

冒頭で述べたように、巻一四—五「神護寺事」は、真言宗の主立った寺院の縁起として、しかも東寺と金剛峯寺の間に位置づけられていた。それは同条の後半部分が弘法大師の御影に関する記事を述べていくことからも窺えるように、弘法大師ゆかりの寺院であったからであろう。真言僧の行誉にとって神護寺はその縁起を改めて語らねばならない寺院であったのである。そう考えると、『壒嚢鈔』が〈神護寺縁起〉を語る際に、『八幡愚童訓』や『神皇正統記』ではなく、太政官符以来の正統な縁起の形を持つ『元亨釈書』の〈神護寺縁起〉を採用したことにも納得がいく。問題は、それにもかかわらず、当時の俗説であった称徳天皇と道鏡との性的なスキャンダルに関心を寄せて〈神護寺縁起〉に取り込んでいることである。この行誉の編集意図について、現在は明確な結論を準備していないが、本稿で論じてきた、日本は神の本地たる仏菩薩の力によって成り立っている「神国」であるとする行誉の思想が関わっている可能性はある。もともと〈神護寺縁起〉は、弓削道鏡による帝位簒奪計画を、和気清丸が八幡大菩薩（八幡神）の託宣を伝えて阻止したという骨格を持つものであり、天照太神の子孫が王位を継ぐという原則が覆されそうになった未曾有の事件を描くものでもあった。一方、称徳天皇と道鏡の性的スキャンダルを描く説話は、称徳天皇による『涅槃経』冒涜から始まるが、これはすなわち天皇による仏法の軽視を描くものであった。つまり、他氏による帝位簒奪の危機を招いた原因が、天皇の仏法軽視にあるとするのであれば、行誉としては、この未曾有の事件を語る上で、この説話をあえて取り込む必要があったとも考えられよう。

注

（1）拙稿「醍醐寺所蔵『僧某年譜』考―『壒嚢鈔』編者に関する一級資料発見―」『国語国文』第七七―二号、二〇〇八年二月）並びに細川武稔氏『京都の寺社と室町幕府』（二〇一〇年、吉川弘文館）第三章「東岩蔵寺と室町幕府―尊氏像を安置した寺院の実態―」参照。

（2）拙稿「中世後期の類書と随筆―『壒嚢鈔』を中心に―」（荒木浩編『中世の随筆　成立・展開と文体（中世文学と隣接諸学10）』、二〇一四年、竹林舎）。

（3）『壒嚢鈔』は本来問答体であることや、現在諸本にある目録が行誉の手になるものかどうか判断できないため、基本的には条項名は問いの形にしているが、本稿では問いが長いものが多いため、便宜的に目録に記される題を用いている。

（4）比較に用いたテキストは、以下のとおりである。

『続日本紀』…新日本古典文学大系『続日本紀』（岩波書店）、「太政官符　応以高雄寺定額并定得度経業等事」（『類聚三代格』巻二）…新訂増補国史大系『類聚三代格』（吉川弘文館）、『扶桑略記抄』…新訂増補国史大系『扶桑略記・帝王編年記』（吉川弘文館）、『元亨釈書』…新訂増補国史大系『元亨釈書・日本高僧傳要文抄』（吉川弘文館）、前田家本『水鏡』…新訂増補国史大系『大鏡・水鏡』（吉川弘文館）、『源平盛衰記』…中世の文学『源平盛衰記㈢』（三弥井書店）、京都国立博物館蔵行誉書写本『八幡宮愚童訓』…拙稿「京都国立博物館蔵行誉書写本『八幡宮愚童訓』巻上（翻刻）」（福田晃・中前正志編『唱導文学研究第七集』、三弥井書店）、『神皇正統記』…日本古典文学大系『神皇正統記・増鏡』（岩波書店）。

（5）なお、すでに渥美かをる氏（「源平盛衰記における仏教―寺院縁起を中心として―」、『軍記物語と説話』、笠間書院、一九七九年）や黒田彰氏（中世の文学『源平盛衰記㈢』補注、三弥井書店、一九九四年）によって指摘されていることであるが、前田家本『水鏡』と『源平盛衰記』の〈神護寺縁起〉には共通点が多いこと、とくに表には反映させていないが、和気清麻呂を和気松名と清麻呂の息子の真綱と誤るところなどに、両者の関係の近さを伺うことができる。

（6）拙著『行誉編『壒嚢鈔』の研究』第三編―一「『壒嚢鈔』の〈観勝寺縁起〉」（二〇〇六年、三弥井書店）。

（7）『渓嵐拾葉集』毘沙門堂本『古今集註』『古事談』『庭訓往来註』などに見られる。

（8）拙稿「行誉書写本『八幡宮愚童訓』考」（『唱導文学研究』第十一集、二〇一七年、三弥井書店）。

（9）拙著『行誉編『壒嚢鈔』の研究』第二編―二「『壒嚢鈔』の『神皇正統記』引用」並びに第五編―一「天理図書館本『梅松論』考」（二〇〇六年、三弥井書店）

（10）もっとも天照大神の子孫が帝位に就くべきであるとの考え方自体は、すでに『続日本紀』の段階で、「我国家開闢以来、君臣定矣。以臣為君、未之有也。天之日嗣必立皇緒。無道之人宜早掃除」（『続日本紀』巻三〇）とする八幡神の託宣に示されている。

(11) 拙著『行誉編『塩嚢鈔』の研究』第二編―二「『塩嚢鈔』の『神皇正統記』引用」。
(12) 佐藤弘夫氏『「神国」日本』第三章2「中世的「神国」への転換」(二〇一八年、講談社学術新書)。
(13) 拙著『行誉編『塩嚢鈔』の研究』第三編―二「『塩嚢鈔』における神と仏」、並びに三「『塩嚢鈔』の王法仏法相依論」。
(14) 西山克氏「『通海参詣記』を語る」(上山春平編『シンポジウム伊勢神宮』、人文書院、一九九三年)
(15) 阿部泰郎氏「伊勢に参る聖と王」(今谷明編『王権と神祇』、二〇〇二年、思文閣出版)
(16) 前掲(1)細川氏論文。

馬飼文化と観音信仰

——英雄叙事詩としての「田村麻呂」——

福田　晃

はじめに

およそ英雄叙事詩は、口承文学《オーラル・リティラチャ》として創りつつ伝承される文学であったと言える。日本においても、口承《オーラル》な英雄叙事詩が存在したであろうとは推されるのであるが、書記文学《リティラル・リティラチャ》の時代においてそれは確認することはできない。しかるにあえてそれを求めれば、書記文学の口頭伝承、つまり文字台本にもとづく中世の語り物文芸のなかに、それに準ずるものを見出すこととなるであろう[1]。

本稿は、この語り物文芸のなかの「田村麻呂」をとりあげ、その英雄叙事詩としての叙述を明らめようとする。しかしてそれは、「読誦《ヨミ》のカタリ」から「詞・節・地のカタリ」への展開のなかに見出されるものである。

一　『神道集』「諏訪秋山祭由来」（縁起）と『清水寺縁起絵巻』

はやく田村麻呂の蝦夷討罰の武略については、『日本後記』弘仁二年五月丙辰の薨伝[2]をはじめ、『坂上氏系図』[3]『田邑麻呂伝記』[4]などが記すところであった。しかしそれが英雄叙事詩としてとりあげるほどに、その英雄的事蹟を叙述するのは、中世の語り物文芸の時代にまたねばならなかったと言えよう。そしてそれは、まずは「読《ヨ》誦《ミ》」のカタリとしての『神道集』記載の「諏訪秋山祭由来」（縁起）およびそれに対応する『清水寺縁起絵巻』にはじまるものである。

『神道集』「諏訪秋山祭由来」

その『神道集』は、先にあげたように、南北朝時代に編集されたものであるが、その「諏訪秋山祭由来」（縁起）の原拠は、鎌倉末期には成立していたと推される。[5] それは諏訪信仰の唱導のため、それに属する唱導僧によって読誦されたものと推される。一方、『清水寺縁起絵巻』は、先行の「清水寺縁起」によって、室町後期に絵巻物として制作されたものである。したがってその原拠の「縁起」は、当寺に拠る唱導僧によって読誦されたものであったが、『絵巻』もまた享受者の視覚に訴えながら、読誦されたと推されよう。

さてまず『神道集』の「諏訪秋山祭由来」をあげる。その冒頭は次のように叙される。

> 抑、信濃国ノ一宮ヲハ、諏訪ノ上ノ宮ト申す、本地普賢菩薩是レナリ、（中略）二ノ宮ヲスワノ下ノ宮ト申ス、本地ハ千手観音ナリ、亦ハ大悲観世音ト名ク（中略）誠に有リ難キ御本地ナリ、

右のように、それは諏訪の上宮（上社）と二宮（下社）の本地、普賢菩薩・観世音菩薩をあげて始める。しかして田村麻呂の奥州・悪事高丸《あくじのたかまろ》退治を叙するのである。その梗概をあげる。

Ⅰ「異常な出自」（震旦渡来・宰相猶子）

人王五十五代、桓武天皇の御時、田村丸と称する一人の兵がある。が、この人は我国の生まれではない。元は漢の高祖の臣下朝広（趙高）という賢者の兵であった。この賢者は、馬を鹿と言う論を契機として、高祖に謀反して破れる。そこで田村丸は大童の姿をもって本朝へ落ち延び、勝田の宰相の許に寄宿する。この宰相には一人の子も無かったので、その猶子となる。宰相はその大童の男を元服させ、稲瀬の五郎田村丸と

名づけられる。

Ⅱ「異常な大力」（早わざ・強弓）

この人物は、大国においても勝れたわざをもって知られたが、本朝においても、並び無い強弓の精兵で、大力の賢人であった。

Ⅲ「異常な事業」（高丸退治）

(a) 時に奥州の悪事高丸が、国を塞ぎ人を悩ます朝敵となる。天皇は田村丸に悪事高丸の追罰使を命じられる。〈追罰使の宣旨〉

(b) 田村丸は、清水に詣でて観音に祈願すると、鞍馬の毘沙門天を頼めよとの示現を蒙る。鞍馬に詣でて祈願を籠めると、その示現によって、慳貪の剣を賜る。〈毘沙門天より慳貪の剣授与〉

(c) その田村丸は、その慳貪の剣を奉じて奥州に赴く。その途次、諏訪明神・熱田明神の化身なる武士を伴う。田村丸は、副将軍の波多丸・憑丸ともども、悪事高丸の城郭を攻めるが、なかなか攻略できない。しかし先の両明神の化身の援助により、かの慳貪の剣で、高丸の首を切り落とす。〈高丸退治〉

(d) その帰途、諏訪の国において、加勢の諏訪明神が千手・普賢の垂迹なるを名乗られ、殺生の有情畜類救済の深誓を語られる。田村丸は、その誓願に応じて、諏訪郡を寄進、秋山の狩祭を始める。また奥州でとらえた高丸の娘を諏訪大明神の御前に置く。後にその腹に王子が生まれ、それが諏訪の神主のはじめとなる。また住吉の明神にも国郡を寄進する。〈諏訪秋山祭の始まり〉

Ⅳ「異常な繁栄」（日本の大将軍）

(a) 田村丸は、大納言に任ぜられ、左大将に補され、諸国の大将軍とも称される。波多丸は諸国の副将軍、憑丸は奥州の副将軍に任ぜられる。〈大将軍昇進〉

(b) 清水寺に大堂を建立、鞍馬・諏訪にも社殿を建立する。〈大堂・社殿の建立〉

およそ奥州の悪事高丸とは、いわゆる蝦夷の頭領の謂いである。右は、その悪賊退治を叙するものである。しかしそれは英雄叙事詩の範型を十分に備えているとは言えまい。つまり、その主題は諏訪秋山祭であり、諏訪明神の霊験を叙することである。それがゆえにその叙述は、英雄叙事詩に至らず、英雄譚にとどまっていると言えよう。

『清水寺縁起絵巻』

次に右と対応する「清水寺縁起絵巻」をあげてみる。が、「清水寺縁起」としては、第一種本(伝明衡伝、ほか)がある。それに、田村麻呂の蝦夷討罰譚を加えた第二種本の漢文体縁起が成立、その第二種の仮名縁起本に拠って成ったのが、この「清水寺縁起絵巻」である。(6) その絵は土佐光信、永正十四年(一五一七)の成立で、上・中・下の三巻からなる。その冒頭は、次のように叙される。(7)

夫当寺は、山城国愛岩郡八坂郷東山の上にあり。これ千手観音霊験の地、行叡居士孤庵の跡なり。宝亀十一年始て草堂を建立し本堂を安置し奉らる。延喜十七年仏殿を改造せり。同廿四年大政官符を給り寺領四至をさかふ。

およそその上巻は、延暦の頃、賢心(延鎮)なる人物が当東山に定住、田村麻呂と遭遇したことを叙し、中巻は田村麻呂の蝦夷退治譚に費し、下巻は千手観音の霊験の数々と当寺の伽藍のことを紹介する。すなわち先の「諏訪秋山祭由来」に対応するのは、中巻である。その梗概を次にあげる。

(一)「蝦夷討罰の宣旨」

(二)「清水観音祈願」

桓武天皇の延喜十四年、蝦夷の反逆が起こり、田村麻呂に征夷大将軍の宣旨がくだる。

田村麻呂は、清水寺の延鎮の許を訪ね、東夷誅戮の祈願を乞う。延鎮は、地蔵・毘沙門天の二像を造立し、昼夜を怠らず、蝦夷討罰を祈願すると、やがて二尊が東方へ向かう瑞相をみる。

㈢「伊勢大神宮祈願」

田村麻呂は、上洛に先立って、大神宮に参詣し、蝦夷討罰を祈願する。それは、仲哀天皇が西戎征罰に赴きなさったときの例にならってのことである。

㈣「蝦夷退治」

田村麻呂が戦場に赴き、蝦夷と激しく戦うとき、どこからともなく老比丘・老翁二人（地蔵・昆沙門天の化身）が現われ、大将軍に加勢する。田村麻呂は観音の宝号を誦し、雲霞のごとき蝦夷を攻め、みごとにこれを退治する。それは、神仏の神変によるものであった。

㈤「清水寺の大堂再建」

田村麻呂は、帰洛すると、すぐに清水寺に参り、本尊および脇士・二像の宝前に感謝の念を申し上げ、延鎮に再会して、その祈願の労を謝す。やがて参内して、東夷追討の旨を報告すると、叡感軽からず、延鎮は内供奉・十禅師に補される。田村麻呂は改めて清水寺の大堂を建立し、脇士の地蔵・毘沙門天を崇め奉る。その脇士の尊像には、蝦夷退治の折の神変の跡をとどめるという。

およそ右の㈠〜㈢は、先の「諏訪秋山祭由来」のⅢ「異常な事業」に対応し、㈣はⅣ「異常な繁栄」に準ずるものである。しかして前者は神仏の加護の許に高丸退治を果し、諏訪秋山祭の由来を説くものであったが、後者は同じく清水観音の加護と脇士二尊の加勢のもと、蝦夷の征罰を果し、清水寺を再建したと叙する。それはそれぞれに神仏の霊験を説くものであるが、これを田村麻呂の英雄譚としてみると、後者の『清水寺縁起絵巻』の叙述は、いちだんと霊験譚の面が強調されて、その英雄像は後退していると言える。

さて、その両者の先後関係については、別稿に説いているので、[8] 詳しくはそれに委せたい。ただしその結論によって言えば、前者、「諏訪秋山祭由来」は、『清水寺縁起絵巻』の原拠なる第二種の「清水寺縁起」に拠って成ったものと推される。それならば、前者の「秋山祭由来」は、原拠に含まれる田村麻呂の蝦夷退治譚をいちだんと英雄譚としての叙述を深め、英雄叙事詩としての範型に一歩近づけたものとも言えるであろう。

二　本地物語『田村の草子』

中世においては、神仏習合・本地垂迹思想の盛行のなかで、神明の前生を語る本地物語が誕生した。それは、神明の本地である仏菩薩を明らかにすると同時に、その垂迹以前の神明の本地（前生）を叙述する縁起物語群である。近年においては、これらの作品群を中世神話とも称して論じられている。

さてその本地物語として「田村麻呂」を主人公とする『田村の草子』が生成された。それは『鈴鹿の草子』とも称され、むしろこの方にテキストとしての古態が見出されるというべきである。そのテキストについては、はやく松本隆信氏が七種に分列されているが、[9] 近年、安藤秀章氏が、その系統をあらためて整理されている。[10] 本稿においては、その系統論について論ずることはしない。が、その古態と判じられる『鈴鹿』の本文にそって考察する。しかしてそのテキストは、元来田村麻呂を神明と祀る社前において、これに奉仕する神人・法師によって読誦されたものであった。それを読むテキストとして草子化し、「コトバ・フシ」のカタリに近づいて世に流布するに至ったのである。したがって、その過程において、本地物語の叙述形式を後退させることにもなっている。

さてその『田村の草子』の本文は、およそ七種から八種の系統に分列されるが、[11] ここでは、現存最古写本と判ぜられる慶応義塾図書館蔵本『すずかのさうし』（『室町時代物語大成』第七）に拠って論を進める。まずその冒頭は、

日ほん、わかてうに、としゆう《（俊祐）》と申、けんしのしやうくん一人、おわします、
とはじめ、最後は、
す丶かのひめきみも、なかく、す丶かのぬしとそ、いはれたまひける、
とむすぶ。さらに、
しゅしやうさいとの、御はうべん、なりけれは、す丶かしんせん人は、かならす、しょくわん、しやう
しゅ、したまふへし、
と添えている。
次にその梗概をあげるが、それは田村二代にわたる、奇々怪々の物語である。まずその前半の「前田村物語」
をあげる。

「前田村物語」

Ⅰ「異常な誕生」（蛇の子誕生）

俊重将軍の御子に、俊祐と申す方が越前池の郡に住んでおられたが、数多くの女房を送り迎えても一人の子もない。そこで、よき妻を求めて都に上る。たまたま、九月の中旬、南面に美しい女房が現われる。それを見そめて契りを重ねると、やがて御子をみごもる。その産所をのぞくと、恐しい大蛇が幼い子を生んでいる。

Ⅱ「異常な成長」（悪蛇退治）

八日経つと、その女房は三歳ばかりの若君を抱いて現われ、日龍と称すべしと言い、自らは近江の益田の池の大蛇と名乗り、子を残して虚空をさして去る。日龍が三歳になると、すでに十二、三歳などに見え、その年に俊祐は亡くなってしまう。七歳になると、みつくしのたけという大蛇退治の宣旨をたまわる。家の宝

の槻弓・鏑矢をもって、大蛇を打ち殺す。この大蛇は日龍の伯父であったという。

Ⅲ 「異常な婚姻」（婚姻の受難）

日龍は、十六歳となって、利仁将軍と称される。その頃、世にときめく中納言の姫君照日御前を北の方に迎える。しかしこの姫君は、時の帝のお召しの宣旨を承っていたので、利仁は伊豆に流されることになる。その途次、瀬田の唐橋にて、先年みなせ川で滅した大蛇が、再び暴れ出す。博士の占いで、利仁は都へ引き戻され、ようやく平穏な暮らしとなって、夫妻には二人の姫君が誕生する。

Ⅳ 「異常な事業」（悪路王退治）

たまたま利仁が内裏に参じて留守の折に、南面の縁にあった照日御前が、魔縁の者に連れ去られる。利仁は、母なる近江の大蛇の変身の告げによって、その魔縁の者が陸奥の峨々山の悪路王であることを知り、鞍馬に詣でて、多門天より剱をいただく。やがて陸奥の田村郷に着くと、利仁は一人の醜女と出会い、一夜の契りを結ぶ。出立にあたって、御子の生まれることを予知して、醜女に上差しの鏑矢を残す。峨々山の悪路王の城に至ると、利仁は馬飼の女房の援助によって、地獄龍と称する龍馬に乗って城内に入る。そこに照日御前を見付けて、これを救い出し、多聞天からの剱をもって、悪路王の首を打ちおとす。

これが「前田村物語」なる利仁将軍の英雄譚である。田村麻呂と利仁将軍との混同は、はやく『吾妻鏡』(12)の収載する伝承に見えている。それは『鞍馬蓋縁起』(13)の利仁将軍の悪鬼譚とつながるものであり、それとの複合も、先の「諏訪秋山祭由来」にもうかがえたことであった。この「前田村物語」は、それを受けていると言える。

ところで、この「前田村物語」においては奥州の田村郷をあげ、その伝承の在地色のもとに、再度の異常婚姻の叙述を挿入し、次の「後田村物語」の序章を含んでいる。またその在地色とともに、馬飼の女房の登場など、この物語の背景に馬飼文化のあることをしのばせている。

次いで後半の「後田村物語」をあげる。

「後田村物語」

Ⅰ「異常な誕生」（醜女の子誕生）

利仁が契りを込めた奥州・田村郷の醜女に、若君が誕生、伏屋丸と名づけられる。

Ⅱ「異常な成長」（父子確認）

伏屋丸が七歳になるとき、母に自らの父親を問う。母は形見の鏑矢を見せ、悪路王退治の将軍が父であることを告げる。伏屋丸は、上洛して利仁の邸内に入り、形見の鏑矢をみせて、父子と確認される。十一歳で、父の幼名になぞらえて日龍丸と称され、十三歳で元服、稲瀬五郎利宗と名乗る。まもなく父の利仁は、唐土に向かい、そこで横死する。

Ⅲ「異常な婚姻」（妖怪女房）

利宗が十五歳になる時、奈良坂山の金つぶてという盗賊を打つべしとの宣旨をいただき、これを打ち果して、天下の将軍の名を賜わる。ついで鈴鹿山の立烏帽子という妖怪を打つべしと宣旨をいただく。利宗は鈴鹿山に入って一年の後に、そこで美しい女房の立烏帽子を見出す。利仁は、この女房に心惹かれながら、立烏帽子姿の女房と戦うが、いつしか二人とも心惹かれて、比翼の契りを結ぶ。やがて姫君が誕生し、しょうりう殿と名づけられる。姫君が三歳の秋、利宗が立烏帽子をたばかって参内するとの文を内裏に届けるのを知って、立烏帽子は悪事の高丸退治の宣旨あるべしと伝えて、白鳥と化し、利宗の許から飛び立つ。

Ⅳ「異常な事業」（高丸・大嶽丸退治）

予告通り、利宗は高丸退治の宣旨をいただく。その途次、鈴鹿山を通るとき、立烏帽子の鈴鹿御前が現われる。利仁は鈴鹿御前を同道して、高丸の籠る城に向かい、その助けによって、高丸を打ち果たす。鈴鹿御前は、さらに陸奥の大嶽丸退治の宣旨のあることを予言し、その大嶽丸をたぶらかすために、利宗の許を去る。予告通り、利宗に大嶽丸退治の宣旨がくだる。利宗は、龍馬に乗って、大嶽丸を攻め、あらかじめ内通していた鈴鹿御前の招きによって城内に入り、大嶽丸の首を打ちおとす。

Ⅴ「異常な苦難」(冥界遍歴)

利宗は、鈴鹿御前とともに帰洛するが、その途次、御前は自らの死期を察して姿を消す。帝への報告の後に、利宗が鈴鹿山に赴くと、御前はすでにみまかっており、宝剣と姫君が残されている。利宗は、鈴鹿御前を思う余り、冥界に赴き、宝劔をもって閻魔王と戦う。困り果てた閻魔王は、鈴鹿御前を娑婆に帰すことを約す。そこで二人は、地上に戻る。

Ⅵ「異常な繁栄・最後」(神明示現)

二人は、都の五条あたりに住して数多の姫君を儲け、利宗も将軍と仰がれる。鈴鹿の姫君も鈴鹿の主と祝われる。(利宗は観音の化身、鈴鹿御前は弁財天の再誕であり、ともに鈴鹿大明神と仰がれる。)

これが「後田村物語」なる利宗将軍の英雄譚である。利宗将軍を稲瀬五郎と称しているのは、先の『神道集』の「諏訪秋山祭由来」を引き継ぐものである。またその観音信仰は、田村麻呂の「清水寺縁起」によるものとも言えるが、それは在地色と絡んで、「馬は観音」と仰ぐ仏教思想とかかわる叙述でもある。それについては、桜井陽子氏の「観音御変化は馬に現ぜさせ給ふとかや」の論に詳しい(14)。しかして龍馬に乗って悪鬼退治を試みる英雄譚には、そのような在地の観音信仰とつながる馬飼文化が隠されているのである。

右のようであるが、この『田村の草子』における二つの物語は、大雑把に言えば、先行の田村麻呂の悪事高丸退治譚に、奥州・田村郷で生成されたもう一つの田村麻呂の悪鬼退治譚が習合して成ったものと言える。――勿論それに鈴鹿山の立烏帽子譚が複合されている。――その二つの物語を利仁・利宗二代にわたる英雄譚に仕立てあげ、後者を加えることで全体に奥州の在地色がもたらされていると言える。ちなみにその奥州・田村郷は、古くより田村麻呂の子孫が蕃居する所と伝え、(15)室町・戦国時代は、その田村麻呂の末裔と称する田村氏が、当地を領していたのである。

奥州・田村郷の田村麻呂伝承

さてこの奥州・田村郷は、秀れた名馬を産出する多くの牧を擁し、(16)それとかかわる観音信仰のもと、田村麻呂伝説を豊かに伝える地域であった。それを別表として、伝承地図を添えて掲げておく。(17)

第一群・馬飼文化の伝承（Ⓐ〜Ⓓ）

Ⓐ　七郷村牧野（栗出）

古くよりの牧の跡。口碑によると、門沢の南・字八人畑に、馬飼に秀れた弁蘭女《べんらんにょ》と称する女があり、俊馬を飼育していた。田村麻呂は、これより栗毛の駿馬を得たという。その地を今に「栗出」と称する。

Ⓑ　飯豊村小字小戸柳の東堂山観世音

大同二年（八〇七）開基を伝える古刹。当地方の馬飼信仰のメッカであり、観音信仰の中心でもある。田村麻呂が蝦夷の尊長大竹丸を当小野庄霧島岳（大滝根山）に討つとき、犠牲となった人馬を供養する折の開基と伝える。遠く房総地方からも馬曳きが参詣するという。

Ⓒ　三春町三春の牧

古くより良馬を産出することで世に知られる。その牧の数は、六十七牧と称せられた。三百有余等。田村麻呂の子孫とする田村氏の所領であり、その田村麻呂の伝説がさまざまに伝えられる。また三春町字馬場に鎮座する三春大神宮は本郡唯一の県社として、世に知られている。

Ⓓ　赤沼古跡

『古今著聞集』巻二十に、「馬允某陸奥国赤沼の鴛鴦を射て出家の事」にある古跡。この「田村の郷の住人、馬の允なにがし」は尊卑分脈の「刑部大甫・能登寺、左馬助・木工権守・親能猶子・号田村」に当るか。田村郷を領し馬飼に深くかかわる人物であったと推される。

第二群・田村麻呂伝説

1 大滝根山（山根村大字早稲川の当南部にあり、本郡第一の高山、一名霧島嶽と称す。その南角に岩窟あり、俚俗は鬼穴と伝える。山麓は、良馬を産する牧地である）

2 鬼穴（瀧根村大字菅谷にある。大瀧根山の西南中腹にあり、達谷窟とも称す。田村麻呂が高丸・悪路王を滅ぼした地と伝える）

3 入水観世音（瀧根村大字菅谷字入水に在り。田村麻呂の勧請を伝える）

4 大越村（田村麻呂が高丸を追撃するとき、進軍が大声を揚げた地として伝える）

5 黒石山（七郷村大字堀越の南にある。田村麻呂が高丸・悪路王追討の折、夕日が西山に傾き、暮色蒼然たるを見て、暮色山と呼びしより、暮黒山に準じて、黒石山と称するに至ったという）

6 旗石（七郷村大字堀越の南にある。田村麻呂が東夷征討の時、大雨あって軍旗をぬらす。それを石上に展べて乾かしたことから、それを旗石と称したという）

7 堀越（七郷村にある。田村麻呂東征の折、深山沢の一戸の人民、これを嚮導するに、飛鳥のごとくであったので、その地を堀越と称されたという）

8 五ケ清水（七郷村大字堀越にある。坂上田村麻呂東夷征討の折、矢の根をもって磐面を穿ち、水を出して飲用せしときより、その名があるという）

9 堂王山王子神社・堂山観世音菩薩（七郷村大沢門沢字堂山にある。堂山王子神社は、征夷大将軍田村麻呂

の信仰せる神霊を祀る。堂山観世音は、田村麻呂が、悪路王などを霧島岳に討罰の時、愛馬の斃死したるを弔うために建立されたものと伝える）

10　小松神社（常葉町大字常葉にある。田村麻呂、東夷征討の命を受ける時、洛陽の祇園社に誓願、征討の功は祇園の神力にもとづくものとて、当地に神殿を建立し、盞雄《すさのお》尊を祭り、鷲大明神と号す。昔時は常葉十三郷の総社で、今日小松神社と改称する）

11　大鏑矢神社（片曽根村大字船引にある。田村麻呂、東夷征討の折、田村麻呂の発射したる大鏑矢が当地に飛来する。これを追慕して、その矢を祀ったという）

12　小戸神（飯豊村にある。田村麻呂、東夷征討の命を拝するとき、西の小戸にて節刀を賜わる。東下しての後、功を奏するとき、その宿陣に、東堂山満福寺を建立、その地を小戸神と称したという）

13　手代木（高瀬村の大字。田村麻呂、東夷征討の節、高丸・悪路王などが高倉村風見峠に遁伏するとて、軍勢、いっせいに大手を広げて大呼する。それより、当地を手広《てひろげ》の里と言い、転じて手代木村と称したという）

14　田村森・馬上石（田村麻呂、東夷征討の折、守山鴻野原より進軍の途次、駐軍した所と伝え、田村麻呂が馬より降り、石面に銘を刻した石を馬上石と伝える）

15　彼《あの》山（宮城村大字高倉国見峠の西方にある。田村麻呂が、高丸・悪路王などを国見峠に討つとき、土俗が国見峠の西の方をさして「彼《あ》の山なり」と教えたことから、この名があるという）

16　鶴石（御館村大字下枝鶴石山上にある。田村麻呂の父・刈田麻呂東夷征討の折、木の国の里に滞陣、金屋の平館普門翁の娘・阿口陀《あくた》姫を側女として寵愛した。姫は男子を挙げるが、父の翁は、これを山中に捨てる。が、二つの鶴が来て、この子を取り上げ養育する。これが後の田村将軍なりと伝える。

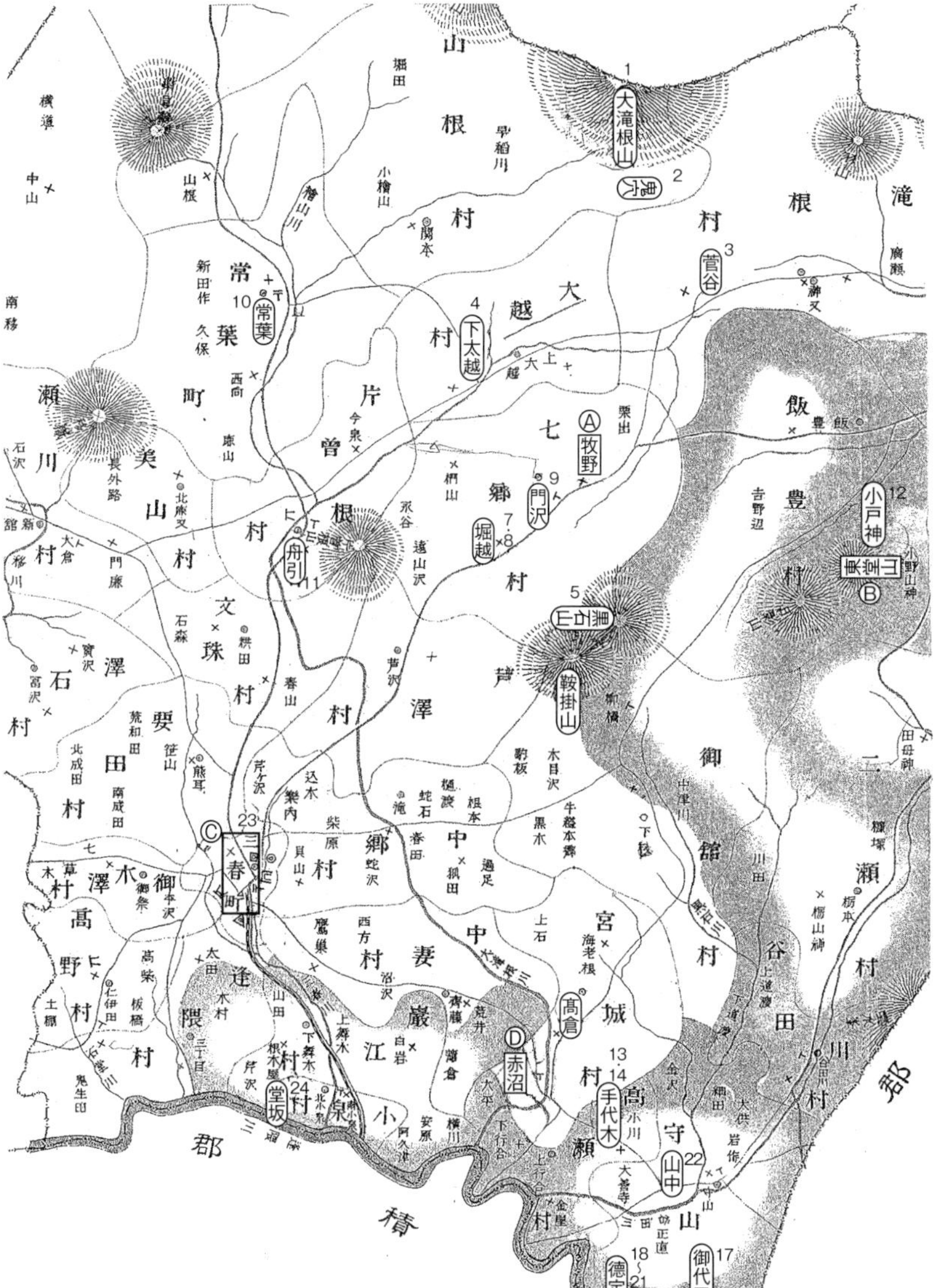

田村郡の田村麻呂伝承地図（明治37年「田村郡郷土史」より）

17　御代田（守山村大字。往古は木目の里と言い、今の徳定という一村となる。田村麻呂誕生せし地とて、御代田と言い御代田村と称する）

18　騎陣取（守山村大字徳定にある。田村麻呂の東夷征討の折、騎兵の陣取りたる所と伝える）

19　抱上げ塚（守山村徳定にある。田村麻呂誕生の折、抱き上げたる地と伝える）

20　室家山童生寺跡（守山村徳定にある。田村麻呂の亡母、阿口陀姫（悪多御前）の菩提を弔うために創建されたと伝える。当該地は、田村麻呂所生の地という）

21　谷地権現（守山村徳定にある。田村麻呂の亡母、阿口陀姫を祀る祠という。在地の人、これを御前さまと称し、子安観音とも伝える）

22　大元神社（守山村大字山中にある。田村麻呂、東夷征討の折、凱旋するに、当地に泰平寺を建立、その寺本尊たりし大元帥明王の座像を安置した所と伝える）

23　丈六如来（三春町字新町州伝寺にある。田村麻呂の亡母、阿口陀姫の菩提を弔い、赤沼能光寺内に建立したもの、後に三春町の当地に移したという）

24　堂坂観世音（小泉村大字堂坂字岩ヶ作にある。僧大智、阿武隈川光明渕より拾った尊像で、田村麻呂の信仰の篤い十一面観音であると伝える）

※『田村の草子』における「馬飼の女房」は、Ⓐにおいては「弁蘭女《べんらんにょ》」の名で伝えている。また、田村郷の「醜女」は、16・20・21おいては、「阿久陀姫《あくたひめ》」の名で伝えている。

田村麻呂と馬飼

ところで、父子ともども、龍馬にまたがって悪鬼退治を叙していることが特に注目される。が、それは、元来、田村麻呂が保有していた資質にもとづく伝承とも言える。すなわち『日本後記』収蔵の田村麻呂の「薨伝」(18)には、

「家世尚武」とともに、「調鷹相馬」とあり、それは「子孫伝業」と叙されている。ちなみにその子孫には、弓矢のわざをよくする者が輩出すると同時に、鷹飼・馬飼のわざに長じ、特に馬飼とかかわる任にある者が少なくなかったのである。[19]いずれも聖なる職業であるが、およそ馬飼は、神に通じる側面をもつ。元来、聖なる馬は、神、またはそれに準ずる者のみの召するものであり、その御牧における馬飼は「神人」と称されている。[20]それはまた神そのものとも化するものであった。この馬飼の妻は、神人を助ける馬飼の女房で、それは神人に対して巫女的な機能を有していた。[21]それが「前田村物語」においては、龍馬に乗る利仁将軍を助ける馬飼の女房として現われ、「後田村物語」においては、妖怪まがいの立烏帽子姿で、利宗将軍を援助する鈴鹿御前として登場させられているのである。

なおこの「後田村物語」に拠ったと推されるものに古浄瑠璃「田村」(『古浄瑠璃正本集』第二)[22]がある。繰人形と三味線によって演じられた「詞・節・地」のカタリのテキストである。その叙述は、本地物語に準ずるものであるが、その叙述内容は「後田村物語」を越え、当代の「地獄破り」の趣向によって、[23]英雄譚としての叙述を大きく変貌するものとなっている。したがって本稿においては、これを取りあげることはしない。

三　御国浄瑠璃『田村三代記』

先にあげたように、御国浄瑠璃は古浄瑠璃の一種で、それは繰人形は伴わず、ボサマ(盲僧)が三味線によって、弾き語りするカタリ(詞・節・地のカタリ)の芸能である。仙台地方を中心に流布したので仙台浄瑠璃とも呼ばれるが、その範囲は、仙台を中心に陸前・陸中に及んで、奥浄瑠璃とも称される。そのなかで、たいへん人気があった曲目が『田村三代記』である。それはおよそは、本地物語の『田村の草子』に準ずるものである。すなわちその伝本は、同じく『田村三代記』と称しながら、「前田村物語」に相応する利春・利光二代の事蹟を叙

する第一種本と、「後田村物語」に相応する三代・利仁の事蹟を叙する第二種本がある。(24)
その第一種本の冒頭は、次のように叙されている。

それ我朝の濫傷を尋ね奉るに、天地開闢大千世界は燦然たり、(中略)ここに坂上田村麿の御誕生の由来を詳しう尋ぬるに、……　〔鈴木幸龍口授・八段〕(『御国浄瑠璃集』)(25)

扨も其後、慮《おもん》ん見るに、大慈大悲の観世音、長閑《のどか》に廻る春の日の、治る御世こそ目出度けれ。都に於いて音羽山清水寺を建立被《れる》成田村三代の由来を委敷尋るに、……長田幸吉旧蔵・五段(『御国浄瑠璃・四篇』)(26)

またその結びは、次のようである。

田村将軍利仁公、諸山の鬼神平げ給ひて来世に栄えおはします、(中略)千秋万歳万々《ばんざいばんばん》歳、めでたしともなかなか申すはかりはなかりけり　〔鈴木幸龍口授〕

扨又田村将軍は、都に於て悪玉御前の守本尊十一面観世音に、直に清水に堂を建立成されけり。(中略)是も天長地久国土安穏、民安く治る御代そ目出けれ。(中略)千秋万歳目出度爰にて筆を止《とど》めけり。〔長田幸吉旧蔵〕

大分の異同がうかがえるが、聴者の幸せに及ぶ祝言の詞で結ぶのが、御国浄瑠璃の常套であった。
同じく第二種本の冒頭をあげると、次のようである。

夫れ我朝は神国にて、信心を本として、神に歩みを運ぶなり、(中略)爰に奥州牧山、篦嶽《ののだけ》、達谷《たつごく》が窟《いはや》に百八体の毘沙門天、建立なされける由来を委しく尋ね奉るに……　〔安政七年写本〕(『御国浄瑠璃集』)

扨も其後、夫我朝は福国にて、信心の本となし、神に歩を運ぶべし、(中略)然るに富山・牧山・篦峰山の観世音。並拵山の絶頂に、白山権現、西磐井達谷ヶ窟、百八体の毘沙門天之由来を委敷尋るに、……
〔常盤五郎蔵本・六巻〕(『仙台叢書』第十三巻)(27)

またその結びは、次のようである。

それよりも将軍は九十三にて大往生を遂げ給へば、鈴鹿山より白蛇御迎に来って、紫雲と共に連れ参らせ、鈴鹿山にて田村大明神と現れ立たせ給ひける。（中略）これと申すも天長中御円満（中略）千秋万歳めでたきとも、中々に申すばかりはなかりける。

〔安政七年写本〕

其後、将軍所々の悪魔を御退治有り、九十六歳にて大往生、消させ給ふ。死骸は其侭に有ながら、白蛇来て紫雲と共に乗奉らせ、鈴鹿山へ飛せ賜へ、田村大明神と顕れ給ふ。（中略）浜の真砂は尽る共、末代迄も尽じ、千秋万年万々歳、目出度吉、中々申計りなかりけり。

〔常盤五郎蔵本〕

右によると、およそ第一種本は、観音信仰に力点を置いており、第二種本は毘沙門天信仰に重きを置いているように推される。が、両者の異同については、後述することにする。

さてここで、その「田村三代記」全体の梗概を第一種本・第二種本を続けてあげる。

〔初代・田村〕

Ⅰ「異常な誕生」（星の子誕生）

平城帝の御代、丹波・播磨の境に大星が天降り、その中から三歳ばかりの童子が現れる。丹波の菅領の橘右衛門が、この童子を拾い上げ内裏に差し出す。帝は、この子を星丸と名づけて、乳母をつけて養育させる。

Ⅱ「異常な成長」（笛吹童子）

星丸は、七歳にして習わぬ書を読み、横笛を吹けば、天女が天降るほどの笛の上手となる。また十歳にして身の丈四尺八寸六分となり、官職を賜わって、二条の中村利春と称される。

Ⅲ「異常婚姻」（越前配流・蛇女房婚姻）

十五歳の折、笛の上手の由を聞かれた帝は、利春を召して、天人の舞楽を命ずる。が、利春は、梵天王の庭ならでは叶わずとことわる。帝は逆鱗に及んで、利春を越前の三国の浦に流す。

利春は、配流の憂いを慰めるために、横笛を吹くとき、繁井が池の大蛇が、その音に誘われて、美女と変じて聴聞に通う。利春が見とがめると、このあたりの長者の水仕、しがらみと名乗る。その容顔の美しさに、蛇体とは知らず、利春が契りを込めると、やがて御子をみごもる。

〔二代・田村〕

Ⅰ「異常な誕生」（蛇息子）

蛇女房は、一年たっても二年たっても産はない。利春が怪しむと、実は自分は天竺の生まれで、その習いによって、三年三月で産の紐を解くので、繁井が池の辺りに、七間四面の産屋を作って欲しいという。それを用意すると、女房は、百日のうちには入るべからずと言って、産屋に入る。九十九日の夜、利春が怪しんで産屋をのぞくと、恐ろしい大蛇が眉目に出生の子を差し上げている。明けると女房は、男子を抱いて現れた後、利春の留守を見はからって、大蛇と化して繁井の池に帰る。

Ⅱ「異常な成長」（大蛇丸・悪龍退治）

利春は、枕元に残された鏑矢一筋を乳房がわりとして若子を育てる。名は大蛇丸と称し、三年も経過するとき、利春は赦免され、大蛇丸ともども都に戻る。

大蛇丸が十歳になるとき、加茂川と桂川の間の今瀬が渕に住む悪龍退治の宣旨を賜わる。大蛇丸は、母の譲りの神通の鏑矢と帝からの名剣・素早丸を手にして当地に赴き、これの首を打ち取る。帝は叡覧あって、中納言に任ぜられ、二条の利光と名告る。が、あるとき、紫雲のなかから声があって、今瀬が渕の悪龍は、汝の母なりと言う。

Ⅲ「異常な事業」（蝦夷討罰）

二十余年が経過して、嵯峨天皇の御代に、奥州に蝦夷がおこって毒矢を放ち、地頭は互いに境を争って宸襟を悩まし奉る。公卿評議して、利光に奥州大将軍の宣旨が下さる。

利光は、素早丸の太刀をはき、漣という名馬にまたがり、一千余騎の軍勢を率いて、奥州利府の郷に向かう。奥州の諸大名も、この度の大将軍は、大蛇の腹に生まれし人なれば、疎かにすべからずと、われもわれもと行き従い、そのご威勢に蝦夷も恐れて降参する。

Ⅳ「異常な婚姻」（醜女婚姻）

帰国に先立って、利光は、盛大に御狩を催す。それから帰途につく利光一行は、山下で水菜を摘む、九門長者の水仕・悪玉と称される悪女と出会う。利光はこの醜女を認めて、そのまま駕籠にて陣に迎え、契りを込める。別れに当って利光は、母からの形見の品の鏑矢を留める。

〔三代田村〕

Ⅰ「異常誕生」（醜女の子）

悪玉は、鏑矢の威徳によって懐胎するが、二年、三年たっても出産の気配がない。九門屋の長者は恐れをなして、悪玉を裏門から追い出す。悪玉は、山中に迷い込み、三年三月に産気を催す。折から柴刈の人々が、これを見て、産室をしつらえてくれる。やがて十一面観音・熊野権現を祈念するうちに男子が誕生。これを知った九門屋から使者が来て、生まれ子を捨てて帰れという。悪玉は子を抱いて死のうとするが、塩釜明神が示現して引きとどめる。子を抱いて九門屋へ戻ると、美しい男の子を見て、長者夫妻は、自らの世嗣として育てるとて、悪玉に親子の名乗りをせよと熊野権現に誓わせる。そこで、その子の名を熊の一字をとり、千熊丸と名づけて養育する。

Ⅱ「異常な成長」（父子邂逅）

千熊丸が七歳になると、山寺に登って学問につとめ、北辰山に入って剣術を学び、身の丈五尺八寸となり、十二歳には山を降りる。千熊が悪玉の庵を訪ねると、千熊をしのんで、ひとり口説を立てて嘆いている。千熊が、自らの実父を問うと、悪玉はやむなく、それが陸奥兵乱の折の将軍であることを教える。その母から形見の鏑矢を受け取り、実父と会うため、千熊は上洛する。

その途次、塩釜大明神に参詣し、都に上る。その二条の利光の屋形を訪ねると、門前で利光は蹴鞠に興じている。たまたまその鞠が千熊の前に落ちる。これが縁で、千熊は利光に奉公することとなる。

利光が力試しに、千熊に丹波の悪馬・鬼鹿毛を乗り鎮めよと命じる。千熊が馬頭観音を崇めんと言うと、鬼鹿毛は、千熊を背に乗せる。千熊は悪鹿毛を乗り鎮め、みごとに馬術を披露する。利光は、これは恐ろしき者と感じ、謀り討たんとて、千熊に食事を進め置いて、自ら弓矢を取って、障子の陰から千熊を打つ。千熊ははっと身を捻じり、箸で矢を受け止める。利光は驚き、千熊に本名を問うと、形見の鏑矢を出し、悪玉の腹より生まれた千熊と申し上げる。

利光は、千熊をわが子と認め、これを伴って参内すると、坂上田村麿利仁の名が与えられる。また悪玉を本妻とすべしとて四位の位に補され、田村御前を称される。（村人は、悪玉御前を染殿大明神と崇め祀る）

（これから第二種本に入る）

Ⅲ　「異常な婚姻」（立烏帽子婚姻）

仁明帝の御時、光物が昼夜にわかたず飛んで、諸人を悩ませる。陰陽の博士の占いで、それは魔王の娘・立烏帽子が鈴鹿山にあってのことと分り、利仁にこれを討つべしとの宣旨が下る。二万余騎を率いて鈴鹿山に入り、それを探し求めても、その姿は見出せない。ひとり留まって三年、山中に十二単衣なる美しい女房の立烏帽子を見る。利仁は、心惹かれるが、重代の大通連を投げ、さらに素早丸をもって打とうとする。その時女房は、利仁の先祖を委しく語り、利仁の心を言い当て、利仁に馴れ初め、共に悪魔を鎮めたいと語る。利仁はそれを受け、立烏帽子と比翼の語らいをする。三年三月経って、二人の間には、正林という姫君が生まれる。

ある時、利仁は立烏帽子をたばかって参内すると内裏に文を届ける。これを知った立烏帽子は、やがて明石の高丸退治の宣旨があれば、自らもお伴すべしと伝えて、姿を消す。

Ⅳ　異常な事業（高丸・大嶽丸退治）

立烏帽子の予告通り、利仁に明石の高丸退治の宣旨が下る。常陸の鹿島浦まで追いつめるが、高丸は筑羅が沖に籠る。利仁が軍勢を整えているとき、立烏帽子が現われ、高丸退治の援助を約す。二人は光輪車に乗り、高丸親子の籠る筑羅が沖に赴き、岩屋に籠る親子を打ち取る。

立烏帽子は、やがて奥州・達谷が窟の大嶽丸退治の宣旨が下されると予言、名馬に召されて打ち給えと言い、自らは大嶽丸をたぶらかすため、あえて捕われるとて姿を消す。帰洛して三年、利仁に達谷が窟の大嶽丸退治の宣旨が下る。利仁は、奥州街道に沿って下り、国分薬師・龍門の山寺を詣で、達谷の窟に着くと、立烏帽子が迎え、五百人の眷属はすでに神通にて捕縛していると告げる。やがて大嶽丸が現れると、利仁と立烏帽子は、これを四つの剣で打つ。大嶽丸は霧山天上から毘嶽山麒麟が窟に隠れるが、利仁は観音の力を得て、大嶽丸を打つと、その体は四つに切られ、首は鬼首まで飛ぶ。

Ⅴ　「異常な苦難」（冥界訪問・蘇生）

利仁と立烏帽子は、鈴鹿山に戻るが、立烏帽子は、利仁に定業の来たることを告げる。利仁は、ひとり上洛して、大嶽丸退治を内裏に報告すると、大嶽丸退治の地の祭祀を命じられる。霧山天上に寺を建て、達谷が窟に毘沙門天、毘嶽山に千手観音を祀り、鈴鹿山に赴くと、立烏帽子はすでにみまかって三年になるという。その寝所には、色も変わらぬ立烏帽子が臥しており、利仁に自らの宝剣を日本に残す由を述べ、正林を頼むと言い残した後に、その姿を変じる。

利仁は、立烏帽子の手をとって、関所めいた所に至ると、女は定業なれば火中地獄へ、男は死せざる者なれば、娑婆へ帰れと言われる。利仁は、夫婦は二世なると説いて迫る。冥途の大将が、利仁は悪魔退治の観音の再来で、いまだ日本が必要とするので帰れと説くが、利仁はあくまでも、立烏帽子と行動を共にすると主張する。大将はやむなく立烏帽子を同じ年令で、三日前になくなった志賀の金岡八郎の娘・小松の体に入れ替えて蘇生させる。

Ⅵ 「異常な繁栄・最後」（神明示現）

利仁は、鈴鹿に残した正林を伴い上洛、蘇生した金岡八郎の娘・小松の前を妻とする。利仁は往生の後、鈴鹿山の田村大明神、小松の前は、同じく清滝権現を現じなさる。正林の姫君は、南部岩手郡正林寺の地蔵菩薩と現れなさる。

以上が三代にわたる田村の英雄譚である。初代・田村は、「異常な誕生」「異常な成長」「異常な婚姻」の叙述に留まっている。二代・田村は、「異常な誕生」「異常な成長」「異常な事業」「異常な婚姻」を叙している。三代・田村は、もっとも詳しく、「異常な誕生」「異常な成長」から「異常な婚姻」「異常な事業」「異常な苦難」に及んで、「異常な繁栄・最後」で結んでいる。叙述はそれぞれに異同しているが、その英雄の叙述は、漸層的に英雄叙事詩の範型に沿ったものへと展開しているのである。

「田村三代記」の文化圏

その叙述の内容は、ほぼ『田村の草子』に準じているが、勿論、相当の異同がある。それについては、別稿にやや詳しく説いているので、(28) ここでは大略を述べる。その大きな違いは、『田村三代記』においては、南奥州の

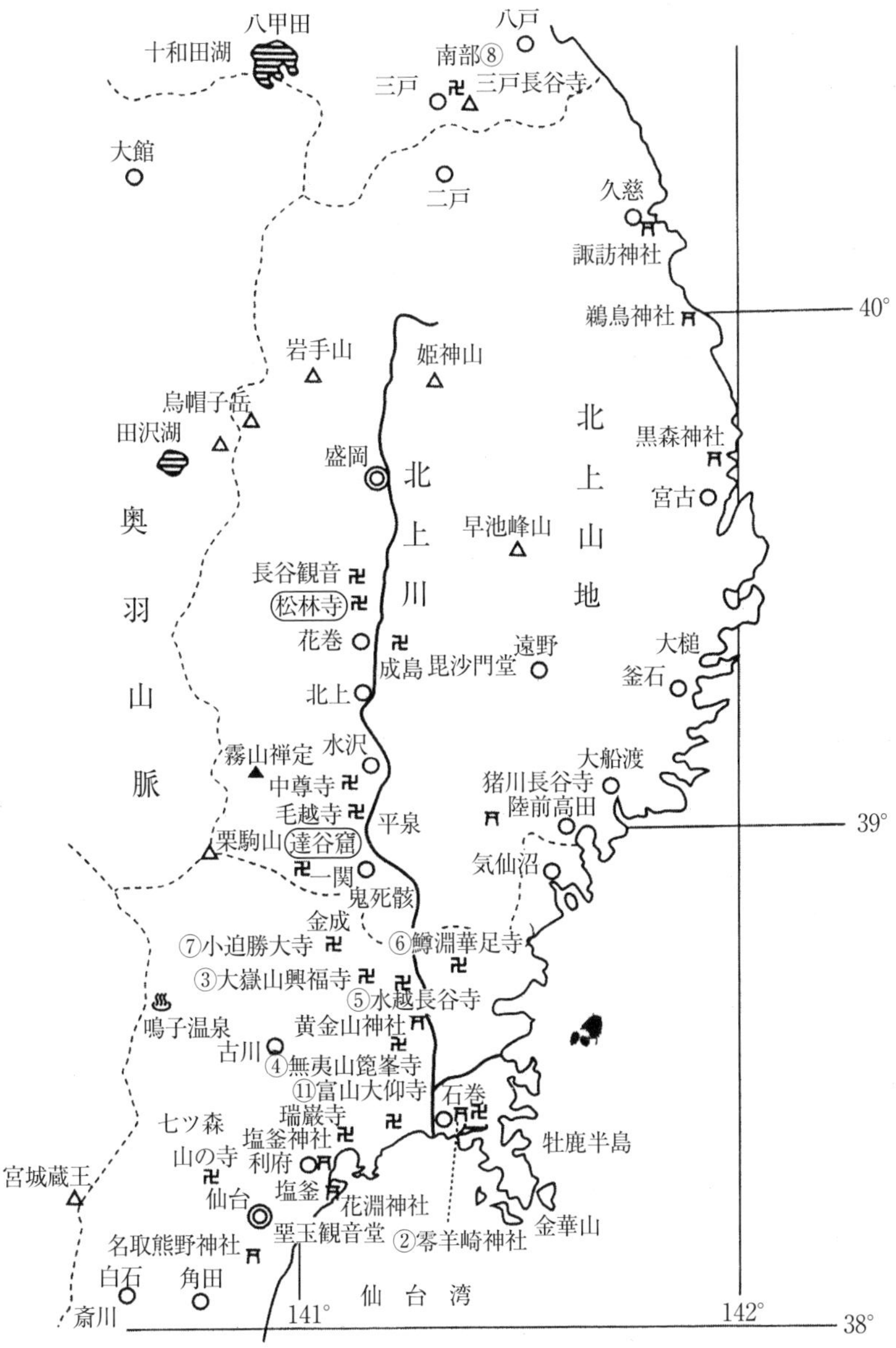

①〜⑧が奥州七観音（八観音）

田村郷は消えており、その文化圏は、仙台が中心となる陸前地方に移っていると言える。その在地性については、阿部幹夫氏の『東北の田村語り』(29)が詳しい。その文化圏を示す地図をその著書から転載させていただく。

およそ阿部幹夫氏は、『田村三代記』(30)の伝承の基盤を右の地図にも示された奥州七観音（八観音）にみておられる。その観音は、次のようである。

1　富山大仰寺（富山観音）
宮城県宮城郡松島町にある。臨済宗妙心寺派、山頂に田村麻呂建立と伝える観音堂がある。

2　零羊崎《ひつじさき》神社（牧山観音）
同県石巻市牧山にある。牧山観音堂の鎮守で、元白山社の当神社である。牧山観音は、魔鬼山寺（長禅寺）と称され、田村麻呂創建を伝える。明治初年の神仏分離によって廃寺となり、仏像などは梅渓寺に移された。

3　大嶽山興福寺（大嶽観音）
同県登米郡南方大嶽山にある。天台宗、観音堂の本堂は、十一面観音、田村麻呂創建を伝える。

4　無畏山箟峯寺《こんぽうじ》（箟岳観音）
同県遠田郡涌谷町箟岳《ののだけ》にある。天台宗。本尊は十一面観音。田村麻呂の創建を伝える。

5　水越長谷寺（長谷観音）
同県登米郡中田町浅水にある。天台宗。遮那山を号し、本尊は十一面観音。田村麻呂の創建を伝える。

6　鱒渕華足寺（馬頭観音）
同県登米郡東和町米川にある。真言宗智山派。本堂は不動明王。境内に馬頭観音堂があり、田村麻呂の乗馬を葬った所と伝える。

7　小迫勝大寺（小迫《おばま》観音）

同県栗原郡金成町津久毛（小迫）にある。真言宗智山派。楽峯山菩提院と号し、本尊は十一面観音。田村将軍の創建と伝える。古くは新長谷寺と称されていた。

8　三戸長谷寺（長谷寺観音）

青森県三戸郡南部町大向字長谷（名久井嶽山中）にある。真言宗豊山派、恵光院と称す。本尊は十一面観音。田村麻呂創建の奥州七観音の一と伝える。

それはいずれも、田村麻呂の事蹟を伝える観音である。が、実はそれのみならず、それぞれの地域における馬飼文化とかかわって創設された寺院であった。ちなみにそれぞれの観音堂の周縁には、かつては馬の牧が擁されていたのである。

四　『田村三代記』と馬飼文化

およそ寒冷地の陸奥の国は、平安時代以来、良馬を育成する馬産地として、世に知られていた。また源平の争乱期には、その奥州産の名馬が活躍することもあった(31)。しかして馬の需要が拡大するなかで、その奥州の馬飼も、漸次、変化し、大きく進展していったのであるが、実はそれには『法華経』観音品を原拠とする「馬は観音」という観音信仰が深くかかわっていたのである。それが田村麻呂の東夷征討の事蹟と絡めて説かれることとなった。

田村麻呂の新長谷寺建立譚

さてその田村麻呂の馬飼伝承は、はやく『長谷寺験記』下巻、第五「田村将軍得馬勝軍建立新長谷寺事」にみえている。ちなみに、その『験記』は、流布本奥書に永享七年（一四三五）の行誉の名があり、かつては室町初期の成立と推されていたが、永井義憲氏はその成立はきわめて古く、承久三年（一二二一）以前と証されている。

「平家納経」観音品・第二十五
（小松茂美氏「図説・平家納経」戎光祥出版、2005年より転載）

羅刹鬼国難　米国　メトロポリタン美術館蔵「観音経絵巻」
（奈良国立博物館「仏教説話の美術」特別展　1996より転載）

今は古本の長谷寺蔵本によって(33)、その説話の梗概を段落に分けてあげる。

Ⅰ　観音より名馬下賜

桓武天皇の御宇、東夷が起こって、常陸に攻め入る。その征討の宣旨が、田村麻呂にくだる。田村麻呂は、まず長谷の観音に参籠して、宿坊の師に祈りを託し、都に下向する。その京の宿所、長谷の清浄坊で、その上人に仕える童が葦毛の駒を引いて来て言うことに、「軍のときは必ずこの馬に乗り給え」と。田村麻呂は、悦んでその馬を引いて出立した。

Ⅱ　名馬による東夷征討

田村麻呂は、戦さ場に望んで、教えのごとく、かの葦毛の駒に乗って戦うと、その駒は自ら進むべきときは進み、退くときは退く。水辺に追われると、川面を泳いで向う岸に着く。山際に追いつめられると、高峯を越えて、山の向こうに出る。射られる矢もたやすくは立たない。刀で斬られても通ることがない。疵を負うても忽ち癒える。尋常の駒にはあらず、遂に東夷を打ち亡ぼした。

Ⅲ　名馬の横死・新長谷寺建立

しかるに、この駒は、陸奥の三迫《さんのはざま》という所で死ぬ。田村麻呂は、墓を築き、唐櫃にその遺体を納める。異香薫ずること七日目、墓を掘ってみると、そこに生身の十一面観音菩薩がおわします。そこで田村麻呂は当地に寺を建立して、本尊を崇め、新長谷寺と称した。

Ⅳ　六箇寺建立

本寺と同時に田村麻呂は、奥州に観音を本尊とする寺を六箇所に建立。その供養には、その分身が六所に着座して聴聞したという。田村麻呂が毘沙門の化身たるは事実であった。

Ⅴ　化現の不思議

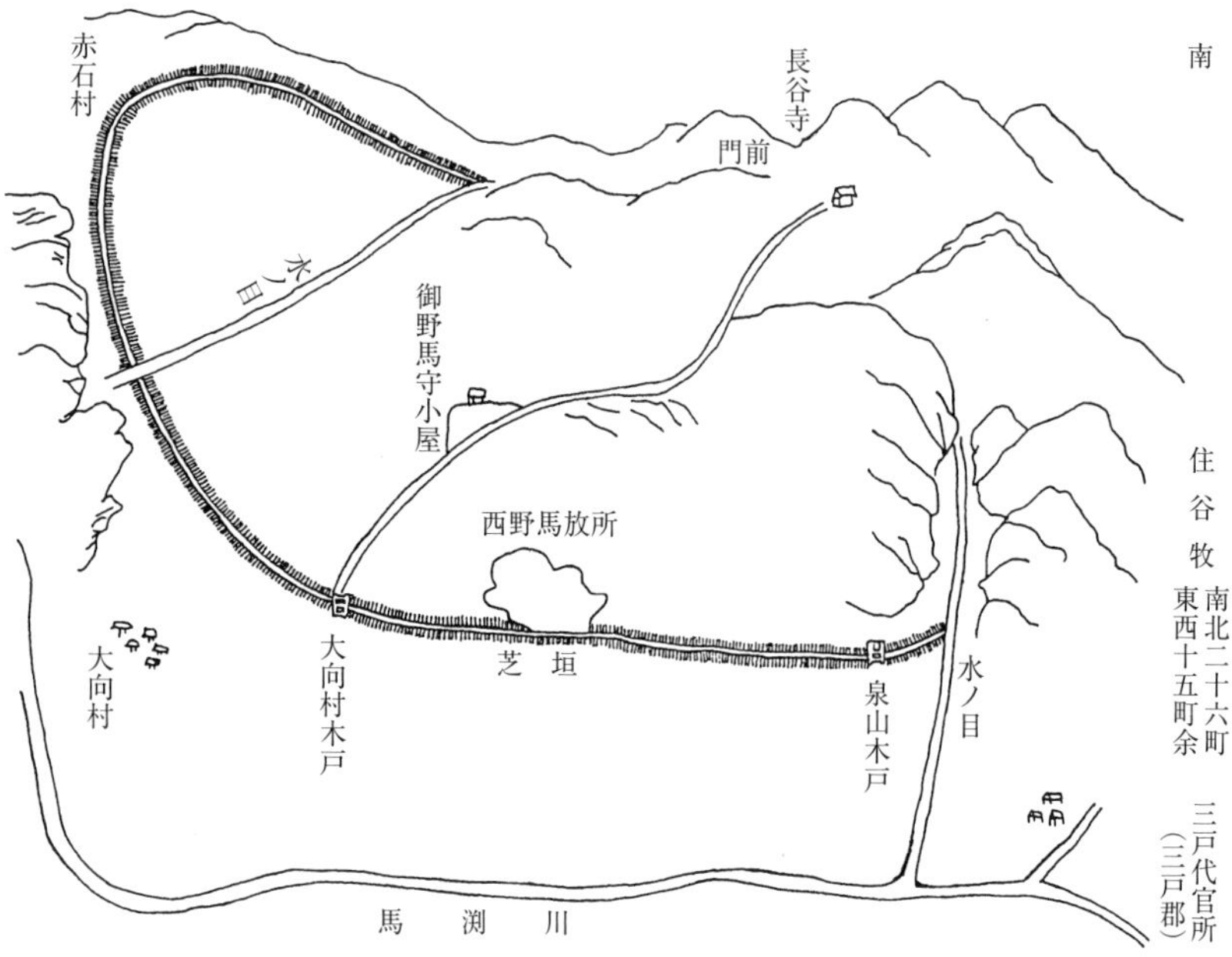

住谷・牧の図（『三戸町史』上巻）

田村麻呂は、京に戻って、清浄坊の上人に、この馬の振舞を語ると、上人は全く知らずという。また先の童に尋ねても全く知らずという。

右のように、これは「馬は観音」の仏教思想に沿って語られている。その三の迫に建立したという新長谷寺は、右の七観音の一つとしてあげられた7の小迫勝大寺と推される。が、他の観音寺の建立は、この説話では明らかにされていない。

しかるに時代はくだるが、安永三年（一七七四）登米郡鱒渕村から提出された「風土記御用書出」(34)には、先に奥州七観音の一つとしてあげたその鱒渕華足寺の馬頭観音堂について記した後に、当村の肝入の蔵する寛永十七年（一六四〇）の古写本「田村将軍様奥州七ヶ所観音御建立由来之事」が紹介されている。それによると、田村麻呂が鬼神・大嶽丸を滅ぼした折に建立した七観音は、「大嶽観

三戸長谷寺（恵光院）山門

音」「篭嶽観音」「牧山観音」「水越の長谷」「ひるかのおはさま」（小迫観音）「鱒渕の華足寺」（馬頭観音）「南部の三戸」（長谷寺観音）をあげている。つまりその「富山観音」をあげないで、七観音としているのである。(35)

観音信仰と馬の牧

さて右にあげた『長谷寺験記』の田村麻呂説話は、奥州に長谷観音の信仰を布教して歩く勧進聖の活動をしのばせるものである。その聖たちは、それぞれの馬の牧に及んで、「馬は観音」の思想にもとづき、その観音信仰をそれぞれの馬の牧に植え付けていったと推される。したがって、その観音堂は、かならずや馬の牧に建立されたものと推される。今、右にあげられる七観音のそれぞれを実証する余裕はないが、陸前から遠くにあげられた南部の三戸長谷寺（現南部町）には、その姿が今にとどめている。

その三戸長谷寺が鎮座する地は、陸奥国の馬の牧としては、もっとも秀れた馬産地と知られた南部・糖部に属する。すなわちその馬の牧は、三戸・名久井嶽中

三戸長谷寺（恵光院）山門

同寺本尊・十一面観音像

腹にある住谷牧と称される。それはかって盛岡藩の九牧の一に数えられた。その牧の周りは、柴垣に囲まれ、大向村と東山村に木戸が設けられている。山頂に十一面観音を本尊とする恵光院長谷寺がある。開基は建徳元年（一二七〇）とする。が、その本尊は、平安末期、あるいは鎌倉初期の作である。[36]

その長谷寺に至る道路の途中に、野馬守小屋と正善堂（蒼善堂）があり、西の野馬の放所となっている。[37]規模は東西二十五丁余、南北二十五丁という。その住谷・牧の図を、二二一頁にかかげている。「三戸町史」上巻による。

おわりに

およそ毘沙門天は、北方の守護神で、鬼神を討罰する戦勝の神として尊崇された。北方の蝦夷を征討するに功のあった田村麻呂は、毘沙門天の化身と称された。一方、藤原利仁が、鞍馬の毘沙門天（多門天）の加護によって悪鬼退治をしたという物語が醸成された。『鞍馬蓋寺縁起』などがそれである。これが清水観音の加護のもとに、蝦夷を征討したとする田村麻呂の事蹟と、混融して伝承されるに至った。本稿の最初にあげた『神道集』の「諏訪秋山祭由来」にもそれはうかがえたことである。

しかるにこの田村麻呂・藤原利仁の英雄譚の混融は、はやく『吾妻鏡』に見えていたのである。文治五年（一一八九）九月二十八日の条で、頼朝は奥州の藤原泰衡討罰の後、同二十七日衣河の遺跡を遊覧、その翌日、鎌倉に還向する途次、田村麻呂の悪路王退治の跡を訪れた折の叙述である。

御路次の間、一の青山に臨ましめ給ひ、その号を尋ねらるるのところ、田谷《たつこく》の窟《いはや》なりと云々。これ田村麿・利仁等の将軍、倫命《りんめい》を奉《うけたまは》りて夷を征するの時、賊主悪路王《あくろおう》ならびに赤頭《あかかしら》等、塞を構ふるの岩屋なり。その巌洞の前途は、北に至るまで十余日、外の浜に隣るなり。坂上将軍、この窟の前に九間四面の精舎を建立して、鞍馬寺を模せしめ、多聞天の像を安置し、西光寺と号して水田を寄附す。寄文に云はく、東は北上河を限り、南は岩井河を限り、西は象王《ざおう》の岩屋を限り、北は牛木長峯を限るてへれは、東西三十余里、南北廿余里と云々。

ここには、田村麻呂・利仁両将軍の悪路王・赤頭退治をあわせてあげながら、その精舎建立は田村将軍の事蹟とし、鞍馬の毘沙門（多聞天）に準じて、それを本尊として西光寺を号したという。しかもそれに、田村麻呂の水田寄附の「寄文」まで添えている。この見聞に感動する頼朝一行の姿が髣髴される。

ところが、この田谷の窟、西光寺建立の伝承は、元来、中央（都）から当地に遊行に及んだ仏徒のもたらしたもので、それが当寺に根づいていたと言えるであろう。しかもその複合は、その仏徒のもたらしたものであろう。それならば、鎌倉時代以前に当地方においては、中央（都）からの宗教者の活動が活発におこなわれていたことになる。その宗教者をあえて限定すれば、鞍馬・毘沙門信仰を包含した清水観音を唱導する勧進聖、あるいは長谷のそれを伝導する遊行僧たちということになる。(38) この人々は、「馬は観音」とする仏教思想にもとづき、奥州の馬の牧を中心に、「馬飼文化」ともいうべき田村麻呂伝承を植樹していったと推される。およそ右で概観した英雄叙事詩としての「田村麻呂」は、そのような中央（都）と奥州在地の文化複合を基層として、展開したものと推されるのである。

注

（1）拙稿「日本における英雄叙事詩」（荻原眞子・福田晃共編『英雄叙事詩―アイヌ・日本からユーラシアへ』平成三十年、三弥井書店）

（2）『日本後記』弘仁二年五月二十三日の条に、「田村麻呂。赤面黄鬚。勇力過レ人。有二将帥之量一。帝仕レ之。延暦廿三年拝二征夷大将軍一。以レ功叙二三位一、但往還之間。従者無レ限。人馬難レ給。累路多レ費。大同五年転二大納言一。兼二右

近衛大将一。頻二辺兵一。毎レ出有レ功。寛容侍レ士。能二死力。一」と叙されている。

（3）『続群書類従』第七輯下。その「坂上系図」の田村麿の条には、「延暦十年七月朔日従五位下田村丸為征夷副使、十四年乙亥為征夷大将軍。追討東夷。兵部卿。大納言。正三位。右近衛大将。征夷副将軍。鎮守府将軍」と叙される。

（4）『群書類従』第五輯。それには、「大将軍身長五尺八寸。胸厚一尺二寸。向以視レ之如レ偃。背以視之如レ府。目写二蒼鷹之眸。一鬢繋二黄金之緯。一重則二百一斤。軽則六十四斤。動静合レ機。軽重任レ意。怒而廻レ眼。猛獣忽斃。咲而舒レ眉。稚子早懐。丹欵顕レ面。桃花不レ春而常紅。頸節持レ性。松色送レ冬而独翠。運二策於帷帳之中。一決二勝於千里之外。一武芸称レ代。勇身踰レ人。辺塞閃レ武。華夏学レ文。帳将軍之武略。当レ案二轡於前駈。一蕭相国之奇謀。宜レ執二鞭於後乗一」とある。

（5）拙稿「『神道集』「秋山祭事」「五月会事」の生成—「諏訪信重解状」「諏訪社物忌令」とかかわって—」（『安居院作「神道集」の成立』、平成二十九年、三弥井書店）

（6）『清水寺史』第一巻（平成七年〔一九九七〕法蔵館）第二章第四節「清水寺縁起」、高岸輝氏『室町絵巻の魔力』（平成二十年〔二〇〇八〕、吉川弘文館）第二章第三節「流浪の将軍—足利義稙と「清水寺縁起絵巻」の坂上田村麻呂」

（7）本文は、〈日本絵巻物集成〉第一巻（昭和四年〔一九二九〕、雄山閣）所収『清水寺縁起』による。

（8）右掲注（5）拙稿

（9）松本隆信氏「室町時代物語類現存本簡明目録」（奈良絵本国際研究会議編『御伽草子の世界』昭和五十七年〔一九八二〕三省堂）「田村の草子　別名鈴鹿の草子」の項。

（10）安藤秀幸氏「『鈴鹿の物語』の諸本—本文系統の整理をめぐって—」（『国語国文』第八十巻、第五号（平成二十三年〔二〇一一〕五月）

（11）横山重・松本隆信両氏編、昭和五十四年〔一九七九〕角川書店。

（12）文治五年九月二十八日の条。

（13）『続群書類従』第二十七輯上、所収。

（14）水原一氏編『延慶本平家物語考証・（一）』（平成四年〔一九九二〕新典社）。これによるとその原拠は『法華経普門品』の黒風羅刹難にあるが、「馬は観音」とする説話は、『大唐西域記』に見える。しかもそれは『仏本行集経』に遡り、『ジャータカ』の十九六話「馬王本生譚」に及ぶのである。なお右の桜井氏の論考は、延慶本『平家物語』第一末の「基康が清水ニ籠事付康頼が夢ノ事」に関するもので、清水観音と白馬の関係を説くものである。が、『平家物語』の「六代御前物語」には、長谷観音と白馬との関係もあげられている。

(15) 『坂上系図』には、田村麻呂の五男「滋野」は、「字安達五郎」「始住陸奥国安達郡。子孫繁栄于奥州。為郡郷豪傑。号坂上党」とある。また岩手県一関市立図書館蔵「鎮守山縁起」には、田村麻呂の三男「浄野」を田村郷の出自と伝えている。それは、「其先田村麿、在軍于奥州之時、有一人妾、皈京田村麿之後生一子、其母無数為悪女、民嫁是於郷、然郷民其女以有孤児思不審、捨彼赤児於泉峯、両鶴育之、或時狩人到于泉峯而聞彼赤児之声、分谷嶺尋之、両鶴則避飛、狩人得赤児而皈、於是世人、知為田村麿之実子、郷民撫育之後、赤児成長之後、号鶴子丸、平成天皇人王五十一代之御宇、上洛而号浄野、蒙奥州採題職、築城於仙道之内、称三春、伝曰、養育赤子二鶴、後化而成石、海老根村之鶴峯、男鳥石女鳥石、至今在也」とある。田村麻呂の三男が、鶴育成譚として叙される。ちなみにこの「鎮守山」とは、「奥州田村守山庄太平寺」の謂いである。

(16) 『福島県馬史』（昭和二十五年〔一九五〇〕福島県畜産課（元連合会同人）第三編、第三節「三春方部」、『田村郡誌』（大正四年〔一九一五〕、（田村郡役所）（復刻版、昭和五十三年〔一九七八〕歴史図書社）

(17) 『田村郡郷土史』（明治三十七年〔一九〇四〕、田村郡教育会）（復刻版、昭和六十三年〔一九八八〕臨川書店）「著名ノ山川」「名所旧跡」より抜粋してあげる。

(18) 右掲注（2）に同じ。

(19) 石岡久夫氏「坂上田村麻呂とその周辺の弓術」（『国学院大学紀要』第五巻、昭和三十九年、国学院大学）、拙稿「交野為奈野の伝承風景」（『放鷹文化と社寺縁起―白鳥・鷹・鍛冶―』（平成二十八年〔二〇一六〕、三弥井書店）、佐藤健太郎氏「平安前期の左右馬寮に関する一考察」（『日本古代の牧と馬政官司』平成二十八年、塙書房）など。

(20) 寿永三年二月十八日「後白河院庁下文案」（春日神社文書「平安遺文」八〜四一三二）に、「御牧住人は皆神人なり」とある。戸田芳美氏『初期中世社会史の研究』（平成三年〔一九九一〕東京大学出版局）「垂水御牧について」、川合康氏『源平合戦の虚像を剥ぐ』（平成八年〔一九九六〕、講談社）「源平の『総力戦』」など。
(21) 拙稿「『馬の家』英雄譚―「高良大夫」の伝承系譜」（『沖縄の伝承遺産を拓く―口承神話の展開―』（平成二十五年〔二〇一三〕、三弥井書店）
(22) 増補版、横山重氏、昭和三十九年、角川書店。これには伊勢嶋宮内正本があげられているが、これは二段目末と三段目前半を欠く。しかるに近年、宮腰直人氏によって、国立国会図書館蔵本が見出された。六段の完本で、それは同氏によって解題を添えて、全文紹介されている。（『伝承文学研究』五七号、平成二十年〔二〇〇八〕）
(23) 宮腰直人氏の平成十九年六月十九日における説話文学会発表「〈地獄破り〉異聞―田村将軍の冥府譚を中心にして―」があった。右掲注（22）にあげた国立国会図書館本を通しての考察であった。
(24) 拙稿「奥浄瑠璃『田村三代記』の古層」（『口承文芸研究』第二十七号、平成十六年〔二〇〇四〕）
(25) 昭和十四年（一九三九）、斉藤報恩会（小倉博氏）
(26) 小倉博氏、昭和七年（一九三二）無一館書店
(27) 昭和二年（一九二七）仙台叢書刊行会、（復刻版、昭和四十七年（一九七二）、宝文堂出版）
(28) 右掲注（24）拙稿
(29) 平成十六年（二〇〇四）、三弥井書店
(30) 主に『宮城県の地名』〈日本歴史地名大系・4〉（昭和六二年〔一九八七〕、平凡社）、『青森県の地名』〈同・2〉（昭和五十七年〔一九八二〕、平凡社）による。
(31) たとえば「生食《いけずき》」「摺墨《するすみ》」の出自は、奥州産と伝える。
(32) 「『長谷寺観音験記』の選者と成立」（『日本仏教文学研究』第三集、昭和六十三年〔一九八五〕新典社）
(33) 永井義憲氏『長谷寺験記』〔影印〕（昭和五十三年〔一九五八〕、新典社）
(34) 『宮城県史』〈資料編4〉、昭和三十三年〔一九五六〕、宮城県史刊行会
(35) これについては、大橋和幸氏「『三ノハサマの新長谷寺』に関する口承資料―『竹峯山華足寺縁起』を中心に―」（『芸文東海』十四号、昭和六十四年〔一九八九〕）同氏「『長谷寺験記』における坂上田村麿説話について」（『中部大

学国際関係学部紀要』第七号、平成三年〔一九八一〕がある。
(36) 右掲注(30)『青森県の地名』の「恵光院」の項。
(37) 平成九年(一九九七)、三戸町史編集委員会、三戸町
(38) 永井義憲氏「勧進聖と説話集―長谷寺観音霊験記の成立」(『日本仏教文学研究』、昭和四十一年〔一九六六〕、豊島書房)同氏「観音信仰と文学」(『日本文学と仏教文学』、昭和五十二年〔一九七七〕、私家版)

追記

本稿は、荻原眞子・福田晃編『英雄叙事詩―アイヌ・日本からユーラシアへ』(平成三十年、三弥井書店)に収載予定で執筆したものである。しかし、頁数の都合で収載を見合わせたものである。本書収載の拙稿「日本の語り物文芸―英雄叙事詩をめぐって」と併読していただければ幸いである。

近世期における祢津氏嫡流の家伝について

――新出の祢津氏系図を端緒として――

二本松泰子

はじめに

平安時代から室町時代後期にかけて、信濃国の東部地域では、小縣郡海野（現・長野県東御市）、小縣郡禰津（現・長野県東御市）、佐久郡望月（現・長野県佐久市）をそれぞれ本貫地とする海野氏・祢津氏・望月氏が地縁的に緊密なつながりを持ち、一大勢力を誇っていた。これらの三氏は「滋野氏三家」と称され、この時代における彼らの事蹟については、早くから研究が重ねられてきた(1)。

一方、中世末期になると、海野・望月両氏は本家が滅び、その勢力が衰退する（海野氏の系譜は分家筋の真田氏に受け継がれる）。それに対して、祢津氏は幕末まで嫡流とされる一族が継続したため、のちのち独自の足跡を残すことになる。しかしながら、このような近世期以降の祢津氏の実態については、先学の研究においてあまり顧みられることがなかった。

ところで、稿者はこのたび、近世期に祢津氏の嫡流となった家に伝来した古文書類が現存することを知り、それらをご所蔵されている祢津泰夫氏(2)のご厚意によって、当該文書群を調査する機会を得た。それらの文書群には、当家の家伝（系譜伝承）を伝える系図や、祢津氏が代々家の芸としていた鷹狩りに関する「鷹書」と称される伝書がいくつか含まれている。ちなみに、近世期において「祢津家の鷹書」と称されるテキスト群は、武家の間で広く流布した。祢津松鷂軒という同一族の人物が戦国時代に徳川家康に仕えたのをきっかけとして、祢津流の鷹術が、将軍家所縁の格式高い流派として全国の武士たちにもてはやされるようになったためである。その結果、祢津流の伝書である「祢津家の鷹書」が各地に広まった(3)。ただし、祢津松鷂軒は近世期において嫡流となった一族とは異なる家系であるため（後述）、このような松鷂軒系の「祢津家の鷹書」と祢津泰夫氏所蔵の鷹書群とは、同じ祢津氏所縁のテキスト同士であっても直接的な関連性は薄い（後述）。

さて、本稿では、このような祢津泰夫氏所蔵の古文書群のうちから、当家の系図を中心に取り上げる。まずは当該系図に見える同氏の家伝について注目し、他の祢津氏関係の系図と比較することによって、その具体的な内容を分析する。さらにはそのような当家の系譜伝承がどのように伝播したかについて事例を挙げて検討し、近世期における祢津氏嫡流をめぐる文化伝承の一端を明らかにする。その成果を以て、中世末期以降の祢津氏の実像にアプローチするための新たな情報を提示したい。

一　祢津氏嫡流の系譜伝承

まず、近世期において祢津氏の嫡流となった一族の系譜を確認するために、祢津泰夫氏所蔵の系図のうちの一本を取り上げる。当該系図は木箱入りの巻子本で、箱のふたに「家門祖先累霊」と墨書きがある。縦21.3チセン×横270.0チセン。罫線は朱線。系図の最末尾に見える人物の年代を考えると、原本はおおむね近世後期頃に成立したものであろう。全文は以下のとおり。※注記は〔〕で示した。以下同じ。

∴清和天皇〔人皇五十六代　御諱惟久　文徳天皇第二皇子也　御母ハ閑院摂政大政大臣藤原良房忠仁公御娘　大
后大宮藤原明子染殿后ト云云　仁壽二十午御誕生治世十八年元慶四年二月四日崩御〕

陽成天皇〔諱貞明　御母ハ大政大臣藤原長良御娘　皇太后宮藤原尊子二条后貞観十年御誕生〕

貞保親皇〔三品式部卿管弦也　御母二条后号南宮ト又号桂親王ト　此時日本可爲将軍宣旨月花門院白旗ヲ賜
之奉齊今四宮權現ト信州小縣郡禰津村ニ有リ　壽六十一歳延喜二年四月十三日崩御〕

貞固親皇〔三品太宰師〕

貞元親皇〔四品号閑院ト〕

貞純親皇〔四品兵部郷（卿カ）〕——經基〔六孫王　正四位　武蔵守　始賜源姓〕

貞辰親皇

貞數親皇〔御母中納言在原行平四條后云々〕

選子内親皇〔仁明天皇第五御子　元康親王妻之住所摂津国難波也〕

月宮〔菊宮トモ申ス御母ハ嵯峨天皇第四御子恒康親王御娘〕

善淵王〔正三位下大納言信濃国司醍醐天皇御宇延長九年乙亥　始賜滋野姓ヲ　御母ハ大納言源舁カ御娘関白大政
大臣藤原基經御娘〕

滋氏〔院判官代　三寅大夫　贈左大臣〕

爲廣〔三寅大夫　賜中納言　一説大納言又贈大納言〕

女子〔但馬守藤原顕相郷（卿カ）室〕

敦重〔是ヨリ六代目芦田七郎爲元芦田ノ祖ナリ〕

為道〔従四位下左衛門尉〕——則廣〔従五位下武蔵守〕

重道〔平権太夫〕

廣道〔海野小太郎　海野元祖〕

道直〔禰津小治郎左衛門尉　家紋石餅又ハ月ト言字　信濃国小縣郡居住ス　故以テ禰津家号トス〕

廣重〔望月三郎　望月元祖〕

貞直〔禰津神平鷹ヲ仕フニ得妙故世名顕ス　壽永元年木曽義仲属北国発向ノ時信州横田河原合戦ニ午肩〕

宗直〔祢津美濃守〕——宗道〔祢津小次郎左衛門尉従五位下　按ルニ源平盛衰記祢津小次郎承平　建久元年十一月上洛ノ時随兵弟（第カ）二十三番中野五郎小幡太郎ト一列　同六年十二月上洛之時供奉〕

貞親〔春日刑部少輔〕——貞俊〔春日五良〕

貞信〔浦野三郎〕——時信〔三郎〕

盛貞〔大塩四郎〕

敦宗〔祢津小次郎左衛門尉従五位下　建久六乙卯三月十日東大寺供養之時供奉第二十四番志賀七良笠原高六ト一列〕——宗光〔祢津神平治〕

宗俊〔祢津七郎〕

重能〔祢津八郎〕

光長〔祢津四郎〕

盛宗〔祢津伊与守又伊勢〕

重総〔一　祢津神平次〕——光頼〔祢津美濃守〕——頼直〔祢津神平次〕

光義〔二　禰津三郎〕
助長〔四　禰津民部丞〕
助義〔三　祢津右馬助〕
長重〔五　祢津五郎〕
時直〔祢津掃部介〕――長泰〔祢津美濃守従五位下〕――泰総〔祢津美濃守民部丞〕――
氏直〔祢津次郎美濃守従五位下〕――遠光〔禰津越後守従五位下〕――女子〔御猿御前〕
時貞〔祢津宮内少輔上総介従五位下　法名龍玄〕――信貞〔祢津上総介　法名正山〕
光直〔祢津宮内少輔　法名定源院殿行叟〕――覺直〔祢津宮内少輔　法名一英〕
元直〔祢津宮内太輔　法名元山〕
勝直〔父元直ニ先立死ス〕
政直〔宮内大輔入道而號松鷗軒ト　信州之本領信光譲リ隠居而後依権現様之台命関東江参上近侍而上州豊岡ヲ拝領以末子鶴千代丸爲家督　法名月光院心源常安〕
信忠〔祢津神平　妻ハ眞田弾正幸隆公娘　實雖爲妹養而爲娘　法名家山全高大禅定門号宮ノ入殿ト〕
信光〔政直家督〕
幸直〔禰津志摩守　法名清高院殿一峰全純居士　元和四戊午六月八日歳五十七歳　永禄五戊年産　関ケ原之攻ハ三十九歳也　信幸公ニ年五ッ上ナリ〕
主膳　碓氷峠之合戰ニ後殿而討死
甚右衛門
女子
幸豊〔主水　元和元乙卯年五月五日於ニ大坂信吉公仕高名討死　法名玄性〕――

直方〔三十郎　延寶三乙卯年十一月二十九日死　法名無道〕

直〔内蔵助大坂陣井伊掃部頭備ニテ高名有ル〕

半兵衛

宮内〔式部トモ云　眞田伊賀守殿ニ仕〕

女子

主馬〔又式部トモ云〕

女子〔前田右近家中ヱ嫁〕

権太夫

女子〔小山田十太夫茂貞妻〕

幸覺〔三十郎　實ハ小山田采女第十太夫男也　直方外孫也　貞享五辰十月三十日木村縫殿右ヱ門明屋鋪被下
上ケ屋鋪恩田頼母ヱ被下〕

幸次〔舎人　幼名彦四良〕

直常〔三十郎〕

女子〔早世　元禄九子死　法名素苗〕

女子〔早世　元禄十一寅死　法名茲仙〕

〔喜平治　幼名万治良　病身ニ付寛延二午年細掛邑住居〕

女子〔齊藤三五郎〕

女子〔早世〕

女子〔早世〕

直滿〔多宮　實ハ禰津神平三男〕

女子
直正〔三十郎　幼名藤五郎　實ハ村上彦九郎次男　妻ハ望月治部左ェ門娘〕
尚喜〔主水　二十一歳死ス　幼名熊十郎〕
好直〔藤五郎　幼名數弥　金井久左ェ門好則養子〕
安直〔藤吉　赤澤多仲安春養子〕
女子〔早世〕
直勝〔犬之助　實ハ池田右太夫三男　後三十郎直住ト改ム〕
女子〔養女　實ハ恩田内蔵丞妹直勝妻〕
女子〔大熊衛士正朝妻〕
女子〔早世〕
直義〔八郎　早世〕

右によると、先述の松鷂軒（右掲系図では「松鷗軒」表記）の俗名は「政直」と称し、当該系図は、その弟に当たる「信忠」の子孫の系譜である。ちなみに、政直・信忠の兄として「勝直」という人物がいたらしいが、父親の「元直」より先に没したという。さて、この信忠の子である「幸直」は、松代藩初代藩主の真田信之の乳兄弟であった人物として知られている。たとえば、『長国寺殿御事蹟稿』巻之四には、信之と祢津幸直（祢津志摩）が幼少期より親しく交流していたことや、成人してからの幸直が信之の腹心の家来として活躍していた逸話が伝えられている。このように幸直が信之の側近として親しく仕えていたため、彼の子孫は、代々松代藩で家老クラスの禄高を与えられる藩士となった(4)。一方の松鷂軒の子孫は三代で断絶している。結果、近世以降はこの幸直流の子孫が一族中でもっとも勢力を有する嫡流となって幕末まで続いたのである。なお、祢津泰夫氏が所蔵されている当家伝来の古文書の中には、もうひとつ『滋野姓禰津系圖』（外題は表紙ウチツケ書で「滋野姓禰津系圖」、裏表紙無し、紙縒り綴じ、縦25.4チセン×横16.1チセン、袋綴じ、全十二丁）という系図が含まれている。当該系図は、件の「政直（松鶴軒）」の子孫の系譜が付記されている他は、右掲の系図とまったく同じ内容である。

さて、このような祢津泰夫氏所蔵の祢津氏嫡流の系図において、本稿が注目するのは氏祖の部分を示す冒頭の系譜である。すなわち、清和天皇の皇子である「貞保親皇」を当家の祖に仰ぎつつ、「貞保親皇」の子として「月宮」、さらにその子で滋野姓を賜ったとされる「善淵王」へとつながる系譜の部分である。このうち、貞保親王は清和天皇の第四皇子として歴史上に実在した人物である。右掲の貞保親王の注記によると、「三品式部卿」という官位・官職や管弦の名手であったこと、母親が「二条后（藤原高子）」であること、その敬称が「南宮」または「桂親王」であったことなどが見える。このうち、「三品」は「二品」、「南宮」は「南院宮」の誤記とすれば、この部分の記述は史実とされている内容とほぼ一致する。しかしながら、それ以降の記述において、善淵王を日本の将軍となすべき宣旨があり、「月花門院」から白旗を賜ったこと、それを四宮権現に奉斎して「信州小縣郡禰津村」にあることが伝えられている点については、史実において確認できない。貞保親王を日本の将軍となす宣旨は事実無根であるし、「月花門院」という人物も未詳である（たとえば、後醍醐天皇の第一皇女の綜子内親王が「月華門院」を号していたが、時代的に合わない）。ちなみに、当該注記の末尾には、貞保親王は延喜二年（九〇二年）四月十三日に六十一歳で「崩御」したと記されているが、『一代要記』『本朝皇胤紹運録』などによると、延長二年（九二四年）六月十九日に五十五歳で薨去したとされ、これもまた史実と齟齬していることが確認できる。このように貞保親王の注記に史実と乖離した内容が付されているのみならず、その貞保親王の子とされる「月宮」、その子とされる「善淵王」については史実においてその存在自体を確認することができない。このうち、「月宮」については、右掲の系図の注記によると、「菊宮」とも称し、母は嵯峨天皇第四の御子である恒康親王の娘であるという。この恒康親王の娘なる人物については、史実上の誰に該当するか未詳。また、

「善淵王」については、同じく当該注記によると、正三位下の大納言で信濃国国司であること、醍醐天皇の時代の延長九年（九三一年）に始めて滋野姓を賜ったことが記されているほか、母親については大納言源昇の娘と関白太政大臣藤原基経の娘の二人が挙げられている。このうち、正三位下で大納言というのはいかにも史実にふさわしい経歴と言えるが、それに信濃国国司を兼任したというのは実際にはありえない任官で、善淵王が滋野姓を賜った初代の人物とされることに寄せた伝承であることが類推されよう。

　このように、史実とは異なる氏祖の系譜が記された滋野氏系図は他にもいくつか存在する。よく知られたものとして、『続群書類従第七輯上』に所収されている二本の系図が挙げられよう。[5] 以下に、それらの中から、松鷂軒までの系譜が掲載されている『信州滋野氏三家系圖　又別滋野氏系譜有云々』の冒頭部分を引用する。

清和天皇〔仁王五十六代帝也。水尾天皇。文徳天王第四王子。在位十八年〕
- 陽成院〔仁王五十七代。在位八年〕
- 貞保親王〔式部卿　母二條后。號南院宮。貞觀十年誕生。延喜二年四月十三薨〕
- 貞固親王
- 貞元親王〔號雲林院。母治部卿仲野親王女〕
- 貞平親王
- 貞純親王〔源氏先祖〕
- 貞辰親王〔四品　母女御藤原珠子〕
- 貞數親王〔四品　母在原行平女。延喜十一年薨。三十二〕
- 巽子内親王〔仁明第五元康親王妻。攝州難波居住〕
- 國忠

國珍
目宮王〔菊宮トモ云　母嵯峨第四惟康親王女〕
善淵王〔從三位　延喜五年始賜滋野朝臣姓。母大納言源昇卿女。滋野氏幡者月輪七九曜之紋也。此幡者。善淵王醍醐天皇御時賜之。此幡濫觴者。昔垂仁天皇御宇。大鹿島尊。日本姫皇女。蒙天照大神之神勅。定伊勢國五十鈴川上御鎭座。天下告之。其時御幡二流自天降。一流者日天圓形也。一流者月天七九曜也。內宮外宮御尊形。依厥御詑宣。此二幡奉還內裏。三種神器同神殿奉納之云々。而善淵王此御幡賜之者。平眞（マヽ）王將門退治中。楯籠宇治之時。善淵王爲大將。賜御幡馳向。遂合戰得勝利。追下將門於關東。其時初賜滋野姓。被任從三位。其子孫海野。望月。禰津。是滋野三家號。望月紋日輪七九曜。海野六連錢。洲濱也。案將門洛中合戰。秀郷貞盛於東國合戰無勝負。依之善淵王下向。中途將門誅伏云々〕
滋氏王〔從五位下　院判官代信濃守　母太政大臣基經女〕
爲廣〔從五位上　號三寅大夫。贈中納言。從三位〕
敦重〔藏人〕（以下略）
爲通〔從四位下　左衞門督〕
則廣〔從五位下　武藏守〕——重道〔野平三大夫〕——廣道〔海野小太郎〕（以下略）
道直〔禰津小二郎〕——貞直〔神平　鷹名譽アリ。自院賜寶珠并御劔〕（以下略）
廣重〔望月三郎〕（以下略）

なお、続群書類従に所収されているもう一本の『滋野氏系圖』の冒頭部分も「清和天皇—貞保親王—目宮王—善淵王—滋氏」という系譜となっていて、右掲の『信州滋野氏三家系圖　又別滋野氏系譜有云々』の冒頭部分と一致する。同様に、近世末期に編纂された系譜集成である『系図纂要』「滋野朝臣姓　真田」の冒頭部分も「清和天皇—貞保親王—菊宮（目宮）—滋野善淵—滋氏」となっていて、やはり右掲の系図の冒頭部分と一致する。

さて、右掲の『信州滋野氏三家系圖　又別滋野氏系譜有云々』によると、前掲の祢津泰夫氏所蔵の系図と同じく清和天皇の皇子である「貞保親王」を祢津氏の祖としている。ただし、その注記においては、母親が二条后であることや南院宮と号したこと、貞観十年（八六八）に誕生して延喜二年四月十三日に薨去したことが記されているのみで、祢津泰夫氏所蔵の系図に見られる白旗に関する逸話は掲載されていない。ちなみに、『一代要記』によると貞保親王は貞観十二年（八七〇）九月十三日に誕生したというから、右掲の注記の情報と相違している。また、右掲の注記に見える貞保親王が薨去した年月日については、先に挙げた祢津泰夫氏所蔵の系図に見える注記と一致する。さらに、貞保親王の子である「目宮王」については「菊宮」とも称することや、母親が嵯峨天皇の第四皇子である惟康親王の娘であることがその注記に見える。この注記内容については、「惟康親王」という名前に異同が見える以外は、祢津泰夫氏所蔵の系図の「月宮」の注記とほぼ一致する。次に、その目宮王の子である「善淵王」については、祢津泰夫氏所蔵の系図に見える当該人物の注記より詳しい。すなわち、善淵王は延喜五年（九〇五）に滋野朝臣の姓を賜ったというが、これは祢津泰夫氏所蔵の系図の注記に見える年号とは相違する。一方で、母親を大納言源昇卿の娘とするのは祢津泰夫氏所蔵の系図に見える注記内容と重なる。しかしながら、それ以降に掲載されている滋野氏の幡に関する叙述は、祢津泰夫氏所蔵の系図にはまったく記載されていないものである。当該の叙述は、滋野氏の幡が月輪七九曜の紋であることと、さらにその幡に関する二つの逸話から構成されている。その逸話の一つ目は、滋野氏の幡の由来譚である。すなわち、昔、垂仁天皇の時代に大鹿島尊と日本姫皇女が伊勢国五十鈴川上に鎮座する天照大神の神勅を蒙ったという。その時、天から二流の御幡が降ってきて、一流は天円形、もう一流は月天七九曜で、内宮外宮の御尊形であった。託宣によってこの二つの幡は内裏に奉還され、三種の神器と同じ神殿に奉納されたという。次の二つ目の逸話には、善淵王がこの幡を賜った経緯が叙述されている。すなわち、平将門が洛中から退けられて宇治に立てこもったとき、善淵王が大将となってこの幡を賜り、馳せ向かった。ついに合戦して勝利を得て、将門を関東に追い下したという。さらに、その時初めて滋野姓を賜り、従三位に任じられたとする。また、これらふたつの逸話に続いて、善淵王の子孫が海野・望月・禰津の滋野三家と号したことや、望月の紋は件の月輪七九曜、海野は六連銭・洲浜であることが末尾に記載されている。

このように、善淵王は史実上の人物ではないものの、はじめて滋野の姓を賜った存在として、続群書類従所収『信州滋野氏三家系圖』には詳しくその経歴が注記されている。ただし、滋野氏の巫祝唱導によって甲賀三郎譚の伝承が生成されたことを想定する福田晃氏は(6)、善淵王よりもむしろ、その子である目宮王の方が同氏の職掌と関わる重要な人物であると指摘する。すなわち、信濃国白鳥神社の神主に伝来した系図や近世期の兵学者である望月新兵衛安勝が著した系図によると(7)(8)、目宮王は、目に燕の糞が入り（あるいは眼病になり）、その治療のために信濃国加沢の湯（現・長野県東御市）に下向したという逸話が注記に見えるという。このような目宮王の逸話について、福田氏は、信濃国の盲人と関わり深い海野氏の職掌に由来することを予想しつつ、以下のように述べている。

滋野氏の古い伝承は、貞保親王所縁の目宮王の信州流離と、滋野始祖善淵王の英雄事蹟という程度で始まるものではなかったろうかと思われる。

右のような滋野氏の家伝に関する福田氏の見解は、盲人と所縁深い海野氏に限定した伝承としては首肯できよう。しかしながら、盲人とはほぼ関わりのない祢津氏については、海野氏との所縁が薄れるにつれて、あるいは家伝の伝承内容が変容した可能性も考えられる。少なくとも、前掲の祢津泰夫氏所蔵の祢津氏系図によると「目宮」は「月宮」と記載されている。「目宮」はいかにも盲人伝承との所縁を感じさせる名称であるが、「月宮」は必ずしもそれを想起させるものではない。

そこで、次に、その他の祢津氏の系譜伝承を確認するため、祢津家の分家筋に当たる系図について取り上げる。次に掲げる系図は、松鶴軒の兄の「光直」という人物の子孫に関する系譜である。当該系図によると、真田信之の側近となった幸直の父の名前を「元直」とし、彼を松鶴軒の弟としている。「元直」は、「光直」の弟にも当たる。当該系図の最末尾には文政年間の人物が掲載されていることから、近世後期頃に同系図の原本が成立したことが推測される。また、「光直」の子である「信吉」が真田昌幸と信之に仕え、それ以降、当家も代々松代藩士を勤めたとされる。当系図の書誌は次のとおり。

禰津喜隆氏所蔵、外題「禰津氏系圖」（縦6.6センチ×横4.5センチの貼題簽）、内題「禰津系圖」（一丁表冒頭）。四ツ目綴。袋綴。青鈍色の表紙。縦28.2センチ×横19.7センチ。全三十一丁（うち遊紙後一丁）。罫線は朱線。

以下に同系図の氏祖を示す冒頭部分を掲出する。

禰津系圖

神武天皇以来五十六代　水尾帝御諱惟仁　文徳天皇第一御子御母者閑院摂政大政大臣藤原忠仁公御娘大皇大后宮
藤原明子染殿后云々

清和天皇〔仁壽二十年ニ御誕生　治十八年　元慶四年二月四日崩御〕
陽成天皇
貞國親王
貞保親王
貞元親王
貞純親王
滋野三家者海野禰津望月是也　幡之事　海野自戦之時ハ海野幡中左望月右祢津　望月自戦之時ハ一望月旗中左
海野右祢津　祢津自戦之時ハ祢津幡中左海野右望月

幡紋之事

日輪　海野

月輪　祢津

月輪七曜九曜　望月

滋野正幡望月傳之月輪七曜九曜之文也　此幡善淵王醍醐天皇ノ御宇賜二御幡　非私共垂仁天皇ノ御時大鹿嶌尊日本姫皇女蒙　天照大神之勅詫伊勢國五十鈴川上御鎮座天下告之　其時御幡二流自一天降一流日天圓形也　一流月天七曜也　内宮外宮御尊形也　厥依御詫宣此二幡奉還（ママ）内裡三種神祇同事奉納之云々

然彼善淵王此御幡賜事者平親王將門洛中退宇治楯籠時善淵此御幡賜為大將軍向討手合戦打勝関東追下其恩賞彼御幡並滋野性賜任正三位大納言也

海野祢津望月三家之紋所　日輪月輪星ヲ付候處恐レ有ニ依テ海野ハ月日星ノ三ノ形ヲトリ　洲濱ヲ付候　祢津モ月ノ丸付シヲ字ニ直シ　望月モ七曜ヲ付ル也

貞元親王ハ弓馬武術ニ長シサセ玉ヒ御氣アラク世ノ人耳ヲ驚シケル時ニ難波ノ浦ニ毒魚出テ人ヲ取ル　此事ヲ聞玉ヒ親王勇士ヲ数十人集メ小舩ニ縄ヲ引張リ海中ニ飛入シニ魚終ニ数十人ヲ呑入ケレハ終ニ親王ヲ始メ皆々呑レケルカ人腹ノ中ニテ差通シ切ワリケル　飛ヒ出ケルカ終ニ数十人死候処ニ親王御一人ハ生皈リ玉ヒテイヨ〳〵我侭慕リシ故終ニ信濃国江配流海野村ニ居給ヒ深井カ娘仕給ヒテ男子三人ヲ設玉フ　是海野元祖也

人皇五十六代清和天皇第四之皇子奉号　滋野天皇惟即滋野氏之祖也

貞元親王〔号関善寺殿〕

幸恒〔海野小太郎　祢津之元祖善淵海野権太夫道次二男祢津小治郎直家居住信濃國小縣郡祢津郷故以祢津為家号〕

道直〔海野小太郎弟　祢津小次郎後左衛門尉　従五位下　直家事　信州小縣郡カヤノ城主〕

重俊〔望月三郎〕

貞直〔祢津神平　後美濃守　宗直　正五位下　鷹仕得名　壽永元年左馬頭義仲北國江發向之時　同道信州横田

河原合戦手負越後國直居津討死）―――――（以下略）
春日〔春日刑部少輔〕
貞信〔浦野三郎〕
盛貞
貞俊

右によると、当家の系譜もまた、先に挙げた祢津泰夫氏所蔵の系図及び続群書類従所収の系図同様、清和天皇の流れを汲むことを示している。しかし、清和天皇と陽成天皇を兄弟に示すなど、史実と異なる内容も見える。さらに、当家の祖を貞保親王ではなく、その弟の「貞元親王」とし、祢津泰夫氏所蔵の系図や続群書類従所収の系図と異なる独自の系譜も伝えている。ところで、その貞元親王の注記には、滋野三家として海野・祢津・望月についての解説が見える。まず各家の幡について、海野が戦っているときは海野の幡を中にして左に望月・右に祢津、望月が戦っているときは望月の幡を中にして左に海野・右に祢津、祢津が戦っている時は祢津の幡を中にして左に海野・右に望月の幡をそれぞれ配置することを述べる。次にその幡の紋について、「日輪」は海野、「月輪」は祢津、「月輪七曜九曜」は望月と記す。このような各家の幡に関する解説は、続群書類従に所収されているもうひとつの滋野氏系図である『滋野氏系圖』「善淵王」の注記に見える記事とほぼ同じである。さらに右掲の当該注記は「幡紋之事」として各家の幡紋を示しつつ、滋野氏の正幡は望月が伝える月輪七曜九曜の紋であると記す。その後、この幡の由来譚と善淵王がこの幡を賜った逸話について、前掲の続群書類従所収『信州滋野氏三家系圖』の善淵王の注記に見える記述をほぼそのまま引用している。また、海野・祢津・望月の紋所について、日輪月輪星を付けるのは恐れ多いとして、海野は月・日・星を三つの形とり洲濱を付けること、祢津は月に丸を付けること、望月は七曜を付けることを記す。そして最後に貞元親王に関する逸話をひとつ掲載している。その逸話によると、貞元親王は弓馬武術に長じているため気性が荒く、世の人の耳を驚かせていたという。ある時、難波の浦に毒魚が出て人を捕ったため、親王は勇士を数十人集めて小船に縄を引っ張り海中に飛び込んだところ、この魚は親王を含む数十人をすべて呑み込んでしまった。そのうちの一人が魚の腹の中から切り割って飛び出したが、呑み込まれた人のほとんどは死んでしまう。その中で親王一人が生き返り、ますますわがままが募ったので、ついに信濃国に配流され、海野村に住み、深井の娘との間に男子三人を儲けたという。そして、これが海野の元祖であるという。

この注記に見える深井氏というのは、近世期に信濃国小縣郡の盲人を保護・管理した一族で、(9) 享保年間以降に成立した『真武内伝』によると、目を病んだ貞保親王が深井氏の宅に御座して加沢温泉で湯治し、深井の娘との間に男子を儲けて「海野小太郎幸恒」と称したという。このように、右掲の禰津喜隆氏所蔵の系図は、さまざまな系譜伝承を混在させている。なお、この貞元親王の子に当る人物に「貞元親王」を再掲しているが、誤記であろう。さらに、その子である「海野小太郎幸恒」の注記にも「祢津之元祖」と見え、かなり伝承上の混乱が窺えるものである。

以上のように、近世期における滋野氏の系図は必ずしも一定した氏祖伝承を伝えるものではない。少なくとも近世期の祢津氏には複数の系譜や家伝のあることが確認でき、嫡系や分家などの各家によってそれぞれ異同のあることが指摘できる。しかも、それらの系譜伝承には、福田氏が「滋野氏の古い伝承」の骨子をなすモチーフと想定している「貞保親王所縁の目宮王」や「善淵王」が必ずしも登場するとは限らない。先述したように、祢津氏の嫡流は近世期を通して存続し、代々松代藩の重臣として活躍していた。その事跡は、中世期のような「滋野氏三家」という東信地域の地縁でつながった在地領主としての活動とは必然的に異質なものであった。そのような歴史状況の変遷の中で、祢津氏の嫡流は独自の家伝を有するようになったものであろう。

二　祢津氏嫡流の家伝の展開

前節において、近世期に祢津氏の嫡流となった一族の家伝について考察を進め、それが当家独自の内容を有していることを確認した。本節では、そのような独自の内容を持つ祢津氏嫡流の家伝が展開した事例を取り上げ、その実相について検証を試みる。

先述したように、戦国時代に祢津松鷂軒が徳川家康に仕えたのを契機として、祢津流の鷹術は武家の中で格式の高い流派となった。そのような風潮から、たとえば諸行事の礼法を徳川将軍家に倣うしきたりの加賀藩主・前田家では、享保年間に祢津家の鷹匠を称する依田氏を抜擢し、仕官させている[10]。この依田氏とは、祢津氏と同じく信濃国小県郡を本貫地とする武家で、戦国時代に依田守廣という人物が松鷂軒の娘婿になったとされる。その際に守廣が松鷂軒から祢津家の鷹術のすべてを伝授されたといい、それ以降、守廣系の依田氏は代々祢津家の鷹匠となったのである。このような守廣系依田氏の現当主である依田盛敬氏は、当家伝来の祢津家関連の鷹書及び鷹匠文書を百点以上所蔵なさっている[11]。それらの文書群の中に『祢津家景圖　十』と称する冊子状の祢津家の系図がある。その奥書によると、天正十六年（一五八八年）二月一日に祢津松鷂軒から守廣に伝来したものという[12]。以下に当該系図における冒頭部分を掲出する。

○清和天皇〔神武天王以来、人皇五十六代水尾帝、諱惟仁。文得天皇第二御子、御母閑院太政大臣藤原良房。忠仁公御娘大皇大后宮。藤原染殿云々。仁壽二年御誕生。治世十八年。元慶四年二月四日崩御云々〕

―陽成天皇〔御母贈太政大臣。藤原。諱貞明。長良卿御娘皇大后宮。藤原号父。二条后貞観十年。御誕生。〕

元良親王〔三品兵部卿〕
元平親王〔一品弾正尹。式部卿母大納言源仲□□□。
元長親王
清蔭〔大納言。母和子。始賜源姓云々〕
貞保親王〔南院宮一品式部卿。御母二条后也。延喜二年四　月十三日崩御〕
貞固親王
貞平親王
貞元親王〔雲林院。治部卿御母。治部卿。仲統母。兼母。基經継宮公娘〕
貞純親王〔六孫王正四位。經基始賜源姓云々〕
貞展親王
貞数親王〔都（ママ）母中納言在原業平女。四条后云々〕
選子内親王〔仁明天皇第五御子。元康親王妻也。住所摂津国□波也〕
月宮〔菊宮ト申也。母嵯峨天皇。第四御子。恒康親王娘也。正三位下。信濃守国司〕
善淵王〔始賜滋野姓平（ママ）。母大納言源昇卿（娘カ）母。母関白太政大臣藤原〕
滋氏〔院判官大夫　従三位三（ママ）康大夫賜左大臣〕
爲廣
敦重〔蔵人大夫〕——爲重〔又三郎〕——僧元〔美濃守〕——盛弘〔信濃守〕
久盛〔民部丞〕——盛君〔葦田七郎〕——朝盛〔越前守〕——長隆〔五郎左衛門〕
爲道〔従四位下左衛門尉〕——則廣〔武蔵守〕——重道〔平權大夫〕
道直〔祢津左衛門尉〕——貞直〔神平〕（以下略）

右の系図によると、祢津氏の氏祖について、「貞保親王」ではなく同じ清和天皇の皇子である「貞固親王」となっている。しかしながら、それ以降は「月宮—善淵王—滋氏」とあり、前掲の祢津泰夫氏所蔵の祢津氏系図と同じ系譜が続く。このうちの「月宮」の注記において、「菊宮」と号すことや母が嵯峨天皇第四御子の恒康親王の娘であるとされている部分については、やはり同じく祢津泰夫氏所蔵の系図の「月宮」の注記とまったく一致する。しかし、同じく月宮の注記において「正三位下」という官位や「信濃守国司」という官職が記載されている部分については、祢津泰夫氏所蔵の系図で「善淵王」の経歴とされるものである。また、右掲の系図の「善淵王」の注記では、始めて滋野姓を賜ったことが記されている他、母親について大納言源昇卿娘と関白太政大臣藤原某の娘という二人の名前が挙げられているが、これらはすべて、祢津泰夫氏所蔵の系図では、月宮の注記と一致するものである。最後に「滋氏」の注記については、「院判官大夫」「従三位」「三康《(ママ)》大夫」「左大臣」という官位・官職が見え、祢津泰夫氏所蔵の系図の当該注記に「院判官代」「三寅大夫」「左大臣」と見える記載と部分的に重複する。その一方で、右掲の『祢津家景圖　十』と前節で挙げた続群書類従所収『信州滋野氏三家系圖』に見える「月宮」「善淵王」「滋氏王」の注記と比較すると、「善淵王」の注記の内容が大きく相違している他、「滋氏王」の注記についても経歴の記述について若干の異同が見られ、一致度は低い。『祢津家景圖　十』の氏祖に関する系譜は、祢津泰夫氏所蔵の系図のそれに相対的に近似していることが判断されよう。

さて、繰り返しになるが、「月宮」は史実において確認できる存在ではない。しかしながら、同じく依田氏に伝来した祢津家関連の鷹匠文書群には、右掲の系図以外にもこの「月宮」の名前が散見する。以下に該当文書のひとつを掲出する。

清和天王月宮一條院以来、於天下号多賀家者、信濃國小縣之住人祢津是也。貞直与云代、依多賀之名誉度々蒙勅命之誉挙和朝、其名代々之子孫傳也。然所、成好以誓血承候間、家之多賀文一部、拾八之之秘事、三拾六之口傳、不残相傳畢、志深人頬所望付而起請文請取、抜書之通可有相傳一部之所者、縦雖為子孫感志之浅深可為唯受一人千金莫傳云々。

慶長四年庚子

　　　　　　　　　　　　　祢津松鴾軒常安（花押）（長方印）

五月十八日

依田十郎左衛門尉殿

これは、祢津家の鷹術の印可状である。右の奥書によると、慶長四年（一五九九）五月十八日に松鴾軒から依田十郎左衛門尉（守廣）に伝授されたものという。依田盛敬氏所蔵の鷹匠文書には同様の鷹術の印可状が四本と犬牽の印可状二本が含まれ(13)、右に引用した印可状は、それらの中で最も古い年紀が記されたものである。

右掲の印可状の前半には、「清和天王月宮一條院以来」、天下に鷹の家を称するようになった「信濃國小縣之住人祢津」の由来について記載されている。すなわち、「貞直云代」に鷹の名誉でたびたび勅命を蒙り、本朝で称揚され、その名が代々子孫に伝わったというのである。さらに続けて、「家之多賀文一部、拾八之之秘事、三拾六之口傳」が残らず相伝されたことなどが記述されている。ちなみに、依田盛敬氏所蔵のその他の印可状においてもほぼこれと同文が記載されているが、犬牽の印可状は「鷹の家」の部分が「犬の家」となっている。ここに見える「清和天王月宮一條院」という文言は「清和天王」「月宮」「一條院」の三人の人物を指すものであろう。「貞直」は、『諏訪大明神画詞』に登場する鷹匠の名人・祢津神平貞直であろうか。いずれにしろ時代的に齟齬があり、伝承上のモチーフであることは明白である。このモチーフの中で注目されるのは、このような祢津家の鷹術（犬牽）由来伝承において「月宮」が必ず記載される存在となっていることである。祢津氏嫡流の系譜伝承が、松鴾軒系の祢津流の鷹術伝承と連動しながら展開していた実像が窺われるものであろう。

ところで、先術のように、祢津泰夫氏所蔵の文書群には鷹書が数点含まれている。当家の祖である祢津幸直

（祢津志摩）は、実際に主君の真田信之から、他藩の藩主が所望する鷹の調達をすることや、他藩の藩主の子息をもてなすための鷹狩りの準備を進めることなどを書状で依頼されていた(14)。このことから、実際に当家は代々松代藩における鷹狩り関連業務に携わっていた可能性が予想され、その結果、当家に鷹書が伝来したのではないかと思われる。以下にそれらの書誌について掲出する。

①『若鶬之圖』…縦47.1センチ×横33.0センチ。若鶬の図にその解説が付されたもの。

②『若隼之圖』…縦47.1センチ×横33.0センチ。若隼の図にその解説が付されたもの。

③『塒《トヤ》大鷹之圖』…縦47.1センチ×横33.0センチ。塒大鷹（秋に鳥屋を出た大鷹）の図にその解説が付されたもの。

④外題無し。内題無し。縦24.0センチ×横17.6センチ。四つ目綴じ。袋綴じ。半葉十行。漢字平仮名交じり文。全六十七丁。裏表紙見返しにも本文有り。五十三丁裏、六十丁裏は白紙。五十四丁表～六十丁表に「白鷹記」の本文（有注）。六十一丁表～六十七丁表に「架と緒」の図解。奥書無し。

⑤外題無し。表紙左肩に貼題簽の剥離跡有り。縦28.4センチ×横19.8センチ。五つ目綴じ。袋綴じ。半葉九行。漢字平仮名交じり文。全九十一丁（うち遊紙前二丁、後二丁）。八十六丁裏白紙。奥書無し。

⑥外題無し。内題無し。縦21.6センチ×横17.7センチ。列帖装。半葉九行。漢字平仮名交じり文。朱筆で合点・句読点・濁点・ルビの記載有り。全八十四丁（うち遊紙前後一丁）。二丁表冒頭に「△鷹之五臓論之事」。奥書無し。後半部欠。

⑦外題無し。内題無し。縦21.6センチ×横17.7センチ。列帖装。半葉九行。漢字平仮名交じり文。朱筆で合点・句読点・濁点・ルビの記載有り。全十七丁。裏表紙無し。十四丁表冒頭に「薬調合に用水の名之事」。奥書無し。前半部欠。

⑧外題無し。内題無し。縦21.4センチ×横17.7センチ。列帖装。半葉九行。漢字平仮名交じり文。朱筆で合点・句読点・濁

点・ルビの記載有り（但し、十二丁表～十四丁裏には朱筆無し）。全十四丁（うち遊紙前一丁）。二丁表冒頭に「事たるへし／灸治之次第」。四丁表～九丁表に鷹の灸穴図。三丁裏、九丁裏白紙。奥書無し。前半部欠。

⑨外題無し。内題無し。縦21.3センチ×横17.1センチ。列帖装。半葉七行～十行。漢字平仮名交じり文。全二十二丁（うち遊紙後一丁）。二丁表冒頭に「鷹法普并色々」、三丁裏八行目に「つかいかた并内当尾飼之次第」、十丁表三行目に「小鷹つかひ方并可取飼次第」、十一丁表九行目に「薬の次第」。奥書無し。

⑩外題無し。内題無し。縦21.6センチ×横17.7センチ。列帖装。半葉九行。漢字平仮名交じり文。朱筆で合点・句読点・濁点の記載有り。全七十二丁（うち遊紙後一丁）。二十二丁裏、二十四丁表裏、二十五丁表裏、二十六丁表裏、二十七丁表裏、二十八丁表裏、三十一丁裏、四十一丁裏、五十五丁裏はいずれも白紙。奥書無し。

右のうち、①～③は鷹図ともいうべきもので、各鷹の精緻な図絵にそれぞれの解説が記されている。また、⑥～⑩は同じ寸法と装丁であることから、一揃いのシリーズ本であると想定される。ただし、⑥の後半部や⑦⑧の前半部は落丁が認められ、完本ではない。ちなみに⑥⑦⑧は同筆。

右掲の①～⑩はいずれも奥書や外題（内題）がないため、伝来や流派などのテキストの素性を明らかにする手掛かりは現段階において確認できない。[15] また、その内容についても、守廣系依田氏伝来の祢津家の鷹書群やそのほかの松鶴軒系のテキストと直接的に関連する叙述は確認できず、テキスト間での影響関係を見出すことはできない。しかし、松鶴軒の兄とされる光直系の祢津家に伝来した鷹書群（禰津喜隆氏所蔵）とは、一部叙述内容が連動している。[16] このような右掲のテキスト群について、祢津流の鷹書としての意義を探るのは今後の課題としたい。

おわりに

以上において、かつて東信地域で滋野氏三家として活躍した祢津氏について、近世期に嫡流となった一族の家伝と、それをめぐる文化伝承の実相に関する考察を進めてきた。その結果、まずは、当家の家伝はこれまで知られてきた系図に見られるそれとは異なり、独自の内容を持つことが判明した。さらには、そのような独自の内容を持つ家伝は、別の一族に伝来した祢津流の鷹術伝承と深く関わって伝播したことを明らかにした。これは逆に言えば、祢津流の鷹術伝承は、別氏族に伝来したものであっても祢津氏本家の系譜を仰いでいたことが想定されるものである。

このような情報は、近世期における祢津氏の実像および当時の武家流の放鷹文化の実相を明らかにする一助となることが期されるものである。今後は、当家に伝来した鷹書の検討を中心に、当家を軸として展開した放鷹文化の実態についてさらに考察を進めてゆきたい。

注

（1）『北佐久郡志　第二巻』（北佐久郡志編纂会、北佐久郡志編纂会刊行、一九五六年三月）、福田晃『神道集説話の成立』第二編第四章「甲賀三郎譚の管理者（三）」（三弥井書店、一九八四年五月第一刷発行、一九九七年八月第三刷発行）、『日本古代氏族人名辞典』（坂本太郎・平野邦雄監修、吉川弘文館、二〇一〇年十一月）など。

（2）二〇一九年（令和元年）六月五日水曜日「信濃毎日新聞」朝刊の第三社会面によると「祢津さん（稿者注・祢津泰夫氏）の祖父が、本家に当たる長野市松代町の祢津家の当主から譲り受けた。本家の子どもたちは県外に転出するなどして、引き継がれなかったようだ」という。

（3）二本松泰子『鷹書と鷹術流派の系譜』第二編「鷹術流派の系譜」（三弥井書店、二〇一八年二月）など。

（4）長野県立図書館蔵『［松代藩］御家中分限覚』（資料番号0104163142、請求番号N280.3/9/）など参照。
（5）『続群書類従第七輯上』（続群書類従完成会、一九二八年三月第一刷発行）所収。
（6）注（1）福田論文。
（7）注（1）福田論文所収。
（8）注（1）福田論文所収。
（9）注（1）福田論文。
（10）注（3）に同じ。
（11）注（3）に同じ。
（12）注（3）の拙著に当該系図の書誌と全文を掲出しているので参照されたい。
（13）『鷹書と鷹術流派の系譜』第三編「鷹術流派の展開」に全本の全文を掲出しているので参照されたい。
（14）上州我妻郡西窪村西窪治部右衛門所蔵『真田信之書状　元和八年（一六二二）』、岡村博文氏蔵文書『真田信之書状年次未詳』、上州利根郡白岩村中島某所蔵『真田信之書状　寛永四年（一六二七）～同一四年（一六三七）』による。いずれも『信濃史料』補遺下に翻刻文が所収されている。
（15）宮内庁書陵部蔵『屋代越中守鷹書』（函号一六三―一〇三五）など。同書の奥書によると、慶長九年（一六〇四）九月吉日に、祢津松鷂軒伝来のテキストを、屋代越中守秀政から諏訪頼水に伝授したものであるという。
（16）二本松泰子「信州諸藩の鷹狩り―松代藩の鷹書―」（『グローバルマネジメント』第2号、二〇二〇年五月刊行予定）。

【付記】貴重な資料の閲覧を許可してくださった祢津泰夫氏および禰津喜隆氏に深謝申し上げます。本稿は、二〇一九年～二〇二一年度科学研究費補助金（基盤研究（C）「中世から近世にかけての放鷹文化における鷹書の体系化を目指す研究（課題番号 19K00325）」の成果の一部である。

注釈編

『神道雑々集』下冊八「大宮本地事」

山本　淳

凡例

一、本稿では、天理大学附属天理図書館蔵吉田文庫本『神道雑々集』下冊「八、大宮本地事」「九、山王七社得名之事」を当該の影印に拠り翻刻・釈文・注釈・通釈を試みた。なお「八、大宮本地事」には末尾に「一、卜部兼倶仰云」で始まる一段が付されておりこれを別に設けた。

二、翻刻は、基本的に現存本文を尊重した。そのため、行取り・用字・返り点・送り仮名・ルビなどは原文のままとした。誤字と思われる箇所には傍線を付した。また、丁数・表裏、行頭に行番号をそれぞれ付し、句読点を私に付した。読解の便を図るため、旧字・異体字・略体字などは現行の字体に改めた。

三、釈文は、原則として現存本文に拠って行ったが適宜文意に従い助詞・送り仮名などを補った。また片仮名や一部の漢字を平仮名に改めた。誤字や脱字、脱文と想定される箇所は他の文献資料に拠り改めた。

四、注釈は、簡明であることとし、文意を問題点を明らかにするように留意した。考察を要する箇所に関しては補説を設けた。

五、通釈は、当該本文の内容理解の補助として私に示したものである。

六、注釈に際し、左記の文献を参考とした。

『天台宗全書』一二（『金剛秘密山王伝授大事』『日吉山王権現知新記』など）
『続天台宗全書』神道1・山王神道Ⅰ（顕真撰『山家要略記』、義源記『義源勘註』、『山王神道秘要集』など）
『神道大系・論説編一・真言神道（上）』（『麗気記』など）
『神道大系・論説編三・天台神道（上）』（慈遍『旧事本紀玄義』、良遍著作『日本書紀第一聞書』など）
『神道大系・論説編四・天台神道（下）』（『渓嵐拾葉集』『金剛秘密山王伝授大事』など）
『神道大系・論説編九・卜部神道』（卜部兼倶『神道大意』）
『神道大系・神社編・日吉』（『耀天記』『厳神鈔』など）
『神道大系・古典註釈編三・日本書紀註釈（中）』（忌部正通『神代巻口訣』、一条兼良『日本書紀纂疏』）
『神道大系・古典註釈編四・日本書紀註釈（下）』（吉田兼倶講義聞書『神書聞塵』など）
『神道大系・古典註釈編八・中臣祓註釈』（『中臣祓訓解』など）
辻善之助『日本仏教史』第四巻中世篇之三（『南禅寺対治訴訟』）

七、本稿は、平成二十九年十二月・同三〇年二月・同三十一年一月の伝承文学研究会京都例会における『神道雑々集』輪読を基にしたものである。例会に臨席された会員の皆様から多くのご教示を賜りましたことを深謝申し上げます。

八、大宮本地事

【翻刻】

〈下一二丁表〉

3 八、大宮本地事　有云、昔大乗院ノ座主慶命ノ時、示シ二本
4 地玉フト一祈請シ給ケル時、権現詫宣シテ曰ク、「此無量才期仏子ヲ一。此ニシテ無量才利
5 郡生ヲ一有ケルヲ、法ケ経ノ提婆品、釈迦如来利他ノ処願ヲ智積菩薩ノ讃玉ヘルニ、
6 我見尺迦如来於無量◯捨身命処、云ルニ思合スルニ、誠ニ尺迦如来ノ
7 様ナル仏菩薩ハ不在サ。無量無辺劫ノ間求仏果一、億々万劫ノ行末迄モ

〈下一二丁裏〉

1 ■《益歟》ント衆生ヲ一思召ト見タリ。彼ノ詫宣詞ニ、法華ノ文ヲ思合シテ大宮権現ハ
2 本地尺迦如来ニテ座スト奉智。被レテ二披露後ハ併尺迦垂迹ト申也云々。

【釈文】

八、大宮の本地の事（一）

あるいはいはく、

昔、（二）大乗院の座主慶命の時、

「本地示したまへ」

と祈請したまひける時、権現託宣して曰く、

（三）「ここにして無量才の仏果を期せん。ここにして無量才の群生を利せん」

と有りけるを、（四）『法華経』の「提婆品」に釈迦如来の利他の所願を智積菩薩の讃へたまへるに、

「我見釈迦如来於無量〇捨身命処」

と云へるに思し合はするに、誠に釈迦如来の様なる仏菩薩は在さず。（五）無量無辺の劫の間仏果を求め、億々万劫の行末までも衆生を利益せんと思しめすと見たり。

かの託宣の詞に、『法華』の文を思ひ合はして、（六）大宮権現は本地釈迦如来にて座すと智り奉る。披露せられて後は併せて釈迦の垂迹と申すなり、

と云へり。

【通釈】

八、大宮の本地の事

このようなことがあった。昔、大乗院の座主、慶命の時に、慶命座主が、「大宮権現、本地をお示し下さい」と祈請なさった時に、大宮権現が託宣しておっしゃったことには、「ここで永遠の悟りを期待しよう。ここで永遠に人々を利益しよう」ということを、『法華経』「提婆品」に「我釈迦如来を見たてまつれば、無量〈中略〉身命を捨てたもう」とあることと合わせて考えると、実に釈迦如来のような仏菩薩はございません。永遠の時間の中で悟りを求め、果てしなく続く時の間人々を利益しよう、というお考えであると思われる。大宮権現のご託宣と『法華経』の文句を合わせてみると、まことに大宮権現のご本地は釈迦如来でございますと思い至りました。託宣があって後は、あわせて釈迦如来の垂迹と申すようになりました。

【注釈】

（一）八、大宮の本地の事

底本の目録当該箇所にはないが落合博志氏蔵青蓮院本には章段名の下に「／八王子事」「／伊勢／住吉事」とある。

(二) 大乗院の座主慶命……曰く

「大乗院」比叡山東塔無動寺谷に現存する院。建久五年（一一九四）八月一六日、九条兼実・慈円の姉皇嘉門院聖子の供養のために建立（『玉葉』同年同月同日条）。翌六年九月には慈円が同院にて勧学講を始めた。→【補説1】参照

「慶命」けいみょう。天台宗の僧侶。康保二年（九六五）生、長暦二年（一〇三八）九月七日没。藤原孝友の男。比叡山静慮院遍救に従って受戒。無動寺に住したため無動寺座主と称された。万寿五年（一〇二八）第二十七世天台座主。長元三年（一〇三〇）皇太后彰子建立の東北院落慶供養の導師を務め、翌年大僧正となる。勧学会の再々興にも尽力し、長元六年（一〇三三）には神泉苑で雨乞いの祈祷も行っている。『賀雨詩歌』『捃拾鈔《くんじゅう》』などの著作がある。「開元元三（中略）七月（中略）慶命座主　七十四」（『渓嵐拾葉集』「円宗記・私苗」）。なお『南禅寺対治訴訟』には、「伝教大師」「慈覚大師」「尊意僧正」と並び「白山大権現者示二慶命座主一、加二上七社一」と紹介されている。慶命を「大乗院座主」とする例は、本説話と同話を引用する『耀天記』「卌二、山王事（※山本注、本段は『耀天記』と別の資料が混入したとされる）」「四十、大宮」、『源平盛衰記』巻第四「山王垂迹」などにみえるが、「大乗院の座主」とする理由は未勘。→【補説2】参照

「(玉)へ」は「(玉)フ」、「託宣」は「詫宣」とそれぞれ本文にあるのを改めた。

(三)「ここにして……利せん」

「無量」計り知れないこと。際限がないこと。

「仏果」仏という究極の結果のこと。さとり。「果」は「子」と本文にあるのを改めた。

「群生」。この世界の生きとし生けるもののすべて。ここでは世界中の人々、衆生のこと。「群」は「郡」と本文にあるのを改めた。

（四）『法華経』の「……」と云へる

『法華経』の「提婆品」」『法華経』「提婆達多品第十二」のこと。

「利他の所願」自分のことではなく他人のために願うこと。

「智積菩薩」『法華経』「提婆達多品第十二」では多宝如来に従って登場する菩薩。竜女の成仏について文殊師利菩薩と議論を交わす。

「我見釈迦如来於無量○捨身命処」『法華経』「提婆達多品第十二」の本文を引用している。↓【補説3】参照

「○」は中略を示す記号。智積菩薩は「釈迦如来も、際限のない長い時間をかけて難行苦行を重ねてきた。三千大千世界のなかで、釈迦如来が身命を尽くさないところは芥子粒ほどもない。それほどまでして菩提の道を成就したのに、女人が一瞬の間に正覚を得るのは信じられない」と竜女の「女人成仏」に対して疑問を呈している。

（五）無量無辺の劫の間……見たり

「無量無辺」計ることのできない。無限の。果てしない。

「劫」永遠の時間、無限の時間。果てしない時間。「而説偈言、我念過去世　無量無辺劫」（『法華経』「化城喩品第七」）

「万劫」一万劫の略。永遠の時間。「第一之法　開示教人　令住涅槃　世世受持　如是経典　億億万劫　至不可議　時乃得聞　是法華経　億億万劫　至不可議　諸仏世尊」（『法華経』「常不軽菩薩品第二十」）

「利益」本文「益歟」とするのを改めた。

（六）大宮権現は本地釈迦如来にて……垂迹と申すなり

「本地釈迦如来」山王二十一社のうち上七社の本宮（西本宮）は、その本地仏を釈迦如来とする。ここで慶命は大宮権現から授かった託宣と『法華経』の本文を照会し、「衆生のために永遠のようなきわめて長い時間をかける」ことの共通点から「大宮権現＝釈迦如来」という結論に達している。

（一、卜部兼倶仰云）

【翻刻】

〈下一二丁裏〉

3　一、卜部兼倶仰云、八王子権現ト云ソサノヲノ尊、南海ノ神トトツイテ生神。五十猛神ト云ヘリ。

【釈文】

（一）一、卜部兼倶の仰せに云はく、

（二）「八王子権現とは、素戔嗚尊、南海の神と嫁いで生るる神なり」

と云へり。

「五十猛神」

と云へり。

【通釈】

一、卜部兼倶の言われるには、「八王子権現とは、スサノヲノミコトが南海の神と交合して生まれた神である」と。また「それはイタケルノカミである」と言われた。

【注釈】

（一）一、卜部兼倶の仰せに云はく

「一、」本段は前の「八、大宮本地の事」に続いているが下冊巻頭の目録には章段名がない。落合博志氏は「『神道雑々集』の基礎的問題」の「『神道雑々集』内容一覧」において「八a大宮本地事」と「八b卜部兼倶仰云……」に分けており、本注釈も氏に倣った。

「卜部兼倶」吉田兼倶。神道家。吉田神社の神官。永享七年（一四三五）生、永正八年（一五一一）没。卜部兼名の男。子に兼致・清原宣賢。明応二年（一四九三）神祇大副。神道関係書や古典、思想書に通じる。『中臣祓』『日本書紀神代巻』の講釈を行う。唯一神道（吉田神道）を起こす。『中臣祓抄』『神道大意』などを著す。『神道雑々集』の成立時期を考えると卜部（吉田）兼倶の言説を引用する本段は後世の挿入であろう。

（二）「八王子権現とは……」と云へり

「八王子権現」神仏習合の神であり、日吉山王権現の八人の王子。

「南海の神」八大竜王の一である娑伽羅龍王の娘、頗梨采女のことか。「祇園牛頭天王縁起」では、素戔嗚尊と同体とされた牛頭天王との間に八王子などを儲けている。また卜部兼倶の講義聞書である『神書聞塵』に「素戔―ハ、南海ノ龍ト嫁シテ、八神ヲウムソ」とある。前段の『法華経』「提婆達多品第十二」で成仏した龍女としても知られることから、本段は前段の補足の働きもしているか。↓【補説4】参照

「嫁いで」「嫁ぐ」は異性と性交渉をもつこと。「陰神に雌の元と云ふところあり。陽神に雄の元と云ふところあ

り。されども嫁ぐべき様を知り玉はず。」（天正本『太平記』巻二十五「三種の神器来由の事」）「五十猛神」いたけるのかみ。『日本書紀』神代巻・宝剣出現章第四・五の一書に登場する素戔嗚尊の子神。父とともに新羅に渡る。のちに紀伊国に鎮座。

【補説】

1「大乗院」

無動寺谷は不動明王や日吉山王を信仰した相応が貞観七年（八六五）に無動寺を建立したことに始まる。大乗院は正治二年（一二〇〇）に親鸞が参籠し夢告を得た（「大乗院の夢告」）地でもある（『親鸞聖人正統伝』など）。無動寺谷は東塔に属していたが平安末期頃から三塔に次ぐ勢力となっていた。永久元年（一一一三）の「南都北嶺強訴（永久の強訴）」では時の天台座主仁豪に反旗を翻した無動寺検校寛慶のグループが強訴を行っている。大乗院の概略については武覚超氏『比叡山諸堂史の研究』「四　比叡山の諸堂、1東塔地区の諸堂（21）東塔無動寺谷」（同書掲載の「比叡山絵図」〈比叡山南渓蔵・室町時代後期成立〉にも大乗院が描かれている）、中世の無動寺の活動については衣川仁氏「延暦寺三門跡の歴史的機能」参照。また落合博志氏が紹介された『神道雑々集』伝本の一つに「叡山文庫寄託無動寺本」（「山門無動寺蔵」の印記を有する。『続天台宗全書　神道1』に翻刻）があり注目される。

2 「大乗院の座主」

【慶命説話対照表】

＊傍線のうち「┆」は『耀天記』「三十二、山王事」にみえない箇所、「〰」は『耀天記』「四十、大宮」にみえない（一部『源平盛衰記』にもみえない箇所あり）箇所をそれぞれ示す。「│」は『神道雑々集』が省略した『法華経』の本文、

『神道雑々集』下冊「八、大宮本地事」	『耀天記』「四十、大宮」	『耀天記』「卅二、山王事」	『源平盛衰記』巻第四「山王垂迹」
有云、 昔大乗院ノ座主慶命ノ時、 示シ二本地玉フト一祈請シ給ケル時、 権現詫宣シテ曰ク、 此無量才期仏子ヲ一。 此ニシテ無量才利群生ヲ一有ケルヲ、 法ケ経ノ提婆品、釈迦如来利 他ノ処願ヲ智積菩薩ノ讃王ヘルニ、 我見尺迦如来於無量◯	大乗院座主慶命、 本地祈精之時、 詫宣云、 此無量歳期二仏果一、 此無量歳刹那生、文、 座主 思二念法花提婆品一、説二尺尊 行願文一云、 我見二釈迦如来一、於二無量劫一、 難行苦行、積レ功二累徳一、	夫ニ日吉大宮権現ヲ、尺迦如 来ノ垂迹ト申侍ル事ハ、 昔大乗院座主慶命、云、 本地ヲ示給ヘト祈精シ給ケル 時ニ、 権現託宣シテ言ク、 コ、ニシテ無量歳群生ヲ利ス トアリケルヲ、 法花経提婆品ニ、釈迦如来ノ 利他ノ行願ノイミジキ事ヲ智 積菩薩ノホメ給ヘルニ、 我見尺迦如来、於無量劫、難 行苦行、積功累徳、求菩薩道、	大乗院ノ座主慶命、 山王ノ本地ヲ被二祈申一ケル ニ、 御託宣ニ云、 『此ニシテ無量歳仏果ヲ期シ、 是ニシテ無量歳群生ヲ利ス』 ト仰ケレバ、 座主、 提婆品ノ 『我見釈迦如来、於無量劫、 難行苦行、積功累徳、求菩薩

捨身命処、
云ルニ思合スルニ、
誠ニ尺迦如来ノ様ナル仏菩薩ハ不
在サ。
無量無辺劫ノ間求仏果一、億々
万劫ノ行末迄モ■益歟ント衆生ヲ一思
召ト見タリ。
彼ノ詫宣詞ニ、法華ノ文ヲ思
合シテ
大宮権現ハ本地尺迦如来ニテ座ス
ト奉智。
被レテ二披露後ハ併尺迦垂迹ト申
也云々。

求二菩薩道一、未二曾止息一、
観二三千大千世界一、乃至
無レ有レ如二芥子一許、非二是菩
薩
捨身命処二云々、
即知二今御詫宣一、本地尺迦
云々

未曾止息、観三千大千世界、
乃至無有如芥子、非菩薩
捨身命処ト
ホムル所ニ思合ルニ、
誠ニ尺迦如来ノ慈悲ノ様ナル
仏菩薩ハマシマサズ、
無量無辺劫ノ間、仏果ヲモト
メテ、億々万劫ノ行末マデモ、
衆生ノ利益セント思食ハ、難
レ有事也、
夫彼ノ御詫宣ノ御詞ニ、法花
ノ文ヲ思ヒ合セテ、
大宮権現ハ、本地ハ尺迦如来
ニテ御ス也ケリト知タテマツ
リ給テ、
披露セラレテ後ハ、本地ノ高
キ事ヲ仰テ、垂迹ノ弥ヨ止事
無ヲ知タテマツルナリ。
サテ尺迦如来、我滅度後、於
末法中、現大明神、広度衆生
ト仰ラレケルハ、
山王トイフ神ニ現ゼントスル
ナリトイフ金言ナリ、

道、未曽止息、観三千大千世
界、乃至無有、如芥子許、非
是菩薩、
捨身命処』
ト云文ニ思合テ、
大宮権現ハ、ヤ釈尊ノ示現也
ケリ。
サレバ、『我滅度後於末法中、
現大明神広度衆生』トモ仰ラ
レ、

汝勿啼泣、於焔浮提、或復還生、現大明神トナグサメ給ケルハ、日本国ノ中ニハ、比叡山ト云山ノフモトニ、遂ニアトヲタレテ、衆生ヲ利益センズルナリト仰ラレタル実語ナリ。
『汝勿滞泣於閻浮提、或復還生現大明神』トモ慰給ケルハ、日本叡岳ノ麓ニ、日吉ノ大明神ト垂跡シ給ベキ事ヲ説給ケルニコソト、感涙ヲゾ流サレケル。

本説話の比較からその前後、影響関係を判断することは困難であるが、『耀天記』「卅二、山王事」と『源平盛衰記』が最も記述が多く本文も近い、次いで『神道雑々集』がこれらに近く、『神道雑々集』の一部を更に省略した本文が『耀天記』「四十、大宮」といえようか。

慶命の説話として他に大宮権現（法宿菩薩）から「一心三観」の奥義を伝授される話や客人社の本地が白山であることを知る話などもあるが、これらの説話では「無動寺大僧正慶命」（『山家要略記』「山王者震旦天台山鎮守明神事」）や「慶命座主」（『天地神祇審鎮要記』）などのような呼称となっている。早川厚一氏他「『源平盛衰記』全釈（一三—巻四—3）」（『名古屋学院大学論集　人文・自然科学篇』五四—二、二〇一八・一）「山王垂迹」など参照。なお日記類には「法性寺座主慶命」（『左経記』万寿三年〈一〇二六〉十一月一六日条）や「（故）天台座主慶命」（『春記』長暦二年〈一〇三八〉十月十一日条）などとある。

因みに慶命は青蓮院門跡の系譜にも連なっており（『青蓮院門跡系譜』〈続群書類従四下補任部〉）、その系譜には当時の天台座主仁豪と対立した寛慶がいる。寛慶は後に天台座主となっておりその住房は「大乗房」と称されていた（『愚管抄』巻二、『天台座主記』）。この大乗房を大乗院として再建した慈円の意図を、梶井門跡に対抗するための青蓮院門跡側の基盤固めとする指摘がある（平岡定海氏『日本寺院史の研究　中世・近世編』〈吉川弘文館、一九八八〉「第三章地方寺院の成立と構造　第三節出雲国鰐淵寺の成立と構造」）。あえて「大乗院」座主という呼称を用いるのは本説話が無動寺谷や青蓮院門跡に関係の深い環境で伝承されていた可能性もあるのではないか。補説1でも紹介した落合博志氏が紹介された『神道雑々集』伝本に「落合氏蔵青蓮院旧蔵本」「叡山文庫寄託無動寺本」があることとも関連し、注目される。

3　「『法華経』「提婆達多品第十二」」

「文殊師利言。我於海中唯常宣説妙法華経。智積問文殊師利言。此経甚深微妙。諸経中宝世所希有。頗有衆生勤加精進修行此経速得仏不。文殊師利言。有娑竭羅龍王女。年始八歳。智慧利根善知衆生諸根行業。得陀羅尼。諸仏所説甚深秘藏悉能受持。深入禅定了達諸法。於刹那頃発菩提心。得不退転弁才無礙。慈念衆生猶如赤子。功徳具足心念口演。微妙広大慈悲仁譲。志意和雅能至菩提。**智積菩薩言。我見釈迦如来。於無量劫難行苦行。積功累徳求菩提道。未曽止息。観三千大千世界。乃至無有如芥子許非是菩薩捨身命処。**為衆生故。然後乃得成菩提道。不信此女於須臾頃便成正覚。」。他に『往生要集』巻上「大文第二・第十増進仏道楽」、『法華経開示抄』第十七、『渓嵐拾葉集』「法華法大意事・龍女依真言成仏事」などにも引用されている。

4　「南海の神」と「五十猛神」

「南海の神」と「五十猛神」の関係に関しては、他にも忌部正通『神代巻口訣』に「五十猛神者、南海龍女所生乎」、一条兼良『日本書紀纂疏』に「五十猛神、非稲田姫之所生、則大己貴神之異母兄也」、清原宣賢の『日本書紀神代巻抄』に「五十猛――、是ハ南海テ生セラレタル子也。稲田姫ノ子ニハアラス。素戔嗚ノ如ク猛キ神也」のような言説がみられる。なお『神道集』第三・十二「祇園大明神事」には「第五ハ文殊ノ教ニ依テ、南方無垢世界ニ成等正覚セン、八歳ノ龍女ト申スハ即是也、天王此由ヲ聞食シテ、南海国ニ趣セ給フ」などとみえる。

【参考文献】

辻善之助氏『日本仏教史』四（岩波書店、一九四九初・一九九一5刷）
谷川健一氏編『日本の神々5山城・近江』（白水社、一九八六）
平岡定海氏『日本寺院史の研究　中世・近世編』（吉川弘文館、一九八八）
山本ひろ子氏「信仰／儀礼／物語＊中世叡山の薬師信仰をめぐって」（有精堂編集部編『日本文学史を読むⅢ中世』〈有精堂、一九九二〉所収）
衣川仁氏『中世寺院勢力論　悪僧と大衆の時代』第二章「中世延暦寺の門跡と門徒」（吉川弘文館、二〇〇七）
武覚超氏『比叡山諸堂史の研究』「四　比叡山の諸堂、1東塔地区の諸堂（21）東塔無動寺谷」（法蔵館、二〇〇八）
落合博志氏「『神道雑々集』の基礎的問題」（伊藤聡氏編『中世文学と隣接諸学33中世神話と神祇・神道世界』〈竹林舎、二〇一一〉所収）
鈴木耕太郎氏「「牛頭天王縁起」に関する基礎的研究」（『立命館文学』六三〇、二〇一三・三）
橋本正俊氏「『源平盛衰記』の山王垂迹説話」（松尾葦江氏編『文化現象としての源平盛衰記』〈笠間書院、二〇一五〉所収）
衣川仁氏「延暦寺三門跡の歴史的機能」（永村眞氏編『中世の門跡と公武権力』〈戎光祥出版、二〇一七〉所収）
早川厚一氏他「『源平盛衰記』全釈（一三―巻四―3）」（『名古屋学院大学論集　人文・自然科学篇』五四―二、二〇一八・一）

国際日本文化研究センター「摂関期古記録データベース」http://rakusai.nichibun.ac.jp/kokiroku/ 二〇一九年四月十九日閲覧）

資料編

萩之坊乗円筆「鴨長明絵像」（石川丈山歌賛）について

髙橋　秀城

はじめに

鴨長明（法名・蓮胤、一一五五～一二一六）の絵像は、広く知られる伝土佐広周筆「鴨長明法師画像」（神宮文庫蔵）をはじめ、梨木祐為写「蓮胤法師鴨長明像」（下鴨神社蔵）や、伝松花堂昭乗筆「鴨長明像」（個人蔵）など数点が伝存している。(1) その描かれ方は、法衣を纏った僧侶風のものから、中国の文人風のものまで多様であり、とくに定まった図柄はなかったようにも見受けられる。琵琶を前にした「鴨長明法師画像」などは長明の音楽家としての面を、文人風の「蓮胤法師鴨長明像」は『方丈記』に表れる長明の風流人としての面を表現していると考えられ、数々の和歌や『無名抄』『方丈記』『発心集』などといった著作によって知られる歌人・音楽家・文筆家・出家人・風流人といった長明のさまざまな側面をそれぞれ描き出しているようである。

こうした長明絵像群が伝わる中で、ここに新たに紹介するのは、架蔵（栃木県さくら市普濟寺蔵）の「鴨長明絵像」（軸装一幅）である（写真一）。絵は、寛永三筆にかぞえられる松花堂昭乗（一五八四～一六三九）の弟子にあたる萩之坊乗円（一六一二～一六七五）が描いたものと伝えられ、絵像の上部には、長明の和歌を書いた石川丈山（一五八三～一六七三）によると思われる賛（長明の和歌）が書き加えられている。

（写真一）架蔵（普濟寺所蔵）「鴨長明絵像」（萩之坊乗円筆、石川丈山歌賛）

掛け軸が収められている箱には、「鴨長明絵像」の由緒を記す紙葉二紙（仮に「由緒書」と称する）も収められている。「由緒書」には、石川丈山の和歌にまつわる逸話の他、掛け軸の表具に、『醒睡笑』の作者でもある安楽庵策伝（一五五四～一六四二）好みによる名物裂が用いられているなどといった、興味深い情報が記されている。

本稿では、従来知られていなかった萩之坊乗円筆「鴨長明絵像」および「由緒書」を紹介し、合わせて、絵師萩之坊乗円と賛を記した石川丈山、名物裂が用いられた安楽庵策伝との関わりにも着目したい。とりわけ乗円は、絵師である松花堂昭乗から書画とともに、密教を学んだ真言僧侶でもある。京都男山から智積院に入り奥義を修め、荒廃していた五智山蓮花寺を再興した後、六波羅蜜寺の十二世にまで昇り詰めている。仏教と文芸の双方に精通した萩之坊乗円の姿を、少しでも明らかにできればと考えている。

一　書誌的事項

架蔵（普濟寺所蔵）「鴨長明絵像」（一幅）。軸装箱入。墨画。萩之坊乗円筆、石川丈山歌賛（鴨長明歌）。紙面寸法は、縦二五・二糎×横四一・五糎。中央には鴨長明絵像、人物の前には「州浜台」が描かれる。左上には長明の和歌「石川やせみの小河の清けれは月もなかれを尋てそすむ」と墨書。右端に乗円の二顆の朱印がある（写真二）。（上）瓢箪形朱陰刻「玄々子」（二・五糎×二・七糎）、（下）変形長方形朱陰刻「乗圓」（一・八糎×一・六糎）。左端に丈山の朱印が一顆ある（写真三）。円印朱陽刻・中央に「凹凸」、周囲に「三河国碧海郡泉郷人石川嘉右衛門源重之」（三・五糎×三・五糎）と見える。表装の一文字と風帯に、同じ二重蔓牡丹文様金襴の名物裂が使われている（後述する）。

箱蓋表に「鴨長明図　萩坊乗圓筆　丈山讃」と墨書直書があり、箱蓋裏に「乗圓松花堂之門人男山萩坊之／住

（写真二）「乗円印（上）（下）」

（写真三）「丈山印」

玄々子と號す石川丈山之友人」と記した貼紙がある。

鴨長明の絵像は、長明の左前から描かれている（写真四）。これは金沢文庫所蔵の「兼好像」と似た角度からの構図だが、この鴨長明像では、左手で冊子本をひろげ持つ姿となっている。右手の親指と人差し指は髭を貯えた下あごに添えられ、小指はやや立って描かれるなど、細部にまで丁寧に描かれている。書物の本文には「ーーー」とあるのみで、どういった書物を読んでいるのかは判然としないが、その書物にまっすぐ視線を落とした表情からは、深く考え事をしているかのような風情が伝わってくる。服装は、濃墨・淡墨によって上着が丹念に表現されており、柔らかな服のしわまでが感じられる。

長明の目の前には「州浜台」が描かれている（写真五）。中央の石から、四方に草が伸びゆく景があしらわれている。長明の身なりを整えて座する姿からは、読書に耽る集中した空気が読み取れるが、この州浜台が置かれることによって、彼の風流人としての一面が表現されているように感じられる。

絵の左上には、石川丈山の賛と伝わる長明の和歌が記されている（写真六）。丈山は主に隷書を得意としたとされ、隷書の作品が多く遺されているが、本作のように仮名交じりの書も現存する。[2]

落款は、朱印の乗円の二顆と丈山の一顆を伴っている。既に、乗円の瓢箪形「玄々子」の印は知られているが、

（写真四）「鴨長明絵像」

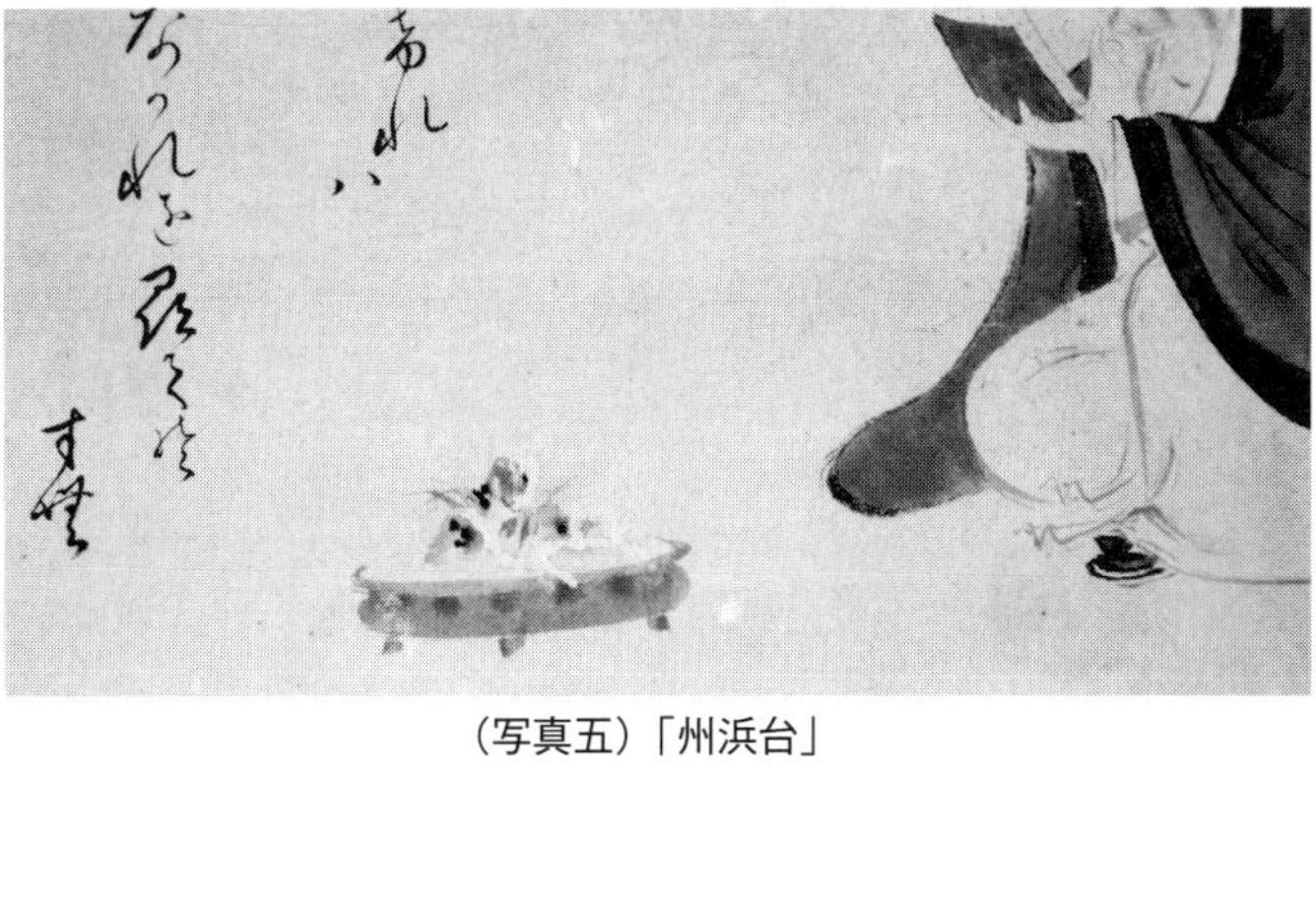

（写真五）「州浜台」

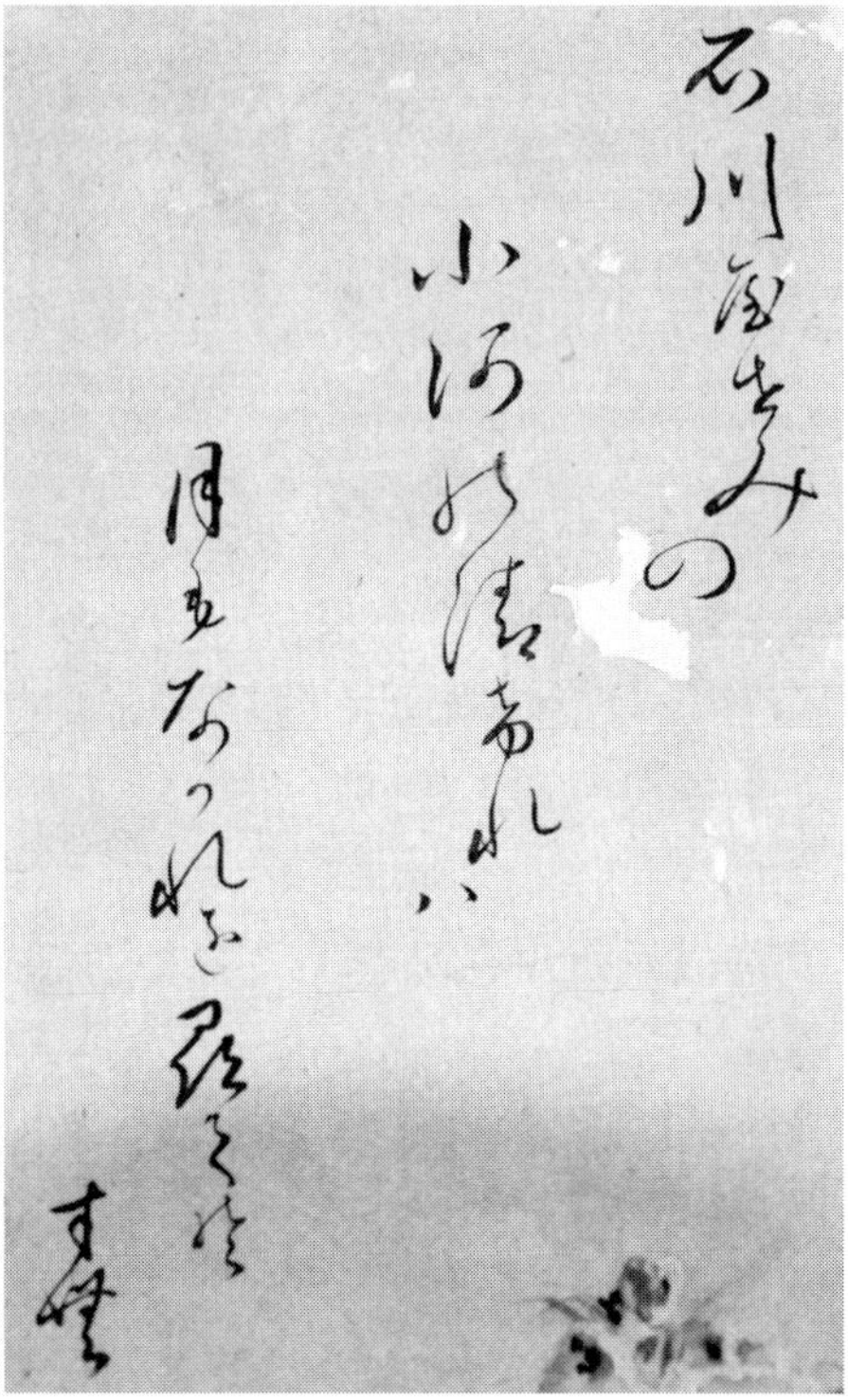

（写真六）「賛（長明の和歌）」

もう一つの乗円の変形長方形「乗圓」印と、丈山の号「凹凸」を中央に配する円印は、管見の限り他に知らない(3)。

二　附「由緒書」

「鴨長明絵像」が収められている箱には、その由緒を記す紙葉（二紙）が納入されている。以下に翻刻する（割注は「〈　〉」、改行は「／」、紙の別は「　」（一紙）」のように示した）。

○新古今集神祇部ニアリ
　鴨長明自詠〈名歌／ナリ〉

石川やせみの小河の清けれは月も
なかれをたすねてそすむ
○　玄々子乗円ハ〈熊澤良海深草元政石／川丈山ト深ク交遊セリ〉
○　石川丈山　自詠〈名歌／ナリ〉
わたらしなセミの小河のきよくとも
おいのなみよるかげもはすかし
そう
」（一紙）

此哥ハ丈山を
後水尾天皇宮中エ御マネキ賜フ
時丈山此哥を御コトハリニ詠ジテタテ
マツリケリ
○　そう〈此二字ハ　後水尾天皇御ナヲシ／タモウテ又丈山エカエシ賜フナリ〉
○石川丈山ハ九十余ニシテ死スコノ賛ハ
八十五六歳ノ時ニイタセシ也
○一文字風帯ハ安楽庵切ノ内ノ金
地ト云也
○　丈山死後ニ
霊元天皇〈後水尾天皇ノ／皇子也〉丈山ノ詩仙堂エ
ハザ〳〵御幸《ミユキ》シタモウナリ
」（二紙）

この「由緒書」には奥書がないため、いつ書かれたのかは判然としない。行頭に付された丸印（○）によって見ると、①長明の和歌「石川やせみの小河の清けれは月もなかれをたすねてそすむ」が『新古今集』神祇部にあること、②萩之坊乗円は熊澤良海（詳細不明）、深草元政（一六二三～一六六八）、石川丈山と親交のあったこと、③石川丈山の和歌「わたらしなセミの小河のきよくともおいのなみよるかげもはすかし」は、後水尾天皇（一五九六～一六八〇）に召された際に、断るために詠じたものであること、④石川丈山歌の第四句「おいのなみよる」の「よる」は、後水尾天皇によって「そう」と改められたこと、⑤石川丈山の賛は八十五・六歳の時に書き付けたものであること、⑥装訂の一文字・風帯は、安楽庵策伝が好んだ安楽庵切が用いられていること、⑦丈山の死後、霊元上皇（一六五四～一七三二）が詩仙堂に御幸なされたこと、の七項目が挙げられている。

このうち③石川丈山の和歌は、石川丈山『新編覆醬集』「巻之四」末尾に、「鴨河をかきり都のかたへいつましきとて　よみ侍りける　わたらしな瀬見の小河の浅くとも　老のなみそふかけもはつかし」[4]と見える。この「わたらしな」の歌の上の句は、長明の「鴨社歌合とて人人よみ侍けるに、月を　鴨長明　いしかはやせみのを川のきよければ月もながれを尋ねてぞすむ」[5]（『新古今集』第十九「神祇歌」）を本歌とし、下の句は、夙に茅原定（一七七四～一八四〇）『茅窓漫録』によって、前大僧正隆弁[6]（一二〇八～一二八三）の「すずか川にてよみ侍りける　前大僧正隆弁　七十のとしふるままにすずか川老の浪よるかげぞかなしき」（『続拾遺集』巻九「羇旅歌」）を踏まえることが指摘されている。[7]

なお、この『新編覆醬集』に見える丈山歌の第三句「浅くとも」は、「由緒書」では「清くとも」となっている。その他の書物では、

「浅くとも」……神沢貞幹（一七一〇～一七九五）『翁草』、津村淙庵（一七三六～一八〇六）『譚海』、

孤山居士『本朝語園』（宝永三年〔一七〇六〕刊）
「清ければ」……松崎尭臣（一六八二～一七五三）『窓のすさみ』
「浅くとも」……茅原定『茅窓漫録』、伴蒿蹊（一七三三～一八〇六）『続近世畸人伝』、梅竜子『歌林一枝』
となっており、「由緒書」の「清くとも」との違いが見られる。(8)

また、『新編覆醤集』丈山歌の第四句「老のなみそふ」は、「由緒書」では「おいのなみよる」とあり、他の書物では、

「老の浪そふ」……『窓のすさみ』『翁草』『譚海』『本朝語園』
「老の浪よる」……『茅窓漫録』
「老の波たつ」……『続近世畸人伝』

とある。「老の浪よる」は、より前大僧正隆弁の歌に近い表現といえよう。『本朝語園』では「波立」の右傍に「ソウイ」と注記があることからも、当時から「そふ」「よる」「たつ」と伝える異伝が存在していたことが分かる。(9)なお、④石川丈山歌の第四句「おいのなみよる」の「よる」が、後水尾天皇によって「そう」と改められたことは、『続近世畸人伝』に「〳〵波そふ。と雌黄を下し給ひしも忝し」(10)として「たつ」から「そふ」に改められたと記す。

⑥装訂の一文字・風帯には「安楽庵裂」が用いられている（写真七）。安楽庵は、安楽庵策伝が開いた京都誓願寺の茶室の名で、安楽庵裂は「安楽庵に伝わった袈裟裂およびそれに類する古金襴。策伝の好みによる命名。名物裂として、茶器の袋などに珍重された」(11)ものという。この「鴨長明絵像」では「由緒書」にあるように、金襴の二重蔓牡丹文様が使われており、名物裂を用いた豪華な装訂となっている。

⑦丈山の死後に霊元上皇が詩仙堂に御幸なされたことは、『元陵御記』享保十四年（一七二九）二月三日条に

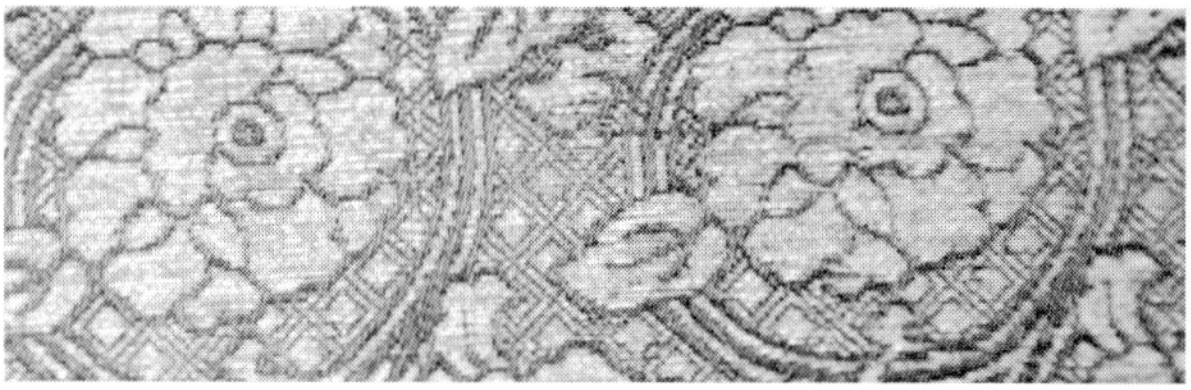

（写真七「安楽庵裂」）

「この詩仙堂はむかし石川丈山か在世の時分より聞及にし所なり」と見える。[12] このことから、「由緒書」は、この霊元上皇詩仙堂御幸以後に書かれたものといえる。あるいは『元陵御記』は、板倉勝明（一八〇五～一八五七）によって嘉永元年（一八四八）に刊行されたことから、それよりも後に作られた可能性もあり、今後の課題としたい。

三　萩之坊乗円

萩之坊乗円の事蹟については、『続日本高僧伝』「城州五智山沙門乗円伝」[13]に次のように見える。

釈乗円。字朗然。俗姓岡本氏。摂津大坂人也。幼而入二雄徳山昭乗室一。落髪被レ緇。修二習瑜伽一。壮年掛二錫智山教黌一。歴二事隆長宥貞運敞三師一。而研二機鋒一。一時明徳無レ不二咨詢一。益深二根嶺教義幽賾一。義解日進。或運敞僧正奉レ勅啓二講於仙宮一。選二十義虎一。円亦預焉。嘗謁二密乗院宥雅一。稟二諸尊秘軌一。円有二営構志一。披二五智山荒榛一。為二興祖一建二灌壇一。徧化二四部一。尋住二六波羅蜜寺一。円晩号二玄玄翁一。天資温厚。風神高邁。修学余力。文雅陶レ性。尤善二草隷一。嗣二法惺々翁一。丹青入レ神。自為二一家一。寛文十三年癸丑夏五月二十一日暴疾順世。寿四十六。（以下略）

乗円は、はじめ男山八幡の松花堂昭乗に師事し、真言密教とともに書画などの文雅の道も学んでいる。例えば書では草書・隷書を得意とし、上代の温和な書風と称される松花堂流（滝本流）を継承している（「滝本流 系譜」参照[14]）。

真言密教の修学では、男山八幡から智積院に入り、第五世隆長（一五八六～一六五六）、第六世宥貞（一五九二〜一六六四）、第七世運敞（一六一四〜一六九三）の三能化のもとで密教を学んだ。さらに密乗院の宥雄から伝授を受け、荒廃していた五智山蓮花寺を再興、後に六波羅蜜寺の十二世にまで昇り詰めている。(15)

「乗円伝」の途中、「或運敞僧正正奉レ勅啓二講於仙宮一。選二十義虎一。」とあるのは、寛文六年（一六六六）八月十九日に後陽成天皇（一五七一〜一六一七）五十回忌にあたり後水尾上皇の勅命によって勤修された仙洞論義を指すものと思われる。その時に選ばれた僧侶は「仙洞御論議人数交名」(16)に見え、

講師	洛北養命坊寺中玉蔵坊	仙春房範宥
問者	智積院弟子	陽春房快盛
精義	智積院化主	権僧正運敞
	越前国瀧谷寺住持	定誉房寛海
	武州百間西光院前住	精忍房清長
	甲州慈眼寺住持	任識房宥鑁
	京六波羅蜜寺住持普門院	良音房円祐
	山州八幡萩坊前住	乗円房朗然
	京千本上品蓮台寺住持	尭善房覚栄
	乗円弟子	亮慶房乗真
	尾州蜂須賀蓮花寺門弟	文秀房快宥
	江州神照寺住持	深快房覚雄

松花堂昭乗
- 滝本坊乗淳
  - 同憲乗 — 同乗貞
  - 藤田乗因
    - 薬師寺方正
    - 里村玄俊
  - 中村久人
- 中村久越
- 豊蔵坊孝仍
- 豊蔵坊信海
- 藤田友閑
- 萩之坊乗円
- 点坊乗之
- 素松堂
- 平野仲庵
- 近藤通恵
- 神之愚純
  - 金谷北溟
  - 内田慶山
    - 大塚武雄
    - 佐々木義質
  - 富田共操
  - 谷口掃貞
- 山地庄左衛門

「滝本流　系譜」（『国史大辞典』に拠る）

として、運敞僧正をはじめとした十二名が挙げられている。その中には、「乗円房朗然」とともに乗円の弟子にあたる「亮慶房乗真」の名も見える。この運敞を除く論義衆十一傑は、大衆の投票によって選ばれていることからも、乗円は書画はもとより、真言密教僧としても一目置かれた僧侶であったことが明らかになる。

おわりに

本稿では、架蔵（普濟寺蔵）の萩之坊乗円筆「鴨長明絵像」（石川丈山歌賛）を紹介するとともに、箱に収められていた「由緒書」を検討し、合わせて絵を描いた萩之坊乗円の真言僧としての姿にも着目した。

萩之坊乗円の師である松花堂昭乗は、言うまでもなく真言宗学僧であり、また寛永三筆の一人に数えられる能書家でもあり、絵画・茶道の道にも精通した文化人であった。石川丈山には、鴨長明の和歌を踏まえた「わたらしな」の和歌の他にも、寛文元年（一六六一）八月二十八日には鴨長明の遺跡を訪れ、五首の漢詩を作っている(17)。松花堂昭乗と石川丈山との交遊も指摘されており(18)、また松花堂昭乗と安楽庵策伝とは親密な仲であったことも分かっている(19)。萩之坊乗円との交流は詳らかではないが、おそらく師である松花堂昭乗を介して、さまざまな人物との親交があったであろうことが想像される。

萩之坊乗円筆「鴨長明絵像」は、例えば僧侶姿で琵琶を携える姿でもなく、またどこか遠くを眺めながら悠々自適に閑居の気味を謳歌しているような姿でもない。賛に記された、長明の和歌に詠われているような清らかな空間の中で書物と向き合い、書物と対話しているかのような佇まいは、文雅の道に携わる文人そのものである。それはまさに、松花堂昭乗や萩之坊乗円、石川丈山や安楽庵策伝が理想とする姿であった。この絵像作成の背景として、天下泰平となりつつあった江戸時代初期における文人賛美と、その代表ともいえる長明に対する憧れがあったのであろう(20)。製作年代がほぼ特定できる本絵像は、当時の文人たちの理想像を伝えるものとしても極めて貴重なものといえる。

注

（1）伝松花堂昭乗筆「鴨長明像」については、吉沢忠「松花堂昭乗筆 鴨長明像」（「国華」917号、一九六八年八月）参照。「平成21年度特別展　没後三七〇年　松花堂昭乗―先人たちの憧憬《あこがれ》」図録（八幡市立松花堂美術館、二〇〇九年一〇月）にも「先賢図押絵貼屏風」として公開されれている。

その他、主な長明絵像としては、小松操氏によって、狩野探幽筆の「鴨長明像」（中央西行、左鴨長明、右兼好）と、久隅守景筆の「鴨長明像」（中央藤原俊成、左鴨長明、右兼好法師）が紹介されている（小松操「兼好法師の画像」「金沢文庫研究」7（7）（69）、一九六一年七月。小松操「兼好法師の画像」「解釈」7（11）（77）、一九六一年一一月にもあり）。なお、久隅守景筆のものは、「中俊成左右長明西行図」として東京文化財研究所ホームページ（https://www.tobunken.go.jp/index_j.html）に写真が挙げられている。

また、群馬県の名雲書店より、絵師不明の「鴨長明法師画像」が出品され写真も載せられている（「日本の古本屋」サイト、二〇一九年四月一日現在）。解説には、神宮文庫所蔵のものと若干の違いはあるものの「全く同じ構図で描かれた座像」とある。

なお本稿では、『方丈記』版本の挿絵として描かれる長明像については除外した。

（2）丈山の書は、安城市文化財図録Web版「石川丈山書跡」（http ://www.katch.ne.jp/~anjomuse/bunkazai_zuroku/ishikawajyouzan_shoseki/index.html）にも紹介されており、隷書の書とともに仮名交じりの書も挙げられている。その筆跡は本作と近似している。

（3）乗円の瓢箪形「玄々子」の印は、国文学研究資料館「蔵書印データベース」（http://base1.nijl.ac.jp/~collectors_seal/）に挙げられている。

（4）小川武彦 石島勇『石川丈山年譜』附編（青裳堂書店、一九九六年一月）所収のものに拠る。

（5）『新編国歌大観』所収のものに拠る。なお、和歌の引用は特に断らない限り『新編国歌大観』に拠る。

(6) 前大僧正隆弁については、中川博夫「大僧正隆弁—その伝と和歌——」(『芸文研究』46、一九八四年一二月)参照。

(7) 石川丈山「わたらじな」の歌に関しては、伊東勉「鴨河倭歌考」(『中日本自動車短期大学論叢』6、一九七五年三月)、小川武彦「石川丈山「わたらじな」和歌攷—松永貞徳との交遊を中心に」(『近世初期文芸』21、二〇〇四年一二月)参照。

(8) 『翁草』では「或はせみの小川の清ければと云るは誤歟」と記している(引用は『日本随筆大成』3—23、吉川弘文館、一九七八年七月 所収のものに拠る)。

(9) 『古典文庫』445・446(一九八三年一〇・一一月)所収のものに拠る

(10) 『東洋文庫』202(一九七二年一月)所収のものに拠る。

(11) 『日本国語大辞典』(第二版、二〇〇三年一月)「安楽庵」の項に拠る。

(12) 早稲田大学図書館蔵『元陵御記』写本画像に拠る(早稲田大学図書館「古典藉総合データベース」(http://www.wul.waseda.ac.jp/kotenseki/index.html)参照)。

(13) 引用は、『大日本仏教全書』64巻「史伝部」(鈴木学術財団、一九七二年二月)所収のものに拠る。

(14) 『国史大辞典』「滝本流」の項では、「滝本流に連なる人々は、いずれも昭乗近侍の僧侶や町人に限られ、公卿の追随者が一人もいない。庶民層に根強い支持を受けていたことを示している」と指摘する(神崎充晴氏解説)。

(15) 五智山蓮花寺をめぐっては、かつて拙稿「薬師寺蔵『醍醐寺真俗雑談記』をめぐっての一考察—「雑談」から「口決」へ—」(『密教学研究』42、二〇一〇年三月)において、醍醐寺から五智山、薬師寺へと将された聖教(『醍醐寺真俗雑談記』)の広がりについて論じたことがある。

(16) 引用は、日野栄順編『智山通志』(智嶺新報社、一九〇一年一二月)所収のものに拠る。

(17) 『覆醤続集』巻之四に「尋長明踪遊日野山路過渋谷」のほか五首が見える(前掲注(4)書参照)。

(18) 寛永三年(一六二六)の冬に、松花堂昭乗と木下長嘯子(一五六九~一六四九)が石川丈山のもとを訪れ、それに対して丈山が戯れに七絶一首を詠んだことが明らかになっている(小川武彦 石島勇『石川丈山年譜』本編(青裳堂書店、一九九四年九月)参照。

(19) 安楽庵策伝の交遊録である『策伝和尚送答控』には、松花堂昭乗や木下長嘯子がしばしば登場する。策伝の交遊については、関山和夫氏によって、「中でも松花堂昭乗（瀧本坊惺々翁）は最も親密であった」ことが論じられている（関山和夫「安楽庵策伝について」（未刊文芸資料　第三期6『策伝和尚送答控』一九五四年一月所収）に拠る）。

(20) 江戸時代初期における文人賛美や長明の遺蹟をめぐっては、拙稿「方丈石と文人」（歴史と文学の会編『新視点・徹底追跡　方丈記と鴨長明』勉誠出版、二〇一二年八月所収）において、長明から連なる文人の系譜を辿った。

叡山文庫蔵『随身抄』解題・翻刻（抄出）

大島由紀夫

解題

叡山文庫蔵『随身抄』（真如蔵／内典／二六／二二／一〇八三）は、葬送・追善のための法会に備えてその法則・要文等を簡便にまとめたもので、天台系の同類の書としては『智無智通用集』[1]が知られている。『智無智通用集』と『神道集』との同文箇所について報告した拙稿[2]において『随身抄』にも少しく言及したが、『智無智通用集』と『随身抄』とに共通する特徴は、初七日から三十三回忌までの十三の忌日に十三仏を充てることである。真言・天台・浄土等の諸宗において十三の忌日に十三仏を充てることは、室町時代の文献・絵画・板碑等に確認できるが、これは十王信仰が展開する中で十王の本地仏（十仏）を説くようになり[3]、さらに十三仏へと展開したものである。その定着期はおおよそ室町時代の十四世紀後半から十五世紀初頭の間であろうと考えられている[4]。以後、今日に至るまで十三仏信仰は広く根付いており、宮坂宥洪氏が

十三仏信仰の誕生は、ただ単に十仏に三仏が加わったということではない。これによりインド仏教が大前提としていた輪廻思想が事実上消滅したことになる。〈中略〉十三仏信仰は、インドの輪廻思想において不可欠な「中有」と「来世」の観念を有名無実なものとした。輪廻思想そのものが事実上否定されたといって過

言ではない。ここに至って輪廻思想を大前提として成立したインド仏教とは一線を画した独自の日本仏教が確立したと思われるのである。

と端的に指摘されるように、[5] わが国の信仰文化の史的・質的展開を把握する上で、重要な事象であるといえよう。『智無智通用集』の伝本は寛文六年（一六六六）刊本のみで、写本は確認されていないため、『智無智通用集』で展開される言説の質を検討するにあたっては、類書との比較は必須の作業である。また、『随身抄』・『智無智通用集』の内容は、天台宗の法儀で現在も用いられる法則・要文等と密接に関わっており、[6] 十三仏信仰が葬送・追善儀礼の中に組み込まれて、その法則・各種要文が定型化して今日に至る様相を知る上でも、本書は相応の資料的価値を有すると考えられる。よって、本稿で翻刻を掲げる次第である。

『随身抄』の形態を簡略に記すと次のとおりである。

写本一冊（『塔婆意趣書私并下野国岩船地蔵誓願参日記』と合冊）

縦二三・二cm　横一六・八cm　全四十九丁

外題…随身抄

一丁表の冒頭に「法花惣釋并率都婆開眼」とあり、もともとはこれを内題とする書であったと考えられるが、入棺・荼毘など、葬儀の折の次第・作法・心得などの具体的な記述が追加されて現存本の形態に至ったと考えられる。上下の一部に火水によると思われる損傷があり、後代に修補されているが、その補修箇所の一部には補修時以後の書き込みがある。詳細は後掲の翻刻をご覧いただきたいが、「流灌頂之作法」条の直後に「古本云、文明十五年卯月十一日、又天正二甲戌年三月後二日、賜師玄継上人御本書写訖」とあり、文明十五年（一四八三）・天正二年（一五七四）と転写された本が「流灌頂之作法」条までの親本であると考えられる。この年記の後に、万寿二年（一〇二五）に山王権現が祢宜の希遠に示した託宣を付記し（この託宣は『日吉年中行事幷禮拝講事』・「禮拝講因縁」(7) の当該箇所とほぼ同文である）、託宣の後に次の識語がある。

右此書ハ雖為悪筆為自見書写訖、定落字辟字毎度可見之、一見次毎ニ校合可有者也、願書写以功力一ヲ亡母泉下苦患可抜済者也、乃至有縁亡霊無縁含識共ニ一仏乗之縁ト成ン已耳、　南無三宝〻〻〻　　紹忍

于時天正八庚辰三月十八日西万木令書写訖　　金剛傅符慶壽

これによると、天正二年以後のいずれかの時点で託宣を加えて紹忍が記し、それをさらに天正八年（一五八〇）に慶壽が湖西の西万木《にしゆるぎ》（滋賀県高島市安曇川町）で書写したのが本書であるということになる。

『智無智通用集』や『随身抄』で掲げる忌日と十三仏が一致する真如蔵の書としては、他に

A『忌日法則』（真如蔵／内典／二六／五七／一一六六）近世後期写

B『忌日法則』（真如蔵／内典／二六／八八／一一〇三）

奥付「天正十六戊子二月廿日（中略）江州柏原成菩提院第十七四真祐執筆」

C『十三佛抄』（真如蔵／内典／二八／一〇／一七〇二）

奥付「永禄十三天庚午菊月中旬書写卆　上州新田庄呑嶺山常住右筆孳了」

などがある。このうち、Aは『随身抄』七丁裏・初七日条（後掲翻刻二六四頁七行）から二十二丁表・廻向文（同二七〇頁七行）までとほぼ同文を有しており、対校すると『随身抄』に次のような脱文の存することがわかる。＊脱文箇所を《　》で示す。

暫《シハラク》唱ニレハ此ノ大士ノ明一ヲ、免《マヌカ》ニル《三有苦界《界イ本》之無窮《無窮》ノ輪環《リンクワン》一ヲ、所以ニ提二ケテ智恵ノ劔一ヲ、斬《キ》二リ》輪廻生死縛縄《ハクセウ》一ヲ、

書写期は『随身抄』の方が古いので、両書に直接の書承関係は認められない。

また、次のように『随身抄』には書写時に誤読したと考えられる箇所があることもわかる。

随身抄………還テ得《へ》二清浄智一ヲ玉《タマ》カ快《心ロヨ》ク澄《スメ》二リ衆病一ノ言《コトハ》ニハ納《ヲサ》二メ事理ノ病悩一ヲ

A忌日法則…還得清浄ノ智玉 快《コヽロヨ》ク澄《スマ》サン衆病ノ言ニハ事理ノ病悩ヲ納《ヲサ》ム

このように、Aは『随身抄』の対校資料として有益であり、後掲の翻刻では『随身抄』の損耗箇所をAによって適宜補った。

尚、紙幅の都合から全文の翻刻掲載は見送り、全四十九丁のうち、二十九丁表から四十五丁表五行目までを省略した。省略箇所では、入棺・荼毘など、葬儀の折の次第・作法・心得などが具体的に記述されている。

注

（1）『天台宗全書』第二十巻（一九七四年三月、第一書房）所収。

（2）大島由紀夫「『神道集』本文の形成環境に関する一考察」・『唱導文学研究』第十一集（二〇一七年六月）。

（3）十王信仰の展開と逆修・追善法会との関わりについては、本井牧子「十王経とその享受—逆修・追善法会における唱導を中心に—（上）・（下）」・『国語国文』第六十七巻六号・七号（一九九八年六月・七月）で詳細に検討されている。

（4）植島基行「十三仏信仰への展開」・『密教文化』九十四号（一九七一年三月）、武田和昭「十三仏図の成立再考」・『密教文化』百八十八号（一九九四年十月）等参照。

（5）宮坂宥洪「十三仏信仰の意義」・『現代密教』第二十三号（二〇一二年三月）。

（6）木内尭央編『天台宗読経偈文全書Ⅱ　法則表白編』（二〇〇〇年九月、四季社）参照。

（7）『続天台宗全書』神道Ⅰ・山王神道Ⅰ（一九九九年七月、春秋社）所収。

謝辞　ご蔵書の閲覧・翻刻掲載をご許可くださった叡山文庫の関係各位に御礼申します。

翻　刻

叡山文庫蔵『随身抄』全四十九丁のうち、二十九丁表から四十五丁表五行目までを省略し、表紙見返しを含めて翻刻を掲げる。

《凡例》

○本文は追い込み、改丁等は示さない。
○私に適宜段落を設け、句点を施す。
○原則として常用漢字を優先して用いる。
○誤字脱字等も原本のとおりとし、ママ等の傍注は付さない。
○損耗して判読出来ない箇所は、想定される字数分を■で示す。字数が定かでない場合は□と示す。
○損耗して判読出来ない箇所のうち、『忌日法則』（真如蔵／内典／二六／五七／一一六六）等の他書に同文がある場合はこれによって補い、当該の字を□で囲んで示す。
○原本の意がとりにくい箇所のうち、前項『忌日法則』の記述と異同がある場合は、その文字に（　）を付して右側に示す。

随身抄

（表紙見返）

心地観経云

子日ノ死人ハ閻浮提生　丑日死人ハ阿弥陀仏国　□　卯日死人ハ三悪道ニ生
辰日死人ハ往生ヲスル　巳日死人ハ□　午日死人刹那間無辺国生ス　未日死人ハ浄土ニ生■
申日死人■■　酉日死人得自在神通　戌日死人ハ福得人生　亥日死人八大地獄入
右件死人記録自心地観経出タリ（以上、表紙見返し）

山門東塔南谷　浄教房　真如蔵

法花惣釈并率都婆開眼
○先三礼一打　取香爐蹲踞一打
一切恭敬
自帰依仏　当願衆生　体解大道　発無上意
自帰依法　当願衆生　深入経蔵　智恵如海
自帰依僧　当願衆生　統理大衆　一切無㝵打
○次着座
○次如来唄
如来妙世間　如来色　一切法常住　是故我帰依打
○次開眼　率塔婆ニテモ五輪ニテモ有之時ノ事也
新ニ被二玉ヘリ開眼供養一セ大日如来三昧耶形率塔婆一躰トモ五輪一基トモ為レメニ奉レン令レ成青蓮慈悲ノ御眼一カ　仏眼印真打
置二テ鐘木《シモク》香呂一ヲ結レ印一ヲ誦レシ明ヲ為レメニ奉二ンカ四智三身ノ功徳円満獲得一セシメ大日如来印真言打　結印誦レ明ヲ
○次神分
孝養報恩之庭、滅罪生善之砌、為《タメ》ニ二法味喰受一センカ、冥衆定メテ来臨影向シ玉フラン、奉レリ始ニ二梵釈四王一ヲ、三界所有ノ天王天

衆、日月五星諸宿曜等、日域《シチイキ》神母天照皇大神宮、王城鎮衛《チンヱ》諸大明神、円宗守護山王三聖王子眷属、当国守護諸
神祇■衆、当所権現諸大善神、特者《コトニハ》信心施主当年属星本命曜宿、日月五星諸宿曜等、乃至当年行疫流行神等ニ至
ル迄、併《シカシナカラ》為レ奉ンカレ令《セシメ》ニ法楽荘厳セ一惣神分ニ般若心経打　大般若経打　一切三宝

○次表白

慎《ツヽシ》ミ敬テ白ニテ遍法界摩訶毘盧遮那、因円果満盧舎那界会、一代教主釈迦牟尼如来、東土正覚医王薄伽、西方教主弥
陀種覚、空仮中道一乗妙典、八万十二権実聖教、観音勢至等諸大薩埵、身子目連等ノ諸賢聖衆、乃至尽虚空遍法
界之三宝ノ境界ニ而言ク、方ニ今
南閻浮提大日本国当所某国■■
為レ備《ソナヘ》二上ンカ慈父悲母歟師匠兄弟等聖霊初七日歟乃至一周忌二■■■第三年■云云菩提ノ資糧一ニ、彫ニ刻シ大日如来三形一ヲ、書ニ写シ一部妙典一ヲ、読誦シ某甲経
巻一ヲ、祈ル二彼ノ菩提ノ覚路一ヲ、其志趣何ナレハ、夫レ本覚顕照ノ山ニ閉《ト》チンレ扉《トホソ》ヲ、暁《アカツキ》ハ雖モレ不レ聞《キカスト》転変無常ノ名一ヲタニモ、従真起
速ノ郷《サト》ニ借《カ》ルレ宿ヲ、夕《ヘ》ハ久ク眠リテ、分段《タン》生死枕ノ結《ムス》フレ夢ヲ、然レ則チ無常ノ風ハ遠ク■■色無色ノ空《ソラ》一ヲ、生死雨《アメ》ハ広《ヒロ》ク注《ウルヲ》二ス四州六
欲ノ樞《トホソ》一ヲ、爰ニ先孝聖霊卜《シメ》二居ヲ於当国当所ノ境地一ニ、雖モレ然リト一有為之睡《ネムリ》忽《タチマチ》ニ覚《サメ》テ告《ツケ》二玉ヒキ円寂之期一ヲ、従リレ爾レ已来《コノカ》タ一七日トモ乃至第
三年トモ忌景《キケイ》忽ニ来リ、依レ之ニ帰シ二三身即一之尊一ニ、仰《アヲ》キ二一乗無二ノ経一ヲ、訪《トフラ》ヒ二亡神黄泉之路一ヲ、祈ル二九品三輩之台《ウテナ》一ヲ、功徳既《ステ》ニ
莫《ハク》太ナリ、勝利豈《ア》ニ唐捐《タウエン》ナランヤ、若シ爾《シカラ》者、亡霊《ハウレイ》三界有輪ノ執情忽《タチマチ》ニ蕩《トラケ》テ、瑩《ミカ》キ二心月於見性見理ノ軒《ノキ》一ニ、六趣輪廻ノ迷謬《メウ》
速《スミヤカ》ニ転シテ、開《ヒラ》キ二白蓮花上品上生之池一ニ、善根有リ二余慶一、故ニ国家安全ニシテ不レ聞《キカス》二兵革戦鼓《カクセンコ》ノ音《ヲト》一ヲ、九穂豊稔《キウスイホウネン》ニシテ民《タミ》
満《ミ》テン二■■万収ノ願《ネカイ》一ヲ、特《コト》ニ信心大施主現ニ保チ二百年ノ仙■、当《マサ》ニ期《コ》セン二千仏ノ値遇一ヲ、九界皆潤《ミナウルヲ》シ二一善ノ余薫一ニ、三有併《シカシナカラ》
至ン二三明ノ覚位一ニ、旨趣誠《マコト》ニ有《アリ》二幽《ヨウ》致一、啓白偏《ヒトヘ》ニ存ス二省略一ヲ、若有ハ書写御経■、抑モ新写ノ御経ノ開テ二首題一ヲ可レ奉レ拝シ、
南無妙法蓮華経序品第一余七巻余人誦■■■師一人モ八巻共誦之■
至心発願　造立塔婆　書写妙典　開題演説　功徳威力　天衆地類　倍僧法楽　当所神等　威光自在　行疫神等

離業得道　荘内安穏　寺中共可意特候　諸人快楽　信心施主　所願成弁　一結諸衆　各願成就　及以法界　平等利益

○次四弘誓願

衆生無辺誓願度　煩悩無辺誓願断　法門無尽誓願知　無上菩提誓願証

○次率都婆釈　○或五輪

方ニ今被《マラレ》二造立供養一セ給ヘリ、大日如来三摩耶形、率都婆一本、或ハ五輪一基、是《レ》ニ必ス備ニ玉フ惣別ノ功徳一ヲ、惣ノ功徳ト者、

四智三身五眼也、

先ツ四智者、大円鏡智、平等性智、妙観察智、成所作智也、或ル時、並ニシテ法界体性智一ヲ云フ■■、

次三身者、法身、如々普遍ノ妙理、報身者、境智冥合智体、因円果満覚位、応身者、功徳知法身処々応現ノ性相也《ナリ》、

五眼者、肉眼、天眼、恵眼、法眼、仏眼也、是ヲ名ニル惣ノ功徳一ト者《モノ》ナリ、此ハ是レ大日覚王三昧耶形也、

三昧耶形ト者、梵語、此《コヽ》ニハ有ニリ平等、本誓、除障、驚覚ノ四義一、其ノ中ニ付ニテ本誓一ニ釈レハ之、

凡ツ大日如来ト者、離《ハナ》ニレ青黄赤白ノ色一ヲ、非《アラ》ニス長短方円形一ニ、阿字不生ノ水　潔《ツイサキヨク》シテ、自証円明月　朗《ツキホカラ》カ也、然トモ為三メニ利ニ益ン衆生一ヲ、現ニヌ方円半満《角也》ノ形一ヲ、令《シメントノ》シテ一ノ見人一ヲ成中セシ仏道上ヲ誓願ナリ、故ニ云ニフ本誓一也、地輪ハ大円境智阿閦仏、水輪ハ平等性智宝性仏、火輪ハ妙観察智阿弥陀仏、風輪ハ成所作智天鼓雷音仏、空輪ハ法界体性智大日如来也、

次種字《子》者、𑖀《ア》𑖪𑖰《ヒ》𑖨《ラ》𑖮𑖳𑖽《ウン》𑖏𑖽《キヤ》五字也、付ニテ此ノ五字一ニ各ノ有ニリ字相字義《シ》、具《ツフサ》ニハ如ニシ儀軌本経一ノ、挙《アケ》レテ要ヲ云《イヘ》レハ之ヲ、一見率都婆、

永離三悪道、何呪造立者、必生安楽国、

○次経釈

方今被《セラレ》二新写一給ヘリ、読誦トモ開題演説トモ、

妙法蓮華経序品第一

将釈此経一、可レ有三門一、初ニ大意者、迹門ニ談ニス実相一ヲ、十界各々互具《ゴ》ノ蘂《ハナフサ》綻《ホコロ》ニヒ開三顕一之軒《ノキ》一ニ、本門ニハ顕ニス遠本一ヲ、

三世番々ノ成道ノ月宿《ツキヤト》ニル開権顕遠之水《ミツ》一ニ、都《スヘ》テ言《イヘ》レハ之ヲ、若有聞法者、無一不成仏ト云ヒ、以何令衆生得入無上道ト説ク、此ノ経ノ大意也、次ニ釈レ名ヲ者、正ク指二シテ己心三諦一ヲ名二ク妙法一ト、権実相即スルヲ号二ス蓮華一ト、仏号無レヲ改ムルコト名レク経ト、序ハ次由述ノ三義、品ハ義類同ノ相、第一ハ挙二ル次第一ヲ也、故《カユヘ》ニ云二ツ、妙法蓮華経序品第一一ト、第三ニ入レ文判尺セ者《ハ》、有《ア》二リ二経一有《ア》二リ三段一、所《ヰハユル》謂ル前ノ十四品ハ迹門、後ノ十四品ハ本門也、或ハ■シテ序分《品》ヲ為二シ序分一ト、従《ヨ》レリ方便品一ト至二ルマテヲ分別功徳品ノ十九行ノ偈一ニ正宗分、従《ヨ》レリ偈以後十一品半ヲ為《スル》二流通分一ト也、具ニ如二シ大師ノ章疏一ノ、

○次廻向

○初七日

以《ユヘ》二ハ所生功徳一ヲ、併ラ資二ス亡霊ノ得脱ノ指南一ニ、

抑モ今日ハ聖霊初七日、秦皇王、本地不動明王之裁断也、七日夜ノ間ハ、越二テ死出《シテ》ノ山ノ嶮坂《ケンハン》一ヲ、今日至二ル彼ノ王庁一ニ、受《ウケ》レ苦一ヲ、値《アイ》レテ悲《カナシミ》ニ、経論ニ所レノ挙《ロアク》ル釈義ノ評判、以レテ言《コトハ》ヲ難《カタ》レキ尽シ者歟《モノカ》、凡ソ本地不動明王ト者、一切衆生初発菩提心ノ本尊、六趣ノ群類運二送スル彼ノ岸《カキシ》一ニ明王[也]、九変相ノ月ノ光ハ浮《ウカ》二ヒ生々而加護之水一ニ、三界摂領《セフ》ノ風劇《カセハケシ》クシテ払《ハラ》二三障四魔怨《ヲン》之塵《チリ》一ヲ、動《ウコカ》二シテ法性難動ノ山一ヲ、入二リ生死難入海《ウミ》一ニ、外ニハ現二シ慕《ホ》悪忿怒ノ形像一ヲ、[内]ニハ垂《タ》二ル平等一子慈悲一ヲ、内証外用ノ利益不レ可二勝計一ス、只願《タヽ》ハ秦《シン》広王還二念シ本地ノ誓願一ヲ、垂迹ノ慈悲有《ア》レリ余《アマリ》、勧《スヽメ》二玉ヘ幽霊《ユウレイ》菩提直路一ニ也、

○二七日

抑今日ハ亡霊二七日、初江王、本地釈迦如来也、初七日間、越《タコ》二テ死出《シテ》ノ山ノ嶮難《ケンナン》一ヲ、次ノ七日ノ間渡《ワタ》二ル三途ノ大河一ヲ、七日満スル日到《ヒイタ》二ル初江王ノ庁庭一ニ、本地ハ久遠実成ノ釈迦、一代応世ノ教主也、化縁有レリ限リ雖レ隠二玉フ双林ノ雲一ニ、利生久シテ尚施《ナヲ》二ス遠沾《テン》ノ恵一ヲ、五百ノ大願ハ偏《ヒトヘ》ニ為二ナリ娑婆ノ衆生一ノ、一子ノ慈悲ハ併ラ顧《カヘリミ》二玉ヘリ我等之得脱一ヲ、悲《カナシ》キ哉《カナ》ヤ、乍《ナカ》レラ居二シ皆是我有ノ国《コ》土一ニ、忽《タチマチ》ニ忘二ルヽコト一化覚王之憐愍《レンミン》一ヲ、傷《イタマシ》キ哉ヤ、乍《ナカ》レラ受《ウ》二ケ能救護《ヨククク》ノ利益一ヲ、不レルコト報二奉ラ三界慈父之恩徳一ヲ、今日《ケウ》ノ作善《サ》併ラ奉レル資《シ》二初江王ノ内証之法味一、若爾《シカラ》者、亡霊既《ステ》ニ娑婆世界随一衆生也《ナリ》、何ソ不■ラン漏《モラ》二サ悉是吾子之慈悲一ニ、廻向

亦タ無二清浄真実ノ白善也、尤モ可《ヘシ》馮ル唯我一人之済度ヲ、内証外用ノ慈悲、勧《スヽ》ム幽儀ノ得脱ニ、三業四儀ノ善根併ラ資《シヽ》ル菩提ノ資糧ニ、何《イカ》ニ況ヤ書写モ読誦モ釈尊所説ノ経典也、報恩モ謝徳モ大聖慇懃ノ遺誡《ユイカイ》也、廻向通セハ冥鑒《ミヤウカン》ニ、功徳豈《アニ》唐捐《エン》哉ナラン也、

○三七日

抑モ今日ハ亡霊三七日、宗帝王、本地大聖文殊也云云、死出《シテ》三途ノ二七日ノ後、重《カサネ》テ渡《ワタ》リ泥河《テイカ》ヲ、彼岸ニ構《カマ》ウ王宮ヲ、毒蛇悪鬼従リ池中出《イ》テ、責《セ》ム亡人ヲ、本地即チ金色世界ノ教主、三世覚母ノ文殊也、龍種尊王ノ古《ヘ》ハ、雖トモ八相成道月光朗《ホカラ》カ也ト、一品等覚ノ今ハ、顕シ入重玄門ノ花匂遍《ハナニホヒヒトシ》キヲ、仮《カリ》ニ聞ハ此《コ》ノ菩薩ノ名《ナ》ヲ、滅ス十二劫ノ生死ノ重罪ヲ、暫《シハラク》唱レハ此ノ大士ノ明ヲ、免《マヌカ》ル輪廻生死縛縄《ハクセウ》ヲ、乗シ師子王ニ越ヘ流転五道ノ嶮路ヲ、三世ノ諸仏既ニ酬《コタヘ》テ文殊ノ教《ヲシヘ》ニ成ス正覚ヲ、今日亡霊得脱、定テ依《ヨ》ル此ノ尊ノ慈悲ニ者《モノ》也、乞《コイ》願ハ宗帝王本地垂迹哀愍《アイミン》シテ孝子ノ懇志《シ》ヲ、示《シメシ》玉ヘ聖霊得脱ノ指南ヲ、

○四七日

抑今日幽霊四七日、五官王裁断、則普賢菩薩応化也云云、尋《タツヌ》ルニ聖霊黄《クワウ》泉ノ旅行《リヨカウ》ヲ、前《マヘ》ノ三七日死出三途等ノ渡リ山河ヲ、重テ越ヘテ一ノ江河ヲ、到《イタ》ルト四七日五官王ノ庁庭《テイ》ニ見《ミヘ》タリ、凡ソ内証普賢大士者、不及《ヲヨハス》実相ノ妙理ニ、常住本覚薩埵也、居シテ衆伏頂《イタヽキ》ヲ、瑩《ミカ》キ玄理究竟之月ヲ、随テ九界ノ形《カタチ》ニ、播《ホトコ》ス冥薫密《クンミツ》益之匂《ニホヒ》ヲ、凡ソ衆生一念ノ心木ニハ、普賢一切之智《チ》ノ月《ツキ》ノ影明《カケアキラカ》ナリ、何ニ況ヤ現シ玉フコトハ白玉之形ヲ、顕シ法性無漏之妙理ヲ、乗ルコトハ六牙之象ニ、表ス無明顛倒之制伏ヲ、所以ニ真言上乗ノ流伝、誠《マコト》ニ由ル普賢薩埵ノ弘通ニ、法花一実重演《テウ》、偏《ヒトヘ》ニ為《タ》リ（末）長世済度ノ善巧、常随給仕ノ誓願ハ、余尊ニ不《サ》ル及《オヨ》ハ処ロ、昼夜不退擁護、唯《タヽ》限ル普賢ノ利益ニ者也、仰願ハ顧《カヘリミ》ルニ本地誓約ヲ、垂《タレ》テ迹化ノ慈悲ヲ、勧《スヽメ》下ヘ亡神ノ得脱ヲ、

○五七日

抑今日聖霊五七日ノ忌《キ》景、閻魔王庁ノ裁断也、彼ノ閻魔王ト者、本地地蔵薩埵ノ応化也、彼須弥国炎魔宮ニ有リ一院、

一名善名称院、本地々蔵菩薩所居浄土也、一号光明王院、垂迹炎魔王所居也、八方顕《カケ》八面業鏡《コウキヤウ》、中台有浄頗梨大鏡、於娑婆所作《ナ》善悪諸業、無所残《ノコ》浮《ウカ》此鏡面、随罪業軽重、琰《エン》罪獄率致《イタ》呵《カ》責、本地乃往過去昔、在車輪王云《イ》王、此王金色、金浄、天蔵、地蔵、四人王子在之、其中地蔵太子、於迦羅陀山難行苦行開悟得脱、還六趣苦域《クイキ》引導難化衆生云誓願発者也、竊《ヒソカ》以《ヲモンミレ》、十地円満花匂薫《クン》有情輪廻之苑《ソノ》、一品無累《ルイ》月影照無仏世界之闇《ヤミ》、地蔵薩埵者、是我等《ラ》一念蔵識是名三千在理同名無明、又本覚九識蔵理、是《コレ》号三千果成咸称常楽、故此尊、是《コレ》無明法性不二尊容、一念凡心三密相海也、垂迹炎魔王還念本地慈悲、祈幽魂《ユウコン》九品往生、内証地蔵尊憐愍弟子廻向、送亡神三明覚位、何況此世界今《イマ》、二仏中間ノ暗夜《アンヤナリ》也、菩薩済度時節、此時也、我等《ラ》衆生切利付属迷類《メイルイ》也、大士利生専不可漏《モラ》、只願《タヽネカハク》、本地垂迹合力救護亡霊《ハウレイ》、廻向発願顕誠済度衆生、

○六七日

抑今日六七日、変成王裁断、本地弥勒菩薩也、前《キ》五七日、琰魔王庁庭不定生所人《ヒト》、来此王庁也《ナリ》、但此七日間如前々、深重苦患《ククエン》無之説、然本地弥勒菩薩者、一生補処大士、当来正覚導師也、所《コノ》以本地等覚朝日耀《カヽヤ》四十一地之雲処、後当作仏妙花待五十六億之龍生（訛）、然則釈尊既我等衆生付属此大士、何不懸《カ》憑《タノミ》於龍華正覚之値遇、依之、法王出世本懐一実妙花、開《ヒラ》弥勒疑問之梵風、衆生開悟至要久成覚月、出《イテ》大士猶預《ユヨ》之朦《ノクラ》雲、今日忽依薩埵方便三、説本迹二門之奥旨、来際《サイ》必待弥勒正覚、悟《サト》色心実相之妙理、倩《ツラ〳〵》以《ヲモンミ》、四十九重都《テウ》率内院、不出《イテサラン》衆生一念之心性、第十滅劫、龍花王宮、併《シカシナカ》在胸中《キヨウチウ》八葉之月殿《テン》、当来無量念々、悉慈氏正覚尊体也、九界衆生、雖異《コト》、非此尊化道、不可成仏、四種仏二（土）不同、帰弥勒本誓、可開《ヘキ》覚者《モノ》也、若爾者、依今日廻向、亡霊忽到《イタ》心内兜率之本宮、酬《コタ》所修善業、迷党《メイタウ》悉《コト〳〵》渡本来生死之愛海《アイカイ》、

○七々日

抑モ今日ハ聖霊七々日、太山王宮ノ裁断、本地薬師如来也、乗迹ノ辺ハ是レ琰魔王ヲ為レ父《チ》ト、大弁才天ヲ為レ母ト、所レノ生御子《ミコ》也、一切ノ衆生ノ寿命ヲ守護シ給《タマウナリ》也、一切ノ亡霊、多分此ノ王庁ニシテ生処定《サタマ》ル故ニ、号《ナツク》二ル定生天一トモ者《モノナリ》也、凡ソ本地ハ是医王善逝、衆病悉除ノ本誓ノ深重也《ナリ》、十二ノ大願、偏《ヒトヘ》ニ為ナリ二娑婆衆生一ノ、七仏ノ利生ハ併ラ及《ヲヨ》フ二難化ノ我等一ニ、輪廻生死ノ夢《ユメ》、雖モ二久ク結フト一、一経其耳ノ梵風ニ悉ク覚《サメ》、五住三妄ノ闇《ヤミ》、雖モ二誠《マコト》ニ深《フカ》シト一、還テ得《ヘ》二清浄智一ヲ、玉《タマ》カ快《心ロヨ》ク澄《スメ》リ二衆病一ノ、言《コトハ》ニハ納《ヲサ》メ二事理ノ病悩一ヲ、良薬ノ功ハ兼ヌ二世間ノ出世一ヲ、故ニ亡霊流転六趣ノ病患ニハ、愈《イエ》二一称南無ノ薬力一ニ、妄想三有ノ闇《クラキ》路ハ、照《テラ》ン二一光薩埵ノ恵《エ》日一ニ、懇《コン》志《シ》定《サタメ》テ通《ツウ》セン二医王ノ冥鑒《ミヤウカン》一ニ、廻向併ラ在《ア》リ二幽魂《ユウコン》ノ得脱一ニ、

○百箇日

抑モ今日ハ百ケ日ノ追善、平等王ノ裁断也、彼ノ王、即チ観世音菩薩ノ応作也云云、然《シカル》ニ見ルニ二一経ノ説一ヲ、亡者当テ二今日一ニ、被《カウム》リ二検械之責一ヲ、只タ望《ノソ》ム二娑婆善根一ヲ計《ハカリ》也ト見タリ、悲シキ哉《カナ》ヤ、亡霊ハ娑婆ニ有リト二親族《シンソク》一趣(思)テ、雖レモ待《マツ》ト二孝養善因一、愚《ヲロカ》ナル哉《カナ》ヤ、留《ト、マ》ル二旧室一ニ我等《ワレラ》、報恩ノ疎《ヲロソカ》ナルコト、然ルニ営《イトナ》ミ二随分ノ供施《クセ》僧一ヲ、致《イタ》ス二真実普皆廻向一ヲ、冥《ミヤウ》官モ定テ智見シ、聖《シヤウ》霊モ必ス歓喜シ玉フラン、抑モ観世音菩薩ト者、西方ニハ弥陀補処ノ大士、東土ニハ能施無畏ノ薩埵ナリ、然ハ則チ三十三身ノ応用ノ月光ヲ浮《ウカ》ヘ二六趣沈淪《チンリン》之ノ水一ニ、十九説法ノ理勝ノ華匂《ハナニホヒ》ヲ施《ホトコ》ス二九界ノ迷情之袂《タモト》一ニ、三称我名之輩ヲハ代《カヘ》テ二正覚一ニ救《スク》ヒレ之、一時礼拝之者《ヒト》ハ預《アツカ》ル二巨益《コヤク》一ニ、指《サ》レス掌《タナロ》ヲ所以《ユヘ》ニ、十方諸仏ノ慈悲、併ラ納《ヲサ》メ二観音之一身一ニ、三世常没《モツ》ノ凡夫、悉ク待《マ》ツ二此ノ尊ノ利益一ヲ、若シ爾者、亡霊縦《タト》ヒ雖レモ難《カタ》シトレ出《イ》テ二六趣ノ苦域《クイキ》一ヲ、六観音ノ応用、何ソ不レラン済二度《ト》シ下ハ之一ヲ、群類、設《タト》ヒ雖レモ有リト二無量ノ差別一、平等王ノ慈悲、争テカ不《セサラ》レン救二護之一ヲ、尋ルニ二本地一ヲ、聖霊ノ得脱、有レ憑《タノミ》聞クニ二応迹一ヲ、我等カ冥益無レ疑《ウタカ》ヒ一、廻向ノ詞ハ縦《タト》ヒ雖モ二軽賤ナリト一、帰依ノ志《心サ》シ既ニ深重也、本誓ハ如シ二本誓一ノ、垂レ二哀愍一ヲ、祈願ハ如ク二祈願一ノ、達ン二衆望一ヲ、

○一周忌

今日ハ先孝聖霊一周忌ノ景《ケイ》、都市《トシ》王ノ裁断《タン》之日居《キヨ》スル也、彼ノ王ノ本地ハ大勢至菩薩也云云、凡極善極悪ノ人ハ、不レ来《キタ》ラ二此ノ

王庁一ニ、小善小悪ノ輩《トモカラ》到《イタ》二ルト彼ノ王之所《ミモト》一ニ見タリ、抑モ亡霊三百有余《ユウヨ》ノ日月、迷二玉イナン何《イカナ》ル嶮路一ニカ、十二廻之夙夜《シクヤ》、受《ウ》二ケ玉ヒ

ケン何ナル苦患一ヲカ、留《ト、マ》二ル旧室一ニ者《ヒト》ハ、悲歎有レリ限リ、忘二スル方《マサ》ニ千万端一、往《ユ》二ク黄《クワウ》泉一ニ人ノ愁涙《シウルイ》ハ、如《コト》二クナレハ九牛一ノ、慰《ナクサ》ム事ハ不レ

可レ有《アル》二一毛一モ、今《イマ》帰二シテ都市王一ニ祈二ル幽魂ノ菩提一ヲ、抑モ本地勢至菩薩ト者、首楞厳経ニ云ク、昔《ムカシ》値《アウ》二テ超日月光仏一ニ、受《ウ》二ケ念

仏三昧一ヲ、得《ヘ》二無生忍一ヲ、令《シ》三メ奉仕二セ弥陀如来一ニ、往生ノ衆生ヲ令《セシ》二メ引導一玉ヘリ、若シ爾ハ聖霊五道ノ転輪廻ノ眠リ雖レ深シト、大

勢威猛ノ梵風、忽ニ覚《サマ》レシ之ヲ、二種生死濁《ニコリ》雖レモ厚二シト等覚無垢ノ珠玉一、速《スミヤカ》ニ澄《スマ》シレ之ヲ、懇志《コンシ》通二シ朗然之果証一ニ、廻向及二ハ

ン遠近之群類《クン》一ニ、

○第三年

抑今日ハ先考第三廻之忌辰、五道転輪王ノ庁庭ニ到《イタ》ル者也、彼ノ冥官ハ、炎羅王ヲ為レ父ト、妙吉祥ノ弁才天ヲ為《シ》レテ母一ト所《ル、》レ生《ム》

マル御子《ミコ》也《ナリ》、居二シテ十王ノ最末一ニ、諸《モロ〳〵》ノ聖霊ヲ勧二メント極楽ヘ往詣一ヲ也《ナリ》、本地阿弥陀如来ハ、昔此《シ》ノ世界ヲ名《ナ》二ツケシ剛《カウ》提嵐国一ト時ハ、

為《シ》二テ無諍念王一ト令メ結《ムス》二ハシ来縁ヲ於我等一ニ、今ハ居二シテ安養一ニ成《ナ》二ル超世ノ願主一ト、引二接シ下フ十悪五逆ノ迷党一ヲ、憑《タノモ》シキ哉《カナ》ヤ、亡霊縦《タト》

ヒ雖二モ罪障深重一ナリト、接取《セッシュ》不捨ノ誓《チカ》ヒ、何ソ可《ヘキ》レ漏《モ》レ玉フ之ヲ哉《ヤ》、喜《ヨロコハ》シキ哉《カナ》ヤ、我等レ縦《タト》ヒ雖二モ無悪不造一ナリト、唯称弥陀ノ説不レ可レ

疑アル故《ユヘ》也、一念十念猶此《ナヲコノ》尊ノ悲願也《ナリ》、今日ノ善根、何ソ不二ン納受一シ玉ハ、百即百生ハ既ニ因地ノ本誓也《ナリ》、亡者ノ往生、在レリ

指《サス》ニレ掌《タナ心》ヲ、依レ之、諸教所讃多在弥陀、寄《ヨ》二セ望ヲ於功徳池之夕ヘノ浪一ニ、具三心者必得往生、結《ムス》二フ契《チキ》リヲ於楽音《カクヲン》樹之朝《アシタ》ノ

露一ニ、只冀《タヽコイネカワ》クハ本願無レク設《アヤマ》ルコト、亡神ヲ迎二ヘ安楽国ノ西岸一ニ、祈念達レシテ心ニ、我等ヲ渡《ワタ》二シ玉ヘ娑婆世界東ノ州《クニ》一ニ、

○七年忌

抑今日ハ亡者七年ノ廻忌、或《アル》記録ノ説ヲ見ルニ、七年ニハ帰二シ阿閦仏一ニ、十三年ニハ仰《アヲ》二キ大日如来ノ悲願一ヲ、三十三年ニハ可レト奉

帰二依シ虚空蔵菩薩一ニ明《アカ》セリ、依レテ之ニ、今日ノ善根、併《シカシナカ》奉レ資《シ、》二阿閦如来ノ内証ノ法味一ニ、此ノ尊ハ、是ハ大通智勝仏十六

王子ノ第一、於二テ東方歓喜国一ニ成二シ正覚一ヲ、四方四仏ノ最頂トシテ大円鏡智顕現《ケンゲン》ノ之尊也、一切衆生発菩提心、偏《ヒトヘ》ニ此ノ如来

方便也、窃《ヒソカ》ニ以《ヲモンミ》レハ、菩提ノ非レス難レニ得《ヘ》、道心ノ難レナリ発《ヲコ》シ、仏果非レス難レキニ成シ、此ノ尊ニ難レナリ値《アイ》、然《シカル》ニ今《イマ》、一念発心ノ花ノ

色ハ開《ヒラ》ケ二孝恩菩提之園《ソノ》ニ一、普皆廻向ノ月ノ光リハ照ス二九界迷情之水ヲ一、渇仰《カツカウ》尽《ツク》シレ誠《マコト》ヲ、感応暗《ソラ》ニ通《ツウ》セン、乞《コ》イ願《ネカ》ハクハ、報恩謝徳ノ灯《トモシヒ》ノ影《カケ》ハ混《コン》シ二東方正覚之恵日ニ一、丹祈《タンキ》発願磬《ケイ》ノ響《ヒヽキ》ハ和《クワ》セン二歓喜国土之暁《アカツキ》ノ鐘《カネ》ニ一、

○十三年忌

抑今日ハ亡魂十三年廻ノ忌辰、然ニ而十三年ニハ供二養スト大日如来ヲ一云《イ》フ事、記録ノ一説也《ナリ》、凡ソ大日覚王ト者、理智冥合ノ真際、寂《シヤク》照倶時ノ窮源ナリ、所以《コノユヘ》ニ自性法身体一ナレトモ、分チ二万徳於因果ニ一、法界宮殿無量ナレトモ、耀《カヽヤ》カス二円輪於東西ニ一、是レ則チ胎蔵ノ十三大院、円二脩シ十界ノ衆生ヲ[梵字]《ア》字ノ一念ニ一、金界九会ノ曼荼羅、顕二現ス三十七尊ヲ[梵字]《ハン》字ノ虚円ニ一、故ニ両部分テレ徳ヲ一利二益衆生ヲ一、理智合《アハ》セレ体ヲ済二度ス群萌《ホウ》ヲ一、爰《コヽ》ヲ以テ、六大無导ノ智風ハ払《ハラ》ヒ二三乗五乗之妄塵《マウ》ヲ一、五相成身覚月ハ照《テラ》ス二六道四生之迷闇ヲ一、仰キ願ハ、大日如来ノ誓願ハ法界ニ雖モレ無《ナ》シトレ隔《ヘタ》テ一、済度《サイト》ハ先《マ》ツ勧《スヽ》メ二先孝ノ菩提ヲ一、覆護雖モレ遍スト二三千ニ一、今日廻向必ス令ニ成弁セ一給ヘ、

○三十三年忌

抑今日ハ亡霊三十三年ノ忌景也、然ニ見ルニ二一経ノ説ヲ一、三十三廻ニハ可レ供二養ス虚空蔵菩薩ヲ云一云、凡ソ此ノ菩薩ハ西方香集世界ノ勝花敷《シキ》蔵如来、補処ノ弟子也、其身二十五由旬也、此ノ菩薩来《キタリ》玉フ時《キ》ハ、須弥大海鉄囲、皆成《ナ》リ二虚空界ト一、遊《ユフ》スルニ無障無导也《ナリ》、虚空無导ノ一心ニ納《ヲサム》ル二三千ノ万法ヲ一故ニ、号ス二虚空蔵ト一、此ノ菩薩ハ、亦ハ名ケ二能満所願ノ薩埵ト一、三種ノ願ヲ満足スル故也、一ニハ無上菩提ノ願、二ニハ智恵弁才願、三ニハ福徳自在ノ願也、真言教ノ意ハ種子三摩耶尊形ノ三重、重重ノ沙汰在レ之、種子ハ即チ[梵字]《タラク》字、如々不可得ノ[梵字]《タ》字、離塵不可得ノ[梵字]《ラ》字、遠離不可得ノ[梵字]《アク》字ナリ、二字合成ノ字体也、但シ此《コ》ノ菩薩、大日如来同体異名ノ薩埵、五大虚空蔵ノ不同在レ之、然レハ則チ、香集世界ノ春ノ花《ル》ハ、薫《クン》シ二匂《ニホヒ》於九界迷情《メイシヤウ》ノ袂《タモト》ニ一、大円虚空ノ秋ノ月ハ、宿《ヤト》ス二影《カケ》於能満所願ノ水ニ一、経ニ説テ二此ノ菩薩ノ本願ヲ一云ク、若持此呪者堕三悪道我共随往三悪道ト、本願ノ難思成弁、尤モ可《ヘキ》ナリレ馮《タノ》ム、只《タヽ》願ハ、大士ノ本誓無《ナ》クレ誤《アヤマ》リ引二導シテ幽霊《ユウレイ》ヲ一、送《ヲク》リ二九品ノ上刹ニ一給ヘ、

○次廻向

迴向無レ他、只祈《タヽイノ》ル二亡神ノ得脱一ヲ、祈念有レル誠、併ラ期二セン九品開覚一ヲ、依レ之、一乗実相ノ船筏《センハツ》ハ送リ二亡魂於安養ノ西岸一ニ、六大無㝵ノ智光ハ照シ玉ヘ二迷徒《メイト》於ヲ忍《ニン》界ノ東隅一ニ、若シ爾ラ者、聖霊六趣沈淪ハ昨日《キナウ》ノ夢ナリ、無レシ残《ノコ》ルコト二妄執於有為世ノ雲一ニ、三身ノ覚位ハ今日《ケウ》ノ悟ナリ、早ク究《キハ》メ玉ヘ二智断於無上ノ覚月一ニ、所以《コノユヘ》ニ久ク住シテ二輪迴ノ郷《サト》一ニ、遠ク隔《ヘタテ》シカハ二本覚ノ都一ヲ、妄想顚倒ノ眠リ深《フカ》ク、生死執着ノ濁《ニコ》リ難レキ澄《スマ》シ歟、雖レ然ト、妙法ハ是レ煩悩即菩提ノ真法、迴向尽レス誠ヲ、往生極楽無レ疑、覚王ハ是レ生死即涅槃ノ果証ナリ、化功帰己《コ》ノ故ニ、信心■■弟子孝子等寿命ハ、類シテ二玄鶴《クワク》一ニ、保《タモ》チ二長生不死之箅《カス》一ヲ、福禄《ロク》ノ等《ヒトシウ》シテ二須達一ニ、遂《ト》ケン二衆願成就之望一ヲ、殊ニハ当所安穏ニシテ民《ミ》唱ヘ二常楽之栄花一ヲ、国家無為ニシテ人民誇《ホコ》ラレ二長生之楽《タノシ》ミ一ニ、乃至一善潤《ウルヲ》シ二九界一ニ、三声(磬)響《ヒヽ》カン二六趣一ニ、

○次六種迴向

供養浄陀羅尼一切誦打　敬礼常住三宝敬礼一切三宝

我今帰依釈迦阿弥陀　願於清浄自他同証　迴向無上代菩提打

○　初七日不動　秦広王　率都婆要文

一時秘密呪　生々而加護　奉仕修行者　猶如薄伽梵

是大明王　無其所居　但住衆生　心相之中

不捨衆生　常居一処　混同穢悪　悉令清浄

若下根行人　生怖不能見　是故大明王　為現親友形

如是随根性　而作大利益　漸々誘進彼　入於阿字門

○　二七日釈迦　初江王

■■経文

■於来世濁悪土中　当得作仏　即集十方浄土擯出　■■生我当度之

若聞釈迦牟尼如来名号　雖未発心已是菩薩
釈迦如来　久遠成道　皆在衆生　一念心中
○　三七日文殊　宗帝王
央掘経文
若聞文殊名者　設犯重禁五無間　已閉四悪趣門文
文殊般若経云
若但聞名者除十二劫生死之罪　若礼拝供養者文
文殊師利大聖尊　三世諸仏以為母　十方如来初発心　皆是文殊教化力
若礼拝供養者恒坐仏家　若称名号字者一日七日文殊必来文
十方世界中　有仏無仏国　大乗所流演　皆是文殊力文
○　四七日普賢或用之　五官王
我常随順諸衆生　尽於未来一切劫　恒修普賢広大行　円満無上大菩提
若有衆生得聞我名　於阿褥耨菩提不復退転　乃至夢中見聞我者亦復如是
普賢身相如虚空　依身而住非国土　随諸衆生心所欲　示現普身等一切
一切衆生　皆如来蔵　普賢菩薩　自体遍故
○　五七日地蔵　閻魔法王
地蔵本願経云
現在未来天人衆　吾今慇懃付属汝　以大神通方便力　勿令堕在諸悪趣
十輪経云

一日称地蔵功徳大名聞　勝倶胝劫中勝余諸智者徳
造作五逆罪　常念地蔵尊　遊戯諸地獄　大悲代受苦
◯　六七日弥勒　変成王
弥勒菩薩　功徳無量　若但聞名　不堕黒闇
処一念称名者　除劫千二百劫生死之罪有帰依者　於無上道得不退転文　取意上生経文

心地観経云

八功徳水妙花池　諸有縁者悉同生　我今弟子付弥勒　龍花会中得解脱
弥勒菩薩法王子　従初発心不食肉　以是因縁名慈氏　為欲成就諸衆生
◯　七々日薬師　泰山王

■■■云

是諸有情　若聞世尊薬師瑠璃光如来名号　至心受持不生疑惑　堕悪趣者無有是処

同経

願生西方極楽世界無量寿仏所　聴聞正法而未定者　若聞世尊薬師瑠璃光如来名号　臨命終時有八菩薩　乗神通来
示其道路

同経云

我之名号一経其耳　衆病悉除身心安楽文

■■経文

若欲与明師世々相値者　亦当礼拝瑠璃光仏
◯　百ケ日観世音　平等王

弘猛海恵経文
衆生有苦　三称我名　不往救者　不取正覚
聖観音経文
衆生若聞名　離苦得解脱　或遊戯地獄　大悲代受苦
十方六趣諸衆生　不念大悲観世音　雖有猛利大悲心　不能抜済彼苦悩
○　一周忌勢至　都市王
以智恵光普照一切　令離三途得無量力是故　号此菩薩名大勢至
大勢至菩薩言　我本因地　以念仏心入無生忍　今於此界　摂念仏人帰於浄土
勢至菩薩言　我本因地以念仏　入無上道
神通周遍十方国　普現一切衆生前　衆生若能至心念　皆悉導令至安楽
○　第三年阿弥陀　五道転輪王
其仏本願力　聞名欲往生　皆悉到彼国　自致不退転
設我得仏　十方衆生　至心信楽　欲生我国　乃至十念　若不生者　不取正覚
一念弥陀仏　即滅無量罪　現受無比楽　後生清浄土
四重五逆諸衆生　一聞名号必引接　何況一心念仏者　定生九品妙花台
○　七年忌阿閦　四恩王
我覚本不生　出過語言道　諸過得解脱　遠離於因縁
仏従平等心地　開発無尽荘厳　蔵大曼荼羅已　還用開発衆生　平等心地無尽　荘厳大曼荼羅　妙感妙応皆不出
字門

仏見一切　衆生身中　皆有如来　結跏趺坐

○　十三年大日　抜苦王

六大無导常瑜伽　四種曼荼各不離　三密加持速疾顕　重々帝網名即身

挙手動足　皆是密印　舌相言語　皆是真言

若覚衆生　身中六大　即是法界　体性即以　凡夫六大　直成諸仏　六大是名　即身成仏

毘盧遮那性清浄　三界五趣体皆同　由妄念故沈生死　由実智故証菩提

○　三十三年虚空蔵　蓮照王

虚空経文

現三十五仏形　随諸衆生　遊諸国土　度脱一切衆生　是故汝等　応当一心供養虚空蔵菩薩

同経文

虚空蔵菩薩言　聞我名見我体　菩薩即与仏如来等無差別故　可称我名文

敬礼虚空蔵　成就衆生者　除滅諸罪障　抜済三途苦

○率都婆意趣之事

方今相当甲某幽霊某日刻、大日如来三形資《シ》二ス幽《ユウ》儀到岸ノ三覚一ニ、冀《コイネカハク》乞提月朗而《ツキホカラカニシテテラ》照二シ六趣ノ昏衢一ヲ、六大ノ華鮮而《ハナアサヤカニシテ》薫二

三有妄抉、一善及鉄囲、善用利裟界而已、

○　十七年忌　愛染明王

○　二十五年忌　胎蔵大日　法界定印

《中略》

○流灌頂之作法　○開眼作法可在之

先三礼

如来唄

次表白

敬白、周遍法界摩訶毘盧舎那、因極果満盧舎那界会、一代本師釈迦牟尼如来、西方教主弥陀善逝、六道能化地蔵菩薩、尽空法界一切三宝ノ境界、而言、方今、夫レ流《ナカレ》灌頂之功徳者、三世諸仏已証之法門、十方如来分身之光儀也、

先ッ六本率都婆者、六道抜済之秘術、大日法身之尊体也、是レ則チ三密四曼之奥蔵、五智五部之秘符也、何ニ況ャ塔婆甚深之功徳ト者、若シ破壊《ハヱ》シテ成テ二微塵《チン》一ト、或ハ風吹キ二一塵ニ一落シ二他土ニ一、或ハ水流■二江海ニ一沈ム二淤泥《ヲテイ》ニ一、山林河海之一切有情触ン此ノ塵《チリ》一ニ者、永ク不受《ウケス》二雑類之身一ヲ、革凡《カクホン》受生シテ常ニ得ン二見《ヱ》仏一、寔《マコト》ニ之《コレ》、尺迦大師金口ノ誠説、弥陀善逝迎接之軌《コウセウノキ》範《ハンナリ》也、肆《カルカユヘ》ニ、日時《ヨリ〱》恭敬之功ハ滅シ二三悪四趣之苦輪一ヲ、須由渇仰《カツカウ》之徳ハ成ン二現世当来之悉地一ヲ、依レ之、一花一香供養之善ハ必ス除キ二八十億劫之重罪一ヲ、一称一礼ノ尊崇之徳ハ永ク閉《ト》チン二阿鼻那落之門戸《コ》一ヲ、凡ソ滅罪生善之秘用、頓証菩提之肝心也、

次ニ今就テ二此ノ灌頂ニ一十二種之不同在《ア》リレ之《コレ》、則チ説《ト》キ二十二因縁之法門一ヲ、度スル二二十五有之群類一ヲ表示也《ナリ》ト云云、其ノ中ニ今日ノ造立者、過去聖霊甲某乃至一切有情、成等正覚之随一也、是《コヽ》ヲ以テ右ノ柱《ハシラ》者過去ノ諸仏、左ノ柱ハ未来之諸仏、横梁者現在ノ諸仏也、三手《シユ》六足ト者三明六通之奇瑞《キスイ》、花葉《ケヨウ》之九段者九品即往之指南也、或ハ四手八足之異儀在レ之、是レ則チ四神足八菩薩之化導ト尺《シヤク》シレ之ヲ、随レ意一ニ用《ユ》レ之ヲ、然レハ則チ三世諸仏ノ慈悲、利生之方便、十方ノ大士歓喜、適悦《チヤクエツ》之相皃《ミヨウ》也、是ヲ名ク二流水灌頂之功能一ト、仰キ願クハ酬《コタ》ヘテ二造功之修因一ニ、過去ノ幽儀、縦《タトヒ》六道輪廻之衢《チマタ》ニハ旧乞拭《ノコヒ》テ二紅涙一ヲ而

■ルレトモ悲ニ、上品上生之趺《アシウラ》ニハ死霊昇《ノホ》ル金台ニ進玉ヘ悟ニ、■三有六趣ニハ洒《スマ》シ法雨ヲ開《ヒラ》カン覚薬《スイ》ヲ、鉄囲■界ニハ扇《アヲ》キ梵風ヲ而

救《スク》ヒ迷途《メイト》ヲ、乃至無遮平等ニシテ抜済セシメ玉ヘ、敬白

○六種廻向等　後唄

自我偈一反　阿弥陀大呪六反　光明真言廿一反　念仏百反

古本云

文明十五年卯月十一日、又天正二年甲戌年三月後二日、賜師玄継上人御本書写訖

○万寿二年三月十二日、後一條院御宇、

我依テ上人ノ語《カタライ》ニ此ノ所ニトテ居ヲ已ニ送ル数百廻ノ星霜ヲ、欽明ノ上古ニ仏教始テ渡テ、延暦ノ聖代ニ円宗殊ニ興ス、慈覚、智証、凌《シノ》キテ蒼波ヲ遙ニ訪《トフラ》ヒ教釈ヲ、安恵、恵亮、励《ハケマ》シテ丹志ヲ守リ法蔵ヲ、吾久ク住シテ此ノ所ニ鎮護于今ニ不怠《ヲコタ》ラ、雖モ然リト伝灯漸ク衰微シ、興隆稍《ヤ、》澆薄蓊落イ本セリ、習学修練ノ道、併ラ背キ大師ノ遺誡《ユイカヒ》ニ、放逸無慙心、不顧ミ仏天ノ照鑒ヲ、加之《ス》、帯シ兵杖ヲ社《シヤ》頭ヲ往反環イス、鎧《ヨロ》イ甲冑ヲ遊行ス山路ヲ、惣テ戒場ノ作法、法会ノ威儀、非スカ吾守護ノ本意ニ、但シ心ニ未《タ》ルハ飽《ア》カ者、一乗醍醐ノ法味、耳ニ尚ヲ留《ト、マ》ル者、引声念仏ノ法音ナリ、

慈覚大師、吾台ノ風儀遷《ウツ》シ遙ニ我国ニ伝給ヘリ、功徳有リ余《アマ》リ、利益無辺ナリ、思ニ大師誓約ヲ、生々世々モ難《カタ》シ忘《ワス》レ、自行化他所ニ必ス値遇シ、影向セン事ヲ、

吾《ワレ》今《マ》去ニ此所ヲ、欲ス影ニ向他所ニ、汝《チ》御共可仕候、

山王権現御託宣　対ニ希遠ニ託宣

右此書ハ雖為悪筆為自見書写訖、定落字辟字毎度可見之、一見次毎ニ校合可有者也、願書写以功力ヲ亡母泉下苦

患可抜済者也、乃至有縁亡霊無縁含識共仁一仏乗之縁ト成ン已耳《マクノミ》、南無三宝〻〻〻　紹忍

于時天正八庚辰三月十八日西万木令書写訖　金剛傳符慶壽

最終巻（第十二集）「あとがき」

およそ平成三年（一九九一）、当時、立命館大学に在籍する福田晃と、大阪女子大学にあった廣田哲通氏とが中心となって、唱導文学研究会を発足した。それは折口信夫・筑土鈴寛両先達の後を追って、宗教活動における「唱導」の実態を明らめ、その広がりの究明を目途とするものであった。ただしその中心の一人・廣田哲通氏は、平成十九年（二〇〇七）に大病におかされ、戦列を離れざるを得なくなり、その後は、廣田氏と天台仏教の研究などで通じておられた京都女子大学の中前正志氏に、かわって当研究会の代表をつとめていただいたのである。

当研究会は、まずは仏教寺院における唱導の実態を明らめ、それにともなう唱導文学の広がりを求めることとし、当初の研究例会は安居院作と推される『草案集』の解読から出発した。また寺院における唱導の実態をうかがうべく、声明研究で知られる大谷大学の岩田宗一教授の指導をいただき、年一回程度で、京都、およびその近郊の大寺院における唱導・説経の現場を採訪して、その実態の理解につとめたのである。

平成八年（一九九六）、この研究会の成果の一部を公表すべく、『唱導文学研究』第一集を三弥井書店から上梓する。論攷編は、「唱導研究」「唱導文学研究」「唱導と文学」にわかち、巻頭には岩田教授の「『声明用心集』研究序説」を掲げる。さらに注釈編は、輪読・読解中の『草案集』の一部をあげ、資料編は唱導関係の二編を添える。また平成十一年（一九九九）に、ほぼ同じような項目立てで、第二集を公刊する。ちなみに、その巻頭には、白土わか先生の「草木成仏説についての一考察―その形成と展開の跡を辿って―」を掲げている。爾来、『唱導文学研究』は、主に研究会参加の会員の論攷・注釈・資料を収載するとともに、唱導研究に詳しい諸氏に論攷を寄稿いただき、二年に一冊を目処《めど》に公刊を続け、今回の第十二集（最終巻）に及んだのである。

その間の研究会は、隔月ごとに例会を催し、唱導文献の輪読・注釈、および各自の唱導、および唱導文学関連の研究報告をおこない、今日に至っている。しかし当初の研究会々員も、それぞれに研究職を得て各地に散り、随時、若い研究者を加えて、それでも年四回の例会を催し、唱導文献の輪読・注釈も、「聖財集」（無住）に及んで、それもようやく大詰を迎えている。つまり当研究会の活動は、いまだ業半ばと言わねばならない。しかしこの研究会の主唱者である小生（福田）も、九十に近い年齢に達し、また『唱導文学研究』の発刊元である三弥井書店の社長である、盟友とも言うべき吉田栄治氏が急逝された。ここに至って『唱導文学研究』の公刊も、第十二集をもって、一旦、閉じさせていただくことと相なったのである。

長年にわたって、当研究会に加わり、あるいは寄稿などを通してご支援をいただいた方々に、まずは御礼を申し述べる次第である。また出版事情の困難ななか、本書の公刊を続けてくださった三弥井書店に、改めて感謝の意を捧げたい。ありがとうございました。。

令和元年六月二十日

編者代表・福田　晃

唱導文学研究　既刊一覧

三弥井書店

第一集　福田　晃・廣田　哲通編

第六集　福田　晃・中前　正志編

あとがき　福田　晃

第八集　福田　晃・中前　正志編

〔論攷編〕

「二荒山縁起」成立考――放鷹文化とかかわって――　福田　晃

興福寺常楽会序説――消えた興福寺常楽会――　磯　水絵

法花深義説話の発生と伝授――俊範と静明――　松田　宣史

東京大学史料編纂所蔵『連々令稽古双紙以下之事』筆録者考――東寺宝菩提院俊雄の可能性――　髙橋　秀城

『神道雑々集』の本文形成について――『神道雑々集』上冊と『夢中問答集』・「法華経直談」との関連――　佐々木　雷太

西光廻地蔵安置説話の生成　浜畑　圭吾

大和国軽寺の軽大臣創立伝説と灯台鬼説話　原田　信之

〔注釈編〕

『神道雑々集』上冊「三十・雷事」・「三十一・山彦事」　佐々木　雷太

〔資料編〕

日光天海蔵『見聞随身鈔』所引『法花伝』『日本法花験記』他〈翻刻〉　松田　宣史

美濃谷汲念仏池念仏橋関係資料逍遙　中前　正志

京都国立博物館蔵行誉書写本『八幡宮愚童訓』巻下〈翻刻〉　小助川　元太

熊本県立図書館　荒木文庫蔵『延寿寺開基月感大徳年譜略伝』――解題と翻刻――　菊池　政和

編者
福田　晃　立命館大学名誉教授
中前　正志　京都女子大学教授

執筆者
牧野　和夫　実践女子大学名誉教授
小助川元太　愛媛大学教授
佐藤　愛弓　天理大学准教授
二本松泰子　長野県立大学准教授
原田　信之　新見公立大学教授
山本　淳　立命館大学非常勤講師
児島　啓祐　総合研究大学院大学院生
髙橋　秀城　大正大学非常勤講師
福田　晃　（編者）
大島由紀夫　群馬工業高等専門学校教授

唱導文学研究　第十二集

定価はカバーに表示してあります

二〇一九年一一月二五日　第一刷印刷発行

©編著者　福田晃
発行者　中前正志
発行所　吉田敬弥
株式会社　三弥井書店
〒108-0073　東京都港区三田三—二—三九
電話　東京(〇三)三四五二—八〇六九
振替　〇〇一九〇—八—二一一二五

印刷・藤原印刷

乱丁・落丁本はお取替えいたします

ISBN978-4-8382-3351-9 C3395